論創海外ミステリ55

絞首人の一ダース

デイヴィッド・アリグザンダー
定木大介 訳

HANGMAN'S DOZEN

David Alexander

論創社

装幀／画　栗原裕孝

目次

序文

読者のみなさん、デイヴィッド・アリグザンダーの世界にようこそ。

ケンタッキー出身ながらニューヨーク市をついの住処《すみか》に定めた彼は、その波乱に富んだ半生を通じて全米各地を転々として過ごした。

生粋のケンタッキー人の例に漏れず、彼もまた競走馬の専門家であり、かつては競馬記者として、東はニューイングランド地方から西はカリフォルニアにいたるまで、全国を股にかけて活躍したからである。

ニューヨークに腰を落ち着けてからの一時期は、新聞の編集者として腕をふるった。

その素顔は一流のもてなし役であり、また座談の名手でもある。

そのうえいとも魅力的な女性を伴侶《はんりょ》に得、長きに渡って幸せな結婚生活を営んでいる。

なにより肝心なのは、彼が犯罪小説の優れた書き手であり、珠玉の短編を集めたこの『絞首人の一ダース』の著者であるということだ。一ダースといっても、本書には十三の作品が収められている。いわゆる「パン屋の一ダース（baker's dozen）」と同じく、十二プラスおまけの一つだ。

本書を開いてほどなく、読者は知ることになるだろう。ここに収められている作品がどれも月並みなジャンル小説からは程遠いものばかりだということを。そう、さんざん焼き直しをされ、もはや読者にあくびを催させることぐらいしかできない昔ながらの「犯罪と捜査」ものとは一味も二味も違う作品ばかりが目白押しなのである。もちろん各作品では犯罪という要素がきわめて大きな比重を占めているが、そこに立ちあらわれるのは——あえてラベルをはるとしたら——「犯罪と人間」にまつわるドラマチックな物語と呼べるかもしれない。登場人物は現代のアメリカ人だったり、見知らぬ時代の見知らぬ土地に住む人々だったりとさまざまだ。しかし、その一人ひとりに、読者は自分自身や知り合いの姿を重ね合わせることができるはずである。

おそらくそれが、本書収録の諸作品に共通する〝息の長さ〟の鍵なのだと思う。犯罪ものにかぎらず、短編小説というのはおしなべて短命である。雑誌に掲載され、たいていは読み捨てられるのがオチだ。ある小説がそういった傾向をものともせず、掲載された雑誌が号遅れになるやいなや忘却の彼方へまっしぐらというお決まりの運命を免れることができたとしたら、それはその作品が読者になんらかの魔法をかけ、容易には忘れられないようにしているということを意味している。では、デイヴィッド・アリグザンダーの小説の場合、魔法の杖の役割を担うのははたしてなんだろうか？　人間が何ごとかをなすとき、そこには必ず動機があり、そのなされたことに対する反応がつきまとう。それらを見つめる作者のまなざしこそが、アリグザンダーのふるう魔法の杖にほかならない。また、古今東西で変わることのない人間の本質というものを彼が理解しているからこそ、ときに舞台をはるかな異国や遠い昔に設定しても物語が破綻をきたさないのである。こうして彼の作品をまとめて読んでみると、場面や状況設定の多彩さに驚かされるのはもちろんのこと、善悪のあいだで揺れ動く人間の本性はいつの世も変わらないという作者の信念がくっきりと浮かびあがってくる。社会が違えば、人間が感情を表す様式もまたさまざまに異なるだろう。しかし、人間の感情自体は普遍的なものだ。これは一見、救いのない世界観に思えるかもしれない。しかし実際は、善と悪の戦いに終わりなどなく、誰もがその戦いに加わっているのだという真理を端的に示しているにすぎないのである。どこでどんな犯罪が発生しようと、私たちはみな、犯人や犠牲者、あるいは無実の罪を着せられた哀れな身代わりとなんら変わるところはない。そうした洞察が犯罪小説の根幹に据えられるとき、このジャンル全体にさらなる深みが加わるのである。

つまりは小説としての質の高さ。これこそがアリグザンダーの諸作品を忘れがたいものにしている秘密であり、ひいてはそれらの作品が〈エラリー・クイーンズ・ミステリ・マガジン〉やアメリカ探偵作家クラブの選ぶ著名な賞を獲得し、テレビドラマになり、犯罪小説の傑作選に繰り返し収録され、さらにはなんとニューヨーク五番街にある立派な教会で聖金曜日の説教のテーマとして取りあげられるという椿事《ちんじ》を招いた、そもそもの理由なのである。もっとも、そういった栄誉が主題の深さや人物造形の巧みさにのみ負うものでないことは、ここで忘れずに指摘しておくべきだろう。語るべき物語の構想があるというだけでは、作家にとってじゅうぶんではない。どうしたらそれを面白おかしく語れるかということが肝心なのだ。いかなる神の思し召しか、それこそミスター・アリグザンダーがほとんど苦もなくやってのけられることなのである。

さて、私はここであえて、作家の企業秘密を一つ明かしたいと思う。文筆業にまつわる最も都合のいい迷信の一つに、短編は長編よりも書くのが難しいというのがある。なぜ「最も都合がいい」かといえば、短編作家というのは無名のまま貧乏暮らしに甘んじているのが普通だが、そういうしがない短編作家は、隣に住む成金趣味の長編作家よりも難しい仕事に取り組んでいると思うことで、少なくとも多少の慰めを得られるからである。しかし、じつのところ短編を書くのが長編をものするよりも難しいなどということはまったくない。百メートルの全力疾走が五千メートルを走りとおすよりも難しいとは言えないのと同じ道理である。迷信とは、えてしてそんなものだ。

それよりも掛け値なしに難しいのは、優れた短編小説に仕立てられるようなアイデアを思いつくことだ。プロの作家たるもの誰しも頭のなかにふんだんなアイデアが渦巻いているはずだが、哀しいかな作品になって雑誌に掲載されたとたん、それらは色あせ、どれも似たり寄ったりになってしまう。本当に価値ある作品を生み出すためのインスピレーションは、そう簡単にはやってきてくれない。ごくまれにそれが訪れたときは、なんの前触れもなく作家の頭のなかに物語の全体像が映し出されることが多い。いわば一つの啓示であり、結末ははっきりと決まっていて、そこには皮肉《アイロニー》さえ込められている。文字通り霊感《インスピレーション》というほかないが、作家にとっては至福の瞬間でもある。そして、陶然としつつもしっかりとそれをつかまえ、よくよく吟味したうえで紛れもない本物だと見きわめさえつければ、あとはもうおまけのようなものだ。

そういうインスピレーションの痕跡が、本書に収められた各編すべてに見て取れる。それは主題とその扱い、数々のアイデア、さらにはアイデアを盛りこむ際のみごとな手綱さばきといった点に、おのずから表れているのである。長編小説はそれを書いている作者にあれこれと勝手な要求を突きつけ、ときに作者自身さえ思いもよらないような方向に展開してゆく。それに対して優れた短編小説には端《はな》からただ一つの道筋しか存在しない。最初の一行が書かれるとき、到達すべき終着点はすでに決まっているのである。ページに並んでいるのは読者をおしまいまで導くために必要な言葉だけだ。余分や不足はいっさいない。この、いわば抑制と制御の芸術が、異常で暴力的な心理状態に置かれた人間を理解するのと同じく、ミスター・アリグザンダーにとってはいともたやすいことなのである。

そんなわけで、本書に用意されているのは言うなれば興趣に富んだ十三の旅路だ。一つひとつの旅路のはてには、避けがたく、それでいて興味深い結末が待ち受けている。

旅人にとって、これ以上望むものがあるだろうか？

スタンリー・エリン

タルタヴァルに行った男

ボストンの〈バーナビーズ〉を憶えている人は、おそらくもうほとんどいないだろう。

ミルクストリートのオールドマーケット近くにあったきらびやかでゴージャスな酒場だ。まばゆく輝くガスシャンデリア。ピラミッド状に積みあげられたきらめくクリスタルの瓶。金色の枠に縁取られた大きな飾り鏡。凝《こ》った彫刻がほどこされた長いマホガニーのカウンター。ぴかぴかに磨きあげられたそれは、世界でいちばん長いバーカウンターと言われていた。バーテンダーはいかにもそれらしく、みな肩幅が広く肥《ふと》っていて、額に巻き毛を垂らし、口ひげをたっぷりとたくわえ、糊のきいたエプロンを腰に巻いてダイヤモンドのタイピンを光らせていた。私のような年頃——初めて〈バーナビーズ〉に足を踏み入れたのは十一歳の小僧っ子のときだった——の少年にとって、常連客は誰もかれもが憧れの英雄《ヒーロー》だった。たとえばジョン・L・サリヴァン。〝ボストン・ストロングボーイ〟と呼ばれた名ボクサーその人が、遠征試合から凱旋《がいせん》するたびに〈バーナビーズ〉に繰りこんではみんなに大盤振る舞いをした。また、いつも取り巻きにかこまれていた皮肉屋の小男は、〈トランスクリプト〉紙の名物スポーツ部長だった。彼はその前年のケンタッキー・ダービーで、スポケインが大本命プロクター・ノットを破るという予想をみごと的中させて大いに株を上げていた。そうかと思うと、ぶっきらぼうでひげ面《づら》の警察署長がよく平服でやってきては、メリーランド産のライウィスキーを四オンスのショットグラスで飲んでいった。それだけじゃない。奥の部屋には州議会議事堂から尊大な政治家たちが集まってきて、非公式にマサチューセッツ州の知事を選び出していたのである。

私が〝いつも泣いている男〟に出会ったのは、その〈バーナビーズ〉だった。

誤解しないでほしい。十一のみそらで酒場にかよっていたからといって、私はなにも自分が年端もいかないアルコール中毒患者だったとか、非行少年だったとかいう印象を与えたいわけではない。私が〈バーナビーズ〉にかよいつめたのは、ひとえにホレイショ・アルジャーの影響だった。少年時代の私は文字どおり彼にかぶれていた。アルジャーはボストン近郊の海辺の町リヴィアで生まれ、一八九〇年当時にはネイティックからほど遠からぬ場所に住んでいた。実際に姿を見たことこそなかったが、気持ちのうえでは彼のことをとても身近に感じていた。『運気と勇気《ラック・アンド・プラック》』、『ぼろ着のトム』、『ぼろ着のディック』といった彼の作品の主人公たちは、おしなべて寡婦《やもめ》の息子だった。そして少なくともその点において、私はアルジャーの物語の主人公たるべき資格があった。私の父もまた、私が生まれる前に他界しているからだ。父は母に快適な住まいを遺《のこ》してくれたが、それでも母はルイスバーグ・スクエアの裕福な家庭に、「お針《はり》」——一八九〇年代には洋裁のことをそう言った——をしにかよっていた。お上品な仕事のわりに実入りがよく、おかげで私たち親子は衣食住に不自由しなかった。けれども、アルジャーの物語の主人公の多くは、暴走する馬車をとめたり銀行家の娘を救《たす》けたりする前は靴磨きだった。だから私は靴墨を買い、不恰好な靴磨き台を自分でこしらえ、学校が終わると街角に出るか、または〈バーナビーズ〉のような格式のある酒場に足を運んで客を探した。私は稼いだカネ――たいていは五セント硬貨や十セント硬貨だったが、ときには当時〝カエルの皮《フロッグスキン》〟と呼ばれていた一ドル札がまざることもあった――を、自分の部屋の秘密の場所に隠しておいた。そのころの私は、いつか口ひげを蠟《ろう》でかためた悪漢が私たち親子の住む小さな家に乗りこんできて、母の鼻先に抵当証書を突きつけるに違いないと思いこんでいた。じっさいには家の支払いはすっかり済んでおり、私もそれを知っていたのだが、どういうわけか私はそいつがやってきたときこそ靴磨きで貯めたカネで抵当証書を買い取って、卑劣な悪漢を家から放り出してやろうと待ちかまえていたのである。

〈バーナビーズ〉はいちばん稼げる場所だった。店に出入りする上流人士や政治家たちは、必ずと言っていいほど十セントはくれたし、一杯機嫌のときには二十五セントくれることもあったからだ。私にとって特別なヒーローだった例の警察署長はというと、靴磨きの代価として五セント以上出すことこそなかったが、そのかわりにいつもためになるアドバイスをくれた。「だいじなのは勤勉と倹約だぞ、坊や」と彼は言った。「勤勉と倹約――そして、悪い仲間に近づかないこと。それさえ忘れなければ、私の世話になる心配はない」当時の私の大いなる野心は、その前の年ミシシッピ州のリッチバーグでおこなわれた裸拳試合《ベアナックル・フィアト》でジェイク・キルレインをKOして世界王座についたジョン・L・サリヴァンの靴を磨くことだった。しかし、あいにく私はチャンピオンが来ているときに〈バーナビーズ〉に居合わせたためしがなかった。サリヴァンの靴を磨けばフロッグスキンがもらえる――それもまた、この偉大なチャンピオンにまつわる伝説の一部だった。

〝いつも泣いている男〟は、〈バーナビーズ〉の長いバーカウンターのいちばん端に一人でいるのが常だった。ひどく痩せていて、当時の私にはたいへんな年寄りに見えたが、おそらくまだ六十代だっただろう。一言でいえば灰色ずくめの男だった。いつも着古した灰色の背広とくたびれた灰色の帽子というでたちをして、髪も灰色なら、あごに伸びた無精ひげまでが灰色だった。けれども、なにより強く灰色の印象を与えたのはその肌の色だった。彼の肌は、まるで死人のような灰色をしていたのだ。

彼はそこに一人で立って、ポケットにあるカネが続くかぎり、それこそ何時間でも飲み続けた。しかも、誰とも口をきかず、ただひたすら自分の殻に閉じこもって過ごすのである。しばらくすると、彼は泣き始める。といっても声をあげておいおい泣くわけではないし、これ見よがしにめそめそするわけでもない。なにが悲しいのか知らないが、その様子にはどこかおごそかで近寄りがたい感じがあった。頬に伝う涙をぬぐおうともせず、彼はグラスをじっと見つめ続けた。それほどまでに不幸せそうな人を、私は見たことがなかった。なんだか気の毒で、放っておけない気がした。

「あのおじいさん、どうしていつも泣いてるの?」ある日、私はバーテンダーの一人に訊《たず》ねてみた。

相手はがっしりした肩をすくめて答えた。「飲んでるからだよ。酒を飲んで笑いだすやつもいれば、喧嘩を始めるやつもいるだろう? なかには泣きだすやつだっているさ。要するに泣き上戸ってやつだ」

私はなかなか彼に声をかけることができなかったが、とうとうある日、勇気を奮いおこして〝いつも泣いている男〟に近づいた。靴磨きの御用はありませんかと、丁重に訊ねてみたのだ。彼は私に向かって悲しげにかぶりを振った。「すまんな、坊や。俺は悪魔にとりつかれてるんだ。なけなしの小銭はぜんぶこの毒水にはたかにゃならん。靴磨きを頼む余裕はないよ」

私にはなぜだか、目の前の男にはどうしても助けが要るように感じられた。何か善意を示したかった私は、自分にできる唯一のことを申し出た。

「靴が泥で汚れてますね。ぼくに落とさせてください。お代はいりませんから」

返事を待たずに私はひざをつき、ひび割れた古靴にブラシをかけ始めた。作業を終えて顔を上げると、男は声もなく泣いていた。

「そんなことしちゃ駄目だ」男は言った。「俺は悪人なんだ。悪い仲間に近づくな——あの警察署長はそう言ってたろう。聞こえてたよ。署長の言うとおりだ。俺みたいな悪人に関われば、きっと痛い目を見るぞ」

言い終えたとき、彼の肩は震えていた。

私は決まりの悪さにしばらく言葉もなく立ち尽くしていたが、急な衝動に駆られて男の腕に手を触れた。すると彼はさっと身を引いて言った。「触っちゃいかん。頼むからほっといてくれ。俺はいまわしい夜をいまわしい場所で過ごしたいまわしい人間なんだ。あの夜以来、俺は永遠に呪われてるんだよ」

次の日、私はすっかり顔なじみになった例のバーテンダーに訊《き》いてみた。「いつも泣いてるあの男の人は、なんて名前なの？」

「スミスと名乗ってるな。ありふれた名前さ」

「あの人、何をしたの？　どうしてあんなに悲しんでるの？」

「なあに、酒のせいさ。なにしろやっこさん、毎晩有り金が尽きるまで飲んでからようやく店を出ていくんだからな。そのころにはぐでんぐでんもいいとこさ。どこだか知らんがねぐらに帰ってひと眠りして、それからまた酒をあおる。飲んだくれだよ、あれは。よっぽど自分の罪が悔やまれるんだろうよ」

「罪って？　まさか、人を殺したとか？」

バーテンダーは自分の頭をこつこつと叩いてみせた。「アル中の罪はこのなかにあるのさ」

これは後年気づいたことなのだが、老人と少年のあいだには奇妙な共感が芽生えることが珍しくない。たぶん、ほかの連中から隠されている真理を、彼らだけは知っているからだろう。現実の出来事など取るに足りず、本当にだいじなのは頭のなかの出来事だという真理を。

自分自身が年老いたいま、私は晴れた日をよくボストン・コモン公園のベンチに腰かけて過ごす。そんなときはたいてい、下は八歳から上は十二歳といった年頃の男の子が寄ってきて、私のことをしげしげとながめる。ついこのあいだも、クロケット帽をかぶった九つか十《とお》ぐらいの坊やがやってきて、私に話しかけた。「おじちゃんさあ、すっごく年寄りだよね？」

私はああそうだよと答えた。

「じゃあ、デイヴィ・クロケット（アメリカ開拓時代の伝説的英雄、政治家。アラモ砦の戦いで死亡）を憶えてる？」男の子は訊いた。

私は微笑んで答えた。「いいや、あんまり」

「あのね、デイヴィは生きてるんだよ」私の幼い友人はそう教えてくれた。「こないだコモンウエルス通りで会ったもん。やっぱりこういうアライグマ皮の帽子をかぶっててさ、房飾りがいっぱいついた鹿皮《バックスキン》の服を着てるんだ。ただ、昔と違って白くて長いひげを生やしてたよ。もうライフルは持ってなくてね、かわりに長い杖をついてんだ。アラモで死んだって言われてるけど、あれほんとじゃないんだ。一人だけ生き残ったんだって。デイヴィがそう言ったんだよ」

「そりゃあすごいな」私はつい調子を合わせた。

すると、なぜか幼い友人の顔に戸惑いの色が浮かんだ。「でもさ、デイヴィはもう百五十歳ぐらいのはずだけど、人間ってそんなに長生きできるの？」

「できるとも」私は請け合った。「頭のなかに素敵な夢を持ち続ければ、うんと長生きできるんだ」

「デイヴィなら素敵な夢を持ってるよ」男の子はきっぱりと言った。憧れのヒーローがたしかに生きているとわかって目を輝かせている。「インディアンとかアンディ・ジャクソン（合衆国第七代大統領アンドリュー・ジャクソンのこと）とかアラモ砦とか、ほかにもいっぱい」

〝いつも泣いている男〟の頭のなかに渦巻いていたのは、素敵な夢どころか悪夢だった。暴力と悪に満ちた禍々《まがまが》しい夢は彼にとってあまりにも厭《いと》わしく、私に対してもその恐ろしさをほのめかす以上のことはけっしてしなかった。いっぽう、当時の私の夢は輝かしいものばかりだった。

暴走する馬を取り押さえ、銀行家の娘と結婚し、母にお城のような家を買ってやる――そんなアルジャーの物語を地でいくような洋々たる未来を思い描いていたのである。それでも、十一歳の靴磨き少年と〝いつも泣いている男〟のあいだには不思議な絆《きずな》がはぐくまれていった。毎日、〈バーナビーズ〉で気前のいいお客の靴を磨き終えると、私は独りぼっちで飲んでいるこの男の足もとにかがみ、靴にブラシをかけてやった。向こうもとうとう根負けしたのか、私のこのささやかな好意を素直に受けいれるようになった。そのうちに、私はブラシをかけるだけでなく、靴墨をつけて磨いてやるようになった。彼は代金を払おうとしたが、私は頑として受けとらなかった。男はずいぶん年老いて見えたし、着ているものはみすぼらしかった。毎日靴を磨かせるような余裕などないことは、子供心にもわかったのである。

ある日の午後、例によって私が孤独な老人の履き古してひびの入った靴を磨いていると、彼は飲んでいた酒のおかわりを注文してからもうポケットにカネが残っていないことに気づいた。彼のやつれた面差しがショックにこわばるのを私は見た。それは恐怖の表情だった。恐ろしい悪夢から身を守るための最後のよすがを奪われた人間の恐怖。当時、〈バーナビーズ〉ではウィスキーの二オンスグラスが十五セントした。私は五セント硬貨を三枚、男の震える手に握らせてやった。

私が初めて彼を家まで送っていったのは、そんなことがあってからまもなくだった。

季節は冬で、ミルクストリートは雪と氷とぬかるみで覆われていた。そのころになると、〝いつも泣いている男〟は以前にも増して青ざめ、やつれているように見えた。その日、彼は有り金を使いはたすと、ひどい千鳥足で店を出ようとした。椅子やテーブルにつかまりながら、あっちへふらふらこっちへふらふらと、なかなか出口にたどりつかない。カウンターに鈴なりになっている客は、その姿を好奇と嫌悪が入りまじったような表情でながめていた。私は友人の腕を取って出口まで導いてやりたかったが、それは彼に恥をかかせるだけだということがなんとなくわかったので思いとどまっていた。男はやっと表に出たと思ったら、こんどは足を滑らせてどすんと尻餅をついた。板ガラスの窓を通してそれを見ていたカウンターの客が、どっとはやしたてた。高級住宅街のビーコンヒルから来ている短気でしかつめらしい年寄りが蔑《さげす》みをこめて鼻を鳴らし、バーテンダーに苦情を言っているのが聞こえた。紳士があくまでも節度を失わずに酒をたしなむ場であるこの店に、ああいう飲んだくれを立ち入らせるべきじゃないだのなんだの、そんな内容だった。ともかく誰一人として、転んだ男を助けおこしにいこうとする者はいなかった。彼はなんとか立ちあがろうとしていたが、なにしろ歩道が滑るので、陸に打ちあげられた大きな魚よろしくただ手足をばたつかせるだけだった。

けっきょく、店の外に出て彼に手を貸したのは私一人だった。私は歳のわりには体格が良いほうだったが、それでも男を立ちあがらせるにはありったけの力を出さなければならなかった。彼は脚を痛め、顔から血を流していた。涙も流していたが、それは痛みや怒りからではなく、いっさいの希望を捨てた人間が流す涙のように私には思えた。

スミスと名乗る男はオールドマーケットに近いうらぶれた界隈の、安アパートがごみごみと建てこむあたりに住んでいた。〈バーナビーズ〉からはほど遠からぬ場所だが、滑りやすい道をよろめき歩いてそこまでたどりつくのは、相当に危なっかしかった。げんに私は二度転び、覆いかぶさるように倒れてきた男の下敷きになった。また、寒さのせいかやけに顔の赤い、肥った警官に呼びとめられもした。「その人は坊やのお祖父《じい》さんかい？」警官は訊いてきた。

「いいえ、違います」と私は答えた。「友だちなんです」

警官が立ち去ると、老人は私に支えられながらげらげらと笑った。「〝友だち〟ときたか！」彼は叫んだ。「あのいまわしい夜からこっち、俺に人間の友だちなんぞいるもんか！」

彼が住んでいる木造の家屋は老朽化が激しく、軒からぶらさがった氷柱《つらら》の重みで建物じたいがたわんでいるようなボロアパートだった。きしむ階段をのぼって最上階にある薄暗い小部屋まで彼を連れていくのに、十五分近くかかったと思う。ベッド、洗面台、椅子、古いトランク、小さなストーブ——部屋にあるものといえば、それで全部だった。敷物もなく、幅広の板が張られた床はむきだしだった。

〝いつも泣いている男〟は濡れてところどころ破れた外套《がいとう》を脱ぎもせずにベッドに倒れこむと、たちまち浅い眠りに落ちてしまった。私はどうしたらよいかわからず、そのかたわらに立ち尽くしていた。ひどく寒い。ストーブのそばにはいくらか薪がある。私は焚きつけにする紙とマッチを見つけて火をおこした。窓敷居には干からびたパンと、半分ほど飲んだ牛乳瓶が置かれている。ベッドの脇にはまた別の瓶があって、なかにはほんの少しだけウィスキーが残っていた。

そのうちに、老人が寝言を口にし始めた。「扉……白い扉……」それから彼はうめき声をあげ、何やら箱《ボックス》がどうのこうのと、不明瞭なつぶやきを漏らした。私は部屋のなかを見まわした。箱などどこにもない。ひょっとしてあのトランクのことを言っているのだろうか？

私はストーブのかたわらに腰をおろし、汚れた小さな窓ガラス越しに濃くなってゆく闇をながめていた。やがて、老人が叫び声とともに目を覚まし、がばっと跳ね起きた。ベッドで半身を起こしたまま、おこりにかかったように激しく身を震わせている。

「出ていくんだ！」彼は怒鳴った。「俺といっしょにいちゃいかん。俺は悪人なんだから！」

彼はベッドの脇に手を伸ばしてウィスキーが少し残った瓶を探しあてると、わずかな中身を一息で飲みほした。すると蒼白だった彼の顔に心なしか血の気が戻り、そのうちに体の震えもおさまった。私は火屋《ほや》のくすんだいやなにおいのするランプに火をともすと、水差しの水を器にそそいでベッドに歩み寄り、濡らした端切《はぎ》れで老人の顔についた血をぬぐい始めた。

彼は私を押しのけようとした。「やめてくれ！」懇願するように言う。「俺は悪魔にとりつかれてるんだよ、坊や。もう二十五年ものあいだ、地獄に住んでるんだ。俺に触っちゃいかん」

私は彼の言うことには耳を貸さず、黙々と手を動かした。老いさらばえた体から服を脱がし、着古した寝巻きを見つけてそれに着替えさせる。それから横にして、仕上げにぼろぼろの毛布をかけてやった。

「あなたは悪人なんかじゃない」と私は言った。「ただ病気なだけだ」

「よしてくれ！」彼はどなった。「坊やに何がわかる？　俺が誰かも知らんくせに」

「バーテンダーから聞いてるよ。あなたの名前はスミスだって」

彼はかぶりを振ると、そのまなざしに小ずるそうな光がきざした。

「俺の名はスミスなんかじゃない」

「寝言で扉のことを言ってたよ」私は話題を変えた。「白い扉がどうのこうのって」

彼はやにわに毛布を跳ねのけると、私の肩をわしづかみにした。「白い扉のことは言うな！」

私は引きさがらなかった。この老人を涙に暮れさせている恐ろしい悪夢の正体を、なんとしても突きとめようと決めていたのだ。

「箱のことも言ってたけど、それって秘密なの？　箱はどこにあるの？　なかにおカネでも隠してるの？」

彼は苦笑いした。「カネか。カネなぞ持っとらんよ。毎月、遺産から少しばかり入ってくるだけさ。そいつで家賃を払い、パンをいくらか買い、残りはそこのトランクに入れとくんだ。毎日そこから小銭を取り出して酒場にかよい、ポケットがからになると戻ってきて暗闇に寝ころがる……いまわしい記憶とともにな。トランクのことを憶えておきなよ、坊や。いつかそのうちに、俺は死んでるところを見つかるだろう。もうじき悪魔が迎えにくるからな。そのときはトランクをあけてみるといい。月初めなら小銭がいくらか残ってるだろう。坊やにあげるよ。坊やを悪人の相続人にしてやろうじゃないか」

「そのおカネは寝言で言ってた箱のなかに入ってるの？」

「いいや、皮袋に入ってる。トランクの底だ」

「じゃあ箱の中身は何？　ひょっとして、海賊の隠し財宝？」

またしても彼の顔に小ずるそうな表情が浮かんだ。血の気のない唇が、皮肉な笑みにゆがむ。

「そうさな、ある種のお宝が入ってるとは言えるかもしれん」

「その箱は扉の向こうにあるの？」

「そうとも」かろうじて聞きとれるほどの囁《ささや》き声で彼は答えた。「箱は扉の向こうにある」

「あなたは海賊の財宝を盗んだの？　それで殺されそうになってるの？」

「殺しならあの暗い夜にあった。それに、もっと恐ろしいこともな」

「あなたは人殺しなの？」私は答えを聞くのが怖かった。

「人殺しも同然だ」

だしぬけに、老人の激しい震えがぶりかえした。狭い部屋はストーブのおかげで暖まっていたが、それでも彼は歯の根も合わないほど震えている。なんとか発作を鎮《しず》めてから彼は言った。

「ウィスキーが要る。外套のポケットに真鍮《しんちゅう》の鍵が入ってるから、そいつでトランクをあけて、さっき言った皮袋を探してくれ。そのなかのカネで一パイント瓶を買ってきてほしいんだ。かどに酒屋があるから」

「駄目だよ。もうさんざん飲んだじゃないか」

「頼むよ、坊や」彼は懇願した。「過去に巣食う怪物どもをやっつけるには酒が要るんだ。もうじきやつらがやってくる。酒を買ってきてくれたら、恐ろしい秘密を教えてやるから。誰にも打ち明けたことのない秘密だぞ」

「扉と箱に関係すること？」

「もっとすごい秘密さ。俺の名前を教えてやる」

「あなたは有名人なの？」

「悪い意味でな。さあ、急いでいってきてくれ、坊や」

アルジャーの物語の主人公ならこんなときどうするだろうかと考えながらも、私はけっきょく老人にウィスキーを買ってきてやった。あんなに具合が悪そうなんだ。欲しがっている酒をやらなければ死んでしまうかもしれない。私は自分にそう言い聞かせることで後ろめたさをごまかした。だが、自分を酒屋に走らせたのが好奇心だということは、心のどこかでちゃんとわかっていた。

彼は瓶から直接酒をあおると、しばらくのあいだぜいぜいとあえぎ、それからそのまま寝入ってしまうかに見えた。

「ずるいよ、約束したじゃないか！」私は抗議した。

「わかってる。ちゃんと教えるとも。ただしこれは恐ろしい秘密だから、俺が死ぬまでは誰にも言っちゃいかんぞ。俺の名前はな、ジョン・F・パーカーというんだ」

当時の私にとってはなんの意味も持たない名前だった。私は脳みそをめまぐるしく回転させた。

「ええと、たしかジェシー・ジェイムズ（西部開拓時代のガンマン、無法者）の仲間にパーカーっていう人がいたよね？」

「いいや、俺は無法者の仲間になったことはない」

「じゃあ、西部の連邦保安官《マーシャル》だったんじゃない？　ダコタ準州やなんかの」

彼は私に向かって悲しげに微笑むと、また瓶から酒をあおった。「西部なんぞ行ったこともないよ。考えてみりゃ、坊やぐらいの歳の子が俺の名前を知らなくても無理はない。だが、知ってる人間と悪魔は絶対に忘れない名前だ。さあ、もう帰りな。ひと眠りしたい」

彼は瓶の半分近くをあけてから深い眠りに落ち、いびきをかき始めた。もう夕飯の時間だった。母さんが心配しているだろう。靴磨き台を〈バーナビーズ〉に置いてきてしまったが、きっとバーテンダーが預かっておいてくれるはずだ。私は小さなストーブの窓をのぞいて残り火をたしかめると、ランプを吹き消してから部屋を出て、家路を急いだ。

あくる日〈バーナビーズ〉に顔を出すと、〝いつも泣いている男〟――悪い意味で有名な、しかし私の知らない名前を持つ男――はカウンターの端のいつもの場所に立っていた。私は普段どおり、得意客の靴を磨き終えるまでは近づかないでおこうと決めた。

スミス――いや、パーカーだか、それとも本当は違う名前なのか知らないが――からうんと離れて、ほとんどカウンターの反対端近くに例のひげ面の警察署長がいた。私は老人から口止めされていたにもかかわらず、思いきって署長に訊ねてみた。

「署長、パーカーっていう大物犯罪者に心当たりはありませんか?」

「パーカー?」そう言って署長は眉間にしわを寄せた。「ああ、知ってるとも。〈南ボストンの屠殺人《とさつにん》〉と呼ばれてたやつだ。肉切り包丁で三人の女の頭を切り落としたんだ。もちろん最後にはつかまえて絞首台に送ってやったがね。〈血まみれビリー・パーカー〉だの〈首狩り魔〉だの、新聞は派手に書きたてたもんさ」

「ビリー・パーカーじゃありません。ジョン・パーカーです。ジョン・F・パーカー。聞きおぼえはないですか？」

「この世には犯罪者なんて星の数ほどいるし、そのなかにはパーカーって名の男もいるだろうさ」署長はそっけなく答えた。どうやら私が〈血まみれビリー〉の話に食いつかなかったのが気に障《さわ》ったらしい。「だが、ジョン・F・パーカーってやつには心当たりがないようだ」

その晩も、私は〝いつも泣いている男〟を家まで送っていった。向こうもあえて異を唱えなかった。もっとも、こんどは彼の体を支えてやる必要はなく、通りをわたるときに軽くひじに手を添えるだけですんだ。通りは馬車や荷馬車が行き来するせいで雪がぐちゃぐちゃにかきまぜられて、深いぬかるみになっていた。

それからの数ヵ月間、私は来る日も来る日も彼をオールドマーケット近くのわび住まいまで送っていった。〈バーナビーズ〉で得意客の靴を磨き終えると、私はカウンターの端まで歩いていって老人の足もとにしゃがみこみ、底のすり減った靴を――手持ちの布切れと靴墨にできる範囲で――なるだけ見栄えよくしてやるのが日課になっていた。その作業が終わるころには、ちょうど彼も一日の酒代として自分に許しているわずかばかりのカネをほとんど使いきっているのだった。午後も遅くなってから、私たち二人はいっしょに店を出た。店の客たちは好奇の視線をそそいできたが、とやかく言うことはなかった。どうやら、私たち二人のあいだに自分たちの理解できない絆が存在していることに気づいているようだった。老人は週を追うごとに衰弱していった。だから私たちはわずかな距離を歩くのに長い時間がかかるようになっていたが、いっぽうで彼はあの最初の夜ほどしたたかに酔っぱらうことはなくなり、二度と歩道で転んだりもしなかった。

あの肥った赤ら顔の警官ともたびたび出くわした。そんなとき向こうは警棒を振ってみせてこう言うのだった。「坊や、今日もご苦労さん。君はじつに友達思いだね」

いつしか、老人と私はちょっとしたゲームに興じるようになっていた。おそらく最後のころには、そのゲームに対する関心だけが彼の生きがいだったのだと思う。なにしろ、わびしい一人住まいの部屋と、〈バーナビーズ〉で過ごすわずかな時間と、過去に巣食う怪物どもとみずから呼ぶ記憶のほか、彼には何もなかったからだ。ほとんど毎日のように、彼は自分が何者で何をしでかしたかに関するさりげないヒントをくれるのだが、そんなときは、さあ謎を解いてみろと言わんばかりに、それまでどんよりと曇っていた赤い目をにわかに輝かせるのだった。もらったヒントについて私が何か訊ねても彼は答えず、ただ横目でこちらを見やるだけだったが、そのまなざしは楽しんでいるようでもあり、また苦い思いを噛みしめているようでもあった。ときおり何がしかの答えをくれることはあっても、それはただ私の混乱を増すだけの意味不明な言葉だった。「白い扉があった」と彼は言う。「それから箱のことも忘れちゃならない。そして、ジョン・F・パーカーがそこにいなかったということもな」私が狐につままれたような顔をしているのを見て、最初のうちは面白がっているようだったが、やがてまた暗い想念に取りつかれたのか、その目に涙がこみあげてくるのだった。

私はジョン・F・パーカーの正体について、もう少し調べてみた。私なりに慎重と思われるやりかたでだ。〈トランスクリプト〉紙のスポーツ部長にそういう名前を聞いたことがないかどうか訊ねてみたのである。当時の私は新聞記者といえば、みな博覧強記の賢者だと思いこんでいた。

彼は唇をすぼめて賢《さか》しらな表情をしてみせた。「たしか、ジョン・Lのスパーリングパートナーを務めてた男にそういう名前のやつがいたな。左のジャブがめっぽう速い頭脳派だ。むろん、ストロングボーイの敵じゃなかったがね」

そんなある日、老人が私に言った。「なあ、坊や。坊やは大きくなったら何になるんだい？　俺のように人生を棒に振りたくなけりゃ、そろそろ考えといたほうがいいぞ」

「ぼくは新聞記者になる」私は即答していた。「〈トランスクリプト〉に署名入りの記事を載せるんだ」

「新聞記者ってのはもうかるのかね？」

「もちろんさ」私は無邪気に答えた。第四権力ともてはやされる言論新聞界で働く人々が、よもや中国人の苦力《クーリー》と大差ない薄給に甘んじているなどとは、夢にも思わなかったのである。

「それなら、一つ頼まれてくれないか」私の友人は言った。「俺はもう長くない。じきに悪魔が迎えにやってくる。ある朝、冷たくなっているところを見つかるだろう。そうしたら俺は本当の地獄に行くことになる。いまいるかりそめの地獄じゃなくてな。俺のむくろは無縁墓地の墓穴に放りこまれるはずだ。もちろん墓石なんかあるもんか。だから坊やが大きくなってひと財産こしらえたら、俺のために墓石を立ててほしいんだよ。約束してくれるかい？」

私は約束した。

「墓石には碑文ってもんを刻む必要がある」と彼は言った。彼は肉屋の包装紙と鉛筆を取って

——その日も私たち二人は彼の狭い部屋にいた——私の目の前に押しやった。「書き留めておく

んだ。墓石屋がちゃんと彫れるようにな」

私は鉛筆をかまえて待った。

「名前は要らん」老人は言った。「日付も、気の利いた文句も必要ない。なんの飾りもない四角い石に、ただこう刻んでくれればいい。タルタヴァルに行った男、と」

私は〝タルタヴァル〟の綴《つづ》りを訊ねた。彼は一文字一文字区切りながら、二度繰りかえして教えてくれた。

「タルタヴァルなんて聞いたことないや」と私。「どこにあるの？　マサチューセッツの町？」

「いまわしい夜に俺が足を運んだいまわしい場所さ」彼はまたいつものゲームを楽しんでいた。

私は三《み》たび〈バーナビーズ〉の常連客を相手に訊いてまわったが、タルタヴァルという名前を耳にしたことがある者はいなかった。それではと、亡父が遺した分厚く古い地名辞典を本棚から引っぱり出してきて、細かい字で印刷された巻末の索引ぜんぶに目を通し、靴墨で黒く汚れた指をページに走らせた。目が痛くなるほどたくさんの地図とにらめっこをしたが、それでもタルタヴァルなどという地名はどこにも見当たらなかった。

その年の夏、ボストンは熱波に見舞われ、うだるような暑さを記録した。老人はいまにも私の目の前で昏倒《こんとう》し、そのまましなびてしまいそうに見えた。そして秋、ハロウィーンには二人で歩道の縁石に立って、伝統の仮装パレードを見物した。お面をかぶったグロテスクな扮装の人々が目の前を通りすぎると、彼は言ったものだ。「俺の夢に出てくる化けもののほうがよっぽど恐ろしいな」

やがてまた冬がめぐってきて、ニューイングランド地方はひと足早い雪に覆われた。

私はひそかに貯めたカネから十セント硬貨や五セント硬貨をかきあつめて、老人にクリスマスの贈りものを買った。暖かい外套がいいと思ったが、もちろん手が出ないので、厚い毛糸の襟巻きでがまんした。

クリスマスイヴの晩、私は〈バーナビーズ〉を訪ねた。店は柊《ひいらぎ》の枝や赤い紙のリボンで華やかに飾られ、常連客は陽気にさんざめき、エッグノッグやトムアンドジェリーやバターを落とした熱いラム酒などで祝杯をあげていた。

店に入るなり、私の心は沈んだ。お客の多くが声をかけてくれたし、靴を磨いてほしいと言ってきた。引き受けていれば、クリスマスのことだ、きっとチップをはずんでくれただろう。けれども私は磨き台を取り落とすと、自分で薄紙に包んだ贈りものを脇に抱えて雪のなかに飛び出していた。

オールドマーケット近くのうらぶれた通りまで、私は駆けどおしに駆けた。木造家屋の扉は鍵がかかっていなかった。玄関ホールに入ると、私はきしむ階段をドタドタとのぼっていった。

彼はベッドに横たわっていた。空の酒瓶が脇に転がっている。ひと目で事切れているのがわかった。

とうとう悪魔が〝いつも泣いている男〟のもとにやってきたのだった。

私は床にクリスマスの贈りものを取り落とすと、トランクのなかにある〝遺産〟のことも忘れて、階段をよろめきおりた。外に出ると、偶然にも例の肥った赤ら顔の警官がいたので、事の次

第を話してきかせた。警官は私の肩を優しく叩くと、あとは任せるようにと言った。風に舞う雪のなか、私はとぼとぼと家路をたどった。涙が頬を伝ってとまらなかったのを憶えている。〈バーナビーズ〉に置いてきてしまった靴磨き台を取りに戻ることはなかった。私があの店にまた足を向けたのは、それから十年後のことだ。

〈バーナビーズ〉に戻ったとき、私はもう選挙権を手にしていた（マッキンリー（アメリカの第二十五代大統領））とテディ・ルーズヴェルト（同第二十六代大統領）のためにそれを行使したことは言うまでもないだろう）。六月にはハーヴァード大学の学位授与式を控えていた。日付もはっきりと憶えている。なぜならそれは私の人生の節目となる日だったからだ――あれは忘れもしない一九〇〇年の四月十四日。

その日の午後、私は〈トランスクリプト〉紙の主筆の面接を受け、記者として採用するという内定をもらっていた。卒業後、すぐに入社の予定だった。無縁墓地に眠る友人に墓石を買ってやれる日も遠くない――私はそう考えた。なぜなら週給十ドルの〝厚遇〟を約束されていたからだ。〈トランスクリプト〉の新米記者は週給七ドルから始めるのが相場なのだが、くだんの主筆というのがハーヴァードの理事を務めている縁で、卒業生の給料には多少の色をつけてくれるのだった。ともかくそのうららかに晴れた春の一日、私の気分は高揚していた。なにしろ、世紀の変わり目とともに人生の門出をむかえようとしているのだ。なんとなく、祝杯をあげたい気分だった。酒はたしなむ程度の私だったが、その日はほとんど衝動的に決めていた。自分の幸運と、老人の思い出に乾杯しよう――二人が出会ったあの〈バーナビーズ〉で。

〈バーナビーズ〉は十九世紀の酒場《みせ》であり、世紀の終わりとともに滅びる運命にあった。おぼろなガス灯にとってかわった電球の光が、埃《ほこり》や活気のなさまでをもしらじらと照らし出していた。かつて陽気な客たちが笑い、浮かれ騒いだのが嘘のように、気づまりな静寂が店内を支配している。バーテンダーはもはや額に巻き毛を垂らしてもいなければ、肥ってもおらず、口ひげをたくわえてもいなかった。おまけに、エプロンはしみで汚れていた。長いカウンターの半分は柵に閉ざされ、使えなくなっている。私は思わず、柵の向こうの暗がりでグラスをかたむける亡霊たちの姿を想像していた。〝いつも泣いている男〟は来る日も来る日もそこに立ち、過去に巣食う怪物たちと戦っていたのだ。

客は気の毒になるほど少なく、そのわずかばかりの客も、やはり〈バーナビーズ〉同様、過去の遺物に思えた。そのなかでも、そろって白いあごひげを生やした、フロックコートにてっぺんが平らな山高帽といういでたちの老紳士二人に、私は見覚えがあった。彼らの隣に席を占め、飲みものを注文する。やがて思い出した。二人とも、この店によく来ていた州議会議員だった。もちろん、いま自分たちの隣に腰をおろしたこの背の高い青年が、かつて彼らの靴を磨いたあの少年だとは、夢にも思うまい。だしぬけに、二人のうちの一人が意外な言葉を口にした。「ああ、今日は忘れようにも忘れられない日だ」

この二人が私の洋々たる前途について聞き知っているなどということがありうるだろうか？　私は自分の突拍子もない考えに苦笑した。

するともう片方が言った。「そうとも。わずか三十五年前のできごとだ。そしてつくづく残念なのは、あの警官さえ扉の前から離れなければ、あんなことは起きなかったという点だ。やつが扉の外にがんばっていれば、桟敷席《ボックス》は安全だった。あのろくでなしはなんという名だったかな？　パークス？　パークマン？　それともパーカーか？　たしかそんなような名前だった」

相棒が言う。「思い出したよ。そいつはあの晩、タルタヴァルにしけこんでたんだ」

私はもう自分を抑えられなかった。思わずこう叫んでいた。「タルタヴァルですって⁉　お願いです、教えてください。それはなんのことですか？　いや、どこのことですか？」

二人の老紳士は生粋のボストン人らしく、無礼なふるまいをたしなめるように私をにらみつけた。それでも、片方が私の問いに答えてくれた。「せっかちはいけませんぞ、お若いの。大きな声を出したり、目上の人間の会話をさえぎったりするものじゃない。きょうびの若い世代が品位と礼節に欠けとるのは前からわかっておったが……。まあいい、ご質問にお答えしよう。タルタヴァルというのは昔ワシントンDCの十番街《テンス・ストリート》にあった、ここと同じような酒場のことでね。

正確には、あのフォード劇場の隣だったのだよ」

作者によるメモ

エイブラハム・リンカーンの暗殺を防ぐことができたかもしれない人物、ジョン・F・パーカーは、歴史的には無名に近い存在だ。この大事件をあつかったさまざまな文献を当たってみても、めったに触れられることがない。パーカーはワシントンの首都警察に所属する警官で、リンカーン大統領の警護を任された六名のうちの一人だった。ごく短いあいだ北軍に加わっていたことがあるが、軍隊生活によほど懲《こ》りたのか、徴兵を逃れるため警察に入った。ちなみに、このとき口利きをしてくれたのがリンカーン大統領夫人である。パーカーは慢性のアルコール中毒患者だった。一八六五年の四月十四日（シェイクスピア俳優のジョン・ウィルクス・ブースがリンカーンを銃撃した日で、この作品中重要な意味を持つ）、彼は酔っぱらって仕事に出てくるのが三時間遅れた。本来なら午後四時には持ち場についていなければならないのに、夜の七時になるまで姿をあらわさなかったのである。彼がもう少しだけ遅く来ていたら、あるいはいっそのこと欠勤していれば、リンカーンは難を逃れていたかもしれない。なぜなら、パーカーが遅れて交代したクックという男は、真面目で信頼の置ける警官だったからだ。

運命の夜、リンカーン大統領が観劇していたフォード劇場の桟敷席《ボックス》七号室の白い扉は、錠前が壊れていた。鍵を紛失したため、数日前に係員が壊したまま、まだ新しいものに付け替えていなかったのである。パーカーはそのことに気づいていたはずだが、閉じた扉の外側で警戒にあたるという自分の務めをないがしろにした。大統領一行がボックスのなかに入ったのを見届けると、こともあろうに彼は劇場の隣にあるピーター・タルタヴァルの酒場に出かけ、観劇中の客を待っている御者《ぎょしゃ》数人といっしょになって宴会を始めたのである。あまつさえ、九時から十時までのあいだのどこかで、パーカーは暗殺犯をすぐ目の前にしていた。ちょうどそのころジョン・ウィルクス・ブースが酒場に入ってきて、カウンターでウィスキーを瓶ごと注文したことがわかっている。ブースはそのあと大統領を暗殺すべく劇場に向かった。パーカーはどうも、自分が護《まも》ることになっていた大統領が殺されたことさえ、ずっとあとになるまで知らなかったふしがある。深夜も過ぎるころ、無料奉仕をこばまれたことに腹を立ててリジー・ウィリアムズという娼婦を警察署にしょっぴいてきたとき、初めて事件のことを聞かされたらしい。パーカーは起訴されることもなかったし、それどころか査問を受けたという記録も残されていない。彼の職務怠慢があれだけの重大事を招いたというのに！

パーカーはその後も三年のあいだ警官の職にとどまり、その間、酒が原因で絶えずトラブルを起こした。そして一八六八年、黙って姿をくらました。それ以来、彼の行動はいっさい記録に残っていない。死亡記録さえ存在しないのである。

リンカーンが銃撃された一八六五年、パーカーは三十五歳だった。もし生きていれば、この物語の舞台である一八九〇年には六十歳になっていたはずだ。

かつてワシントンでもよく知られた店だったタルタヴァルは、リンカーン大統領暗殺後まもなく閉鎖された。いまも残る数枚の写真を見ると、なるほどたしかにフォード劇場のすぐ隣だということがわかる。

優しい修道士

助修士（聖職に就かない修道士のこと）ケヴィン・マッカーティが妹の訃報《ふほう》に接したのは、神学校の敷地内にある薔薇の茂みを楽しげに剪定《せんてい》していたときだった。ローズ・キャスリーンはみずから命を絶つという取りかえしのつかない大罪を犯してしまったのだ。妹の死そのものはもちろんのこと、この修道士をよりいっそう打ちのめしたのは、遺体を棺におさめたその日に受けとった手紙と小包だった。両方とも、ほかでもないローズ・キャスリーン自身の手で宛名がしたためられていた。そう、あの愛らしい唇に毒薬を運んだのと同じ手だ。

気の毒なケヴィンは手紙を何度も読みかえした。妹は命を絶つ直前にその長い、驚くべき内容の手紙をつづり、小包といっしょに投函したのだった。母が亡くなってからこの世でたった一人の肉親だったローズ・キャスリーンのことを、ケヴィンは舞台女優だと信じて疑わずにいた。女優という職業を手放しで称える気にはならなかったが、とにもかくにもまっとうな仕事には違いないのだし、若く、輝くばかりの美しさをそなえた妹の姿を観客席の人々に見せてやったところで、特に障りはあるまいと思っていた。古今東西、美しいものを観賞したからといって傷ついた人間などいないのだから。だが、手紙を読むかぎり、どうやら女優というのは嘘だったらしい。

妹は〝踊り子〟だった。この引用符は彼女自身がつけたものだ。ローズ・キャスリーンはローリー・オバノンが経営する〈イチジクの葉〉というナイトクラブで、何やらいかがわしい演《だ》しものに出ていた。手紙によれば、〝踊り子〟たちは実際にはほとんど踊らず、青い照明を浴びながらただ突っ立って、酔客の前で肌をさらすのだという。そしてその数時間後には、対価を払うだけの財力がある客を相手に、別種のサービスにこれ努めなければならない。ローズ・キャスリーンがそういう仕事に甘んじていたのは、物好きにもローリー・オバノンを愛していたからだった。

ローリー・オバノンのことなら、ケヴィン・マッカーティは知りすぎるほどによく知っていた。なにしろ、グリニッチ・ヴィレッジの同じ横丁で育った仲だ。ローリーは子供のころから乱暴者だった。図体が大きく、赤いくせ毛のぼさぼさ頭をして、いつも目をぎらぎら輝かせていた。ローリーに暴力をふるわれても、ケヴィンはけっしてやり返さなかった。腰抜けだったからではない。ケヴィンは小柄で華奢《きゃしゃ》なうえに病気がちだったが、だからといって根性なしとは違った。ただ生まれつき暴力というものが大の苦手で、ましてや相手を傷つけてしまうかもしれないのに自分から手を出すなど、とても考えられなかったからだ。だからこそ彼は心の安らぎと霊的な生活を求め、神学校の門を叩いたのである。

ケヴィンの薄い鼻梁《びりょう》が曲がっているのは、ある日、聖イグナティウス教区小学校からの帰り道、ローリー・オバノンからふるわれた理不尽な暴力の結果だった。また、ときおり、天気の変わり目などに左腕が痛むのは、遠い昔、ローリーに腕を背中にねじあげられて、母親を貶《おとし》めるような言葉を言うよう強要されたときに、それをこばみとおして骨を折られたからだった。

ケヴィン・マッカーティはなにも神学校の石壁の内側にこもりきりになり、俗世間との交渉を完全に絶っていたわけではなかった。新聞を読んだり、ときどきはラジオを聴いたりもしていたのである。だから、ローリー・オバノンが成長してどういう人間になったかは知っていた。ローリーは何度も警察に逮捕され、そのつど犯罪委員会の審問を受けたが、刑務所に送られたことは一度しかない。そのときは武器の不法所持が理由だった。シンジケートのボス、マルテッロの右腕だとか、麻薬の密売や売春といった非合法な商売に手を染めているとか、ローリー・オバノンには黒い噂が絶えない。ところが、ことの真偽を問いただされるたびに、彼は憲法上の権利を盾に回答をこばむか、自分はきちんと税金を納めている善良な市民で、たんにいかがわしいナイトクラブを経営しているというだけで不当な扱いを受けるいわれはないと主張するのだった。

青い照明を浴びながら裸身をさらし、その数時間後には違うやりかたでローリーの得意客を楽しませる。けれどもそれらは、ローズ・キャスリーンの手紙のなかの最悪なくだりではなかった。どうやら彼女は一時期、ローリー・オバノンと夫婦同然の生活を送っていたらしいのだ。それが、ローリーに飽きられると、彼の売りさばいている麻薬におぼれるようになった。じきに〝踊り子〟として舞台に立つこともできなくなり、生活費にも困るようになる。それでもクスリなしではいられないので――と彼女は書いていた――、自分の持っている唯一のものを売って代金を稼いだ。やがて、とうとうそんな生きかたに耐えられなくなって毒をあおぎ、すでに傷だらけになっていた哀れな若い魂にもう一つ罪をつけくわえたというのが事の顛末《てんまつ》だった。

手紙といっしょに送られてきた小包の中身は、妹が子供っぽい字でつづった日記だった。ローリー・オバノンと同棲していたときにつけていたものらしく、麻薬の密売やその他の非合法な取引に関係する人間の名前、日付、場所が書きつらねてあった。マルテッロの名前が何度も登場する。ローズ・キャスリーンはきっとこう考えたのだろう。この小さな日記に盛られた情報があれば、兄のケヴィンが仇を討ってくれる。ローリー・オバノンと彼の君臨する背徳の王朝を滅ぼしてくれる、と。

妹の葬儀がすむと、ケヴィン・マッカーティは神学校の校長を務めるフランシス神父に会い、手紙と日記の内容を打ち明けた。フランシス神父はケヴィンの家族も、一家が住んでいた界隈のことも昔から知っていた。「その手紙と日記はダニー・ミーガンに送るといいでしょう。ええ、あなたとは幼なじみのダニーです。きっと彼も妹さんのことを愛していたでしょうからね。知ってのとおり、いまは刑事をやっているそうです」

ケヴィン・マッカーティはかぶりを振った。「ダニーには会いましょう、神父さま。喜んで会いますとも。でもローリー・オバノンに罪の報いを受けさせることは彼の手に余ります。オバノンは死ななければなりません。そして、ローリー・オバノンの死を見届けるのは私の務めです。今日はそのことをお伝えしにまいりました。私は誓願《せいがん》を取り消し、俗世に還《かえ》らなければなりません」

年老いた司祭は目を丸くして、いくら庭仕事に励んでも日に焼けないこの華奢な青年を見つめた。「誓願を……」神父はつぶやくように言った。

「イエズス会士として立てた従順と清貧の誓いです。もっとも、私には富も金儲けの才覚もありません。そして、神父さまがおわかりにならない意味で従順でもあります。ローリー・オバノンは死ななければならないと、わが身の内で囁くあるものに対して従順なのです」

「それは悪魔の囁きです」フランシス神父は言った。

「おっしゃるとおりです。私にとりついているのは尊き救い主さまではなく、悪魔にほかなりません」ケヴィン・マッカーティは答えた。「けれどもローリー・オバノンの死を見届けるのは私の務め。それから逃れるつもりはありません。誤解なさらないでください、神父さま。神を冒瀆《ぼうとく》する気はないのです。でも、人間のなかにはあまりにも卑しくかつ邪《よこしま》で、優しく慈悲深い主《しゅ》のお手を煩わせるにも値しない者たちがいます。ローリー・オバノンのような手合いにふさわしいのは悪魔だけです」

「わが子よ」フランシス神父は言った。「あなたはショックと悲しみのあまり気が動転しているのです。自分が何を言っているか、わかっているのですか？　あなたはこの私に、ローリー・オバノンの殺害をくわだてていると打ち明けているのですよ？」

「ローリー・オバノンは死ななければなりません」ケヴィン・マッカーティはかたくなに繰りかえした。

老司祭はかぶりを振り、それから微笑んだ。「いやいや、私は何も心配していません。あなたほど心根の優しい修道士を知らないからです。あなたは救い主が十字架でみまかられてからこのかた、地上に生を受けた最も優しい人間の一人です。だから、私は何も心配していない。いずれ気持ちもおさまるでしょう。あなたに人を殺《あや》められるはずがない。日頃、虫も殺せないあなたではないですか。どうしてもと言うならお行きなさい。でも、管区長神父にはまだ報告せずにおきましょう。きっと戻ってくると信じていますよ」
「神父さま、私は俗世に還ります。ローリー・オバノンは死ななければならず、それを見届けるのが私の務めだからです」

ケヴィン・マッカーティはくたびれた流行遅れの服に着替え、妹から送られてきた手紙と日記だけを持って神学校をあとにした。

さしあたっての問題は、食費や家賃を稼ぐための当座の手段を見つけることだった。食うや食わず、住むところもないのでは、肝心な使命が果たせない。もっとも、世事に疎《うと》いことがむしろ幸いして、彼はいたって楽観的だった。子供のころ、父と懇意だったジルベルト兄弟のために食料雑貨を配達していたことがある。のちには兄弟が経営するブリーカー通りの惣菜屋《デリカテッセン》で売り子として働いた。となれば、ジルベルト兄弟を訪ね、昔のように雇ってほしいと頼めばいいだけだ。どのみち、カネはほとんど必要ないのだから。

店のたたずまいはまるで変わっていなかった。間口が狭く、奥行きのある黒ずんだ建物。熟成したチーズと香ばしい胡椒《こしょう》のにおいが漂ってくる。ジャコモ、ハリー、チャーリーの三兄弟はというと、それなりに老けてはいたが、ほかは変わりなかった。おしゃべりで人情味が厚く、商売熱心なところもあいかわらずだ。兄弟は三人とも狩猟を趣味にしていた。ケヴィンの父親もときどき彼らといっしょに狩猟旅行に出かけたものだ。ニューヨーク州北部やニュージャージー、ときにはカナダまで遠征することもあった。店内の壁に飾られたヘラジカの頭は、その昔長兄のジャコモが仕留めた獲物だった。いまでは埃をかぶって汚らしく、どうしたことか片方の枝角が折れていた。ガラスの目玉を入れられた鹿の恨めしげなまなざしに、ケヴィン・マッカーティはいつも胸を痛めたものだ。

ジルベルト兄弟は、大げさなほどに歓迎してくれた。最初、信仰に身を捧げる生活に見切りをつけたというケヴィンの説明や、また雇ってほしいという頼みを真に受けなかった。が、とうとう彼が本気だとわかると、給金が少ないのを詫びながらも、売り子として快く雇い入れてくれた。

「おれたちももう歳だ」とチャーリーは言った。「といって、はやばやと店を閉めるわけにもいかん。正直、人手が増えるのはありがたいよ」

ケヴィンは店のほぼ真向かいに家具つきの一間部屋を借りた。二階の、表通りに面した部屋だったから、窓辺に腰をおろせば、トラック、乗用車、手押し車といった車両の往来や、アイルランド系やイタリア系の人々が行き交う様子をながめることができた。遠くに見える古い教会は、ケヴィンが初めて聖体を拝領した思い出の場所だった。

新しい生活になじみ、ローリー・オバノンの殺害計画を練りあげるのに一週間かそこらかかった。

ジルベルト兄弟からは、毎朝八時に店を開けるようにと鍵を渡された。十時になるとジャコモが、その次にハリーがやってくる。最後に出てきたチャーリーが、夜の十時まで店を切り盛りするという寸法だった。ケヴィンは五時あがりの約束だったが、店が立てこむときには食事どきをとうに過ぎてしまうまで手伝うことが珍しくなかった。夕飯は近くの安食堂で適当にすませることにしていた。ときには食べ忘れ、真夜中に空腹で目が覚めてようやくそれに気づくことさえあった。

マーサー街警察署に電話をかけると、ダニー・ミーガン刑事はその週ずっと、午後四時から深夜までの勤務《シフト》だという。そこである日の夕方、ケヴィンは旧《ふる》い友人を訪ねてみた。ダニーは彼を刑事課から離れた小さな個室に通してくれた。

二人はグリニッチ・ヴィレッジの横丁や聖イグナティウス教区小学校裏手の舗装された運動場で遊んだ少年時代の思い出話にひとしきり花を咲かせた。それから話題はローズ・キャスリーン――ダニー・ミーガンは幼心《おさなごころ》に彼女を愛していた――のことになり、やがて否応なくローリー・オバノンにおよんだ。

「彼女がやつの情婦《おんな》になったのは知ってたよ。おまえが神父さんたちのところへ行っちまってからだ」とダニーは言った。「もちろん、俺なりのやりかたで彼女の目を覚まさせようとした。だが、まるで相手にされなくてな。おまえに手紙で知らせようかとも思ったが、やめておいた。実の兄の説得だからって聞き入れるとはかぎらないし、なによりおまえを心配させて、静かで神聖な暮らしを邪魔したくなかったんだ。若い娘があんなふうになるのは理屈じゃない。一種、病気みたいなもんさ。仕事柄、そういう例をさんざん見てきたよ。どういうわけか、悪い男ほどローズ・キャスリーンのような若い娘を虜《とりこ》にするらしい」

ケヴィン・マッカーティは言った。「ダニー、これはあくまでも仮定の話なんだが、もしローリー・オバノンのような男とつきあっていた娘が日記をつけていたとしたらどうだろう？　そこに麻薬の密売その他の不法行為がおこなわれた場所や関わった人間の名前が記されているとしたら？　もし警察がそういう資料を手に入れたら、摘発に乗り出せるだろうか？」

ダニー・ミーガンの目がすっと細くなった。「なあケヴィン坊や。それはつまりあれか？　妹さんがそういう日記を遺してたってことか？」

「まさか、そうじゃないさ」ケヴィン・マッカーティは言下に否定した。「もし仮にそうだったらって話だよ。子供のころによくそういう想像をして遊んだじゃないか。君だってイエズス会の学校にかよってたんだ。イエズス会士が抽象的な命題をああでもないこうでもないとこねくりまわしたがるのは知ってるはずだよ」

「抽象的？」若い刑事は訊ねた。「いいかい、ケヴィン坊や。もし抽象的じゃない、つまり何か具体的な証拠を握っているんなら、四の五の言わず即刻警察に引き渡すべきだぞ」

ケヴィンはやれやれというようにかぶりを振った。「君ってやつは根っからの行動派だな。じゃあ聞かせてほしい。もし僕がその日記を君に渡したらどうなるんだい、ダニー？」

「警察がそこに名前のある人間を全員取り調べ、書かれている場所は一つ残らずガサ入れする。じゅうぶんな証拠がそろえば、逮捕に踏み切る」

「逮捕された連中はそのあとどうなる？」

「もちろん裁判にかけられる。おまえの言うその日記とやらが、動かぬ証拠として大きな価値を持つだろう」

「で、どういう罰を受ける？」

ダニー・ミーガンはくっくっと笑った。「その手は食わんよ。俺にはなんとも言えない。彼らがたしかにクロで、警察の捜査に違法性がなければ、陪審が有罪の評決をくだし、判事が量刑を言い渡すだろう」

「どのくらいの刑になる?」華奢な青年は執拗《しつよう》だった。

刑事は肩をすくめた。「さあな。十年か。いや、五年がいいところだろうな」

「それじゃとても足りないよ。ローリー・オバノンはぼくらと同年代だ。五年つとめて出てきたとしてもまだまだ若い。またうぶな娘を毒牙にかけ、高校生に麻薬を売るだろう。ローリー・オバノンのような男は死刑を言い渡されるべきだ」

ダニー・ミーガンは目をみひらいた。「本気で言ってるのか? 虫も殺せない優しいおまえが? だが、もちろんおまえの言うとおりさ。俺も全面的に賛成する。これまでにも麻薬の密売を極刑相当の重罪に指定しようって法案がなんべんも出されてるが、残念ながら議会を通ったためしがない」

ケヴィン・マッカーティは立ちあがった。「会えてよかったよ。〝もしも〟の話で時間を取らせてすまない。でもローリー・オバノンは死ななきゃならない。ぼくはそう決めたんだ」

刑事はますます驚いた顔をした。

「ちょっと待てよ。つまりおまえは法になりかわって、みずからオバノンを処刑するっていうのか? それなら言っておかなくちゃならん。たとえローリーのような人間の屑《くず》でも、殺せば殺人罪に問われるんだぞ?」

ケヴィン・マッカーティはうなずいた。その顔は真剣そのものだった。「わかってるさ。もし何かもっと——具体的な証拠をつかんだら、また寄らせてもらうよ、ダニー」

「そうしてくれ。それとな、くれぐれも気をつけろよ、ケヴィン坊や。ローリー・オバノンみたいな手合いは、花を育てたり抽象的な思索にふけったりしてきたイエズス会の修道士がたてつくには、ちょいとばかり手ごわすぎる相手だぞ」

探偵の才に恵まれているとは言いがたいケヴィン・マッカーティだったが、ローリー・オバノンの住まいを探しあてるのに苦労はしなかった。ローリーが関与していると思われる犯罪の捜査がおこなわれるたびに、公園に面した彼のぜいたくな屋上邸宅《ペントハウス》のことが盛んに書きたてられたからだ。ケヴィンは仕事が終わってからその高級アパートメントに足を運び、公園のベンチに座って正面玄関を見張った。途中でパン屑の袋を買い、鳩にエサをやっているように装うのも忘れない。しかし、二晩ともローリーらしき住人はあらわれなかった。三日目の晩は店を早くあがり、夕食もとらずにいつもの場所に陣取った。ねばった甲斐があった。大きな体と不遜《ふそん》な面構えをして、ホンブルグ帽の下から言うことをきかない赤毛をはみ出させた男が、ガラスとクロムでできた玄関ドアからふんぞりかえって出てきたからだ。両脇に、滑稽なほど分厚い肩パッドを入れ、どう見てもサイズの大きすぎる帽子をかぶった無表情な男二人を従えている。三人は待ち受けていた霊柩車のように黒光りするリムジンに乗りこんだ。ローリーが感化院に送られてからというものケヴィンは彼を見ていなかったが、それでも難なく見分けがついた。ローリー・オバノンの顔写真は、これまでにさんざん新聞の紙面を飾っていたからだ。上背はずいぶん伸びたし、胴回りは太くなって腹がせり出していたが、ぎらぎらした残忍そうな顔つきは昔のままだった。それからまるまる一週間、ケヴィンは鳩にエサをやりながら見張りを続けた。ローリーと無表情な護衛と霊柩車のようなリムジンは、毎晩あらわれた。ローリーの夜毎《よごと》の外出は、判で押したように変わらなかった。日によって違いがあるとしても、それはせいぜい数分早いか遅いかに過ぎなかった。

毎夕の見張りをやめるにあたって、ケヴィン・マッカーティはなんのためらいも覚えなかった。鳩たちはすでに丸々肥って破裂寸前――それはそうだろう、エサをやっているのはなにも彼だけではないのだから――だし、それに、機が熟したときにどこへ行けばローリー・オバノンが見つかるかわかった以上、見張りを続ける意味はなかった。

喧騒とあわただしさと悪人に満ち満ちた俗世に還ってから二回目の安息日に、ケヴィンはバスに揺られてハドソン川に臨む静かな村を訪ねた。この前別れを告げた神学校がそこにあるのだった。司祭といえども、生身の人間であることに変わりはない。生身の人間というのは趣味を持つものだ。フランシス神父の趣味は写真だった。一台のカメラとさまざまなレンズ、フィルターをそろえ、大きなクローゼットを暗室に改造していた。アルバムには、これまでに写した作品があふれている。その一枚いちまいに、かいがいしく立ち働く神父や勉学にいそしむ神学生や祈りを捧げる修道士の姿がおさめられていた。フランシス神父はケヴィン・マッカーティの優しい心根を愛し、シャッタースピードや絞りといった写真技術のイロハをよく教えたものだった。

その良く晴れた安息日の午後、暗い色の書物の背表紙が並び、明るい石膏でできた聖像が所狭しと飾られた書斎にケヴィン・マッカーティが入ってきたとき、フランシス神父は手放しで喜んだ。てっきり放蕩《ほうとう》息子が帰ってきたのだとばかり思い、急なこととて大盤振る舞いこそできないかもしれないが、少なくとも神学校の台所に置いてある缶詰から最高に美味なものをあけて祝おうという気持ちは満々だったのである。それだけに、ケヴィンがまた信仰生活に戻るべく帰ってきたわけではなく、たんにカメラと暗室を借りにきただけだとわかったときの神父の落胆はひとしおだった。

「それで、あなたがとりつかれたようになっているオバノンですが、何か進展はあったのですか？」

「いまのところ、何度か遠くから姿をながめただけです」ケヴィンは当たり障りのない答えでお茶をにごした。

当惑顔の老人はケヴィンにカメラと暗室の使用を許したが、それらが何か悪魔的な計画に使われるのではないかという奇妙な予感をぬぐえなかった。

ケヴィンは妹の日記を持参していた。あらかじめ印をつけておいた数ページをカメラに収め、ネガを現像してできあがった写真をフランシス神父の小さな扇風機で乾かした。

写真が乾くのを待つあいだ、フランシス神父とワインのグラスを傾けながら、ジルベルト兄弟の世話になっていることや、ダニー・ミーガンの近況を話して聞かせた。現像した写真や死んだ妹やローリー・オバノンについては触れないようにする。やがて写真が乾きあがると、彼はそれらを封筒に入れてポケットに収め、老司祭にいとまを告げた。

フランシス神父はケヴィンの腕に手を添えて言った。「お聞きなさい、わが子よ。神の御業《みわざ》は神の御手《みて》にゆだねることです。あなたのことはまだ管区長神父に伝えていません」

「ローリー・オバノンは神のお手を煩わせるような相手ではないのです」ケヴィン・マッカー

ティはそう応じた。
次の二日間、ケヴィン・マッカーティはもっぱらデリカテッセンの店番をし、空腹を覚えては食べ、部屋に帰ると窓辺に座って手紙の文案を練った。そして、ようやく満足のいく文章ができあがると、それを用箋《ようせん》にしたためた。

ローリーへ
僕のことは憶えているだろう。幼なじみだからな。それとも、死んだローズ・キャスリーンの兄と言ったほうが早いだろうか——神よ、彼女の霊を安んじたまえ。さて、君に手紙を書くのはほかでもない、生前の妹がつけていた日記を手に入れたからだ。そのなかから数ページを選んで写した写真を同封しておいた。それを見れば、君やミスター・マルテッロそのほかの名前が頻繁に登場するのがわかるだろう。
この小さな日記をどうしたものか、僕はまだ決めかねている。おそらくは当局に提出するのが市民としての義務だろう。だが、その前に君と一度話がしたい。もし君のほうでも僕が警察に行く前にこの件について話し合いたいと思うなら、今から書く指示を忠実に守りたまえ。
次の日曜日の午後三時十五分ちょうどに、下記の所番地にあるアパートの二階、表通りに面した部屋まで来ること。ただし、一人でだ。僕は部屋の窓から通りを見張っている。もし誰か連れてきたら、なかには入《い》れない。また、指定した日時以外に訪ねてきても同じだからそのつもりで。

罠をしかけているのじゃないかと疑う気持ちはわかる。だが、約束しよう。僕は一人きりで待つ。それに、僕が大男でもなければいかつくもないことは、君だって百も承知のはずだ。そうそう、忠告するまでもないと思うが、丸腰で来たほうがいい。銃など持ってきてみたまえ。万一罠だとしたら、待ち受けていた警察に動かぬ証拠をくれてやることになるじゃないか。そうだろう？

次の日曜日の午後三時十五分ちょうどに君があらわれない場合、僕はすぐに警察を訪ねる。したがって、三時三十分には日記が彼らの手に渡ると思ってくれたまえ。そうなれば、君やミスター・マルテッロそのほかの面々が逮捕されることは請け合いだ。君が僕との話し合いに応じてさえいれば避けられた事態だということを、僕はミスター・マルテッロに必ず知らせるつもりだから悪しからず。

ケヴィン・マッカーティ

ケヴィンは書きあげた手紙に写真を添えて投函した。そのあとブリーカー通りの小さな店に立ち寄り、下宿の玄関と自室、両方の合鍵をつくった。それからマーサー街に足を向け、警察署の階段をのぼって刑事課を訪ねた。

ダニーとふたたび小さな個室で二人きりになると、ケヴィンはこう切り出した。「じつはねダニー、具体的な進展があったんだよ。僕の言うとおりにすれば、こんどの日曜の午後、ローリー・オバノンを逮捕できる。彼の有罪を裏づけるじゅうぶんな証拠とともにね」彼は二本の合鍵を刑事に手渡した。「次の日曜日の午後三時三十分に、ここを訪ねてくれ」ケヴィンは紙切れに自分の下宿の所番地を書きつけると、それをダニー・ミーガンに渡した。「太いほうの鍵で玄関のドアをあけ、二階にあがるんだ。廊下の左奥に、表通りに面した部屋がある。ドアは細いほうの鍵であくからなかに入ってくれ。それだけやればいい。ただし、君が刑事として出世したいなら、くれぐれも時間を守ってくれ。三時三十分。それより一分早くても、一分遅くても駄目だ」

ダニー・ミーガンは顔色を変えた。いったい何をたくらんでるんだ？　ローリー・オバノンはガラガラ蛇のように危険な相手だぞ？

ケヴィンが相手を制して言った。「僕の言うとおりにしてくれ。でなけりゃ、この話はなしだ」

心優しい修道士の次なる懸案は、どうやって銃を手に入れるかということだった。そういった方面にはまるで疎かったが、銃火器を購入するには何か許可証のようなものが必要だということくらいは見当がついた。とはいえ、許可証を申請しようにも、もっともらしい理由は何ひとつ思い浮かばない。これでは許可などおりないだろう。手っ取り早い方法としては、デリカテッセンの奥の納戸にしまってあるジルベルト兄弟の猟銃コレクションから一丁拝借する手があった。しかし、それには道徳的な問題がつきまとう。もともと生《き》一本なケヴィン・マッカーティにとって、善悪を区別することは何も難しくなかった。けれども、二つの罪のうちどちらがましかということになると、話は別だ。よくよく考えたうえで、けっきょく嘘をつくほうが盗みを働くよりは罪の度合いが軽いだろうという結論に達した。ある朝、ほかの兄弟たちがまだ出てくる前に、ケヴィンは長兄のジャコモをつかまえた。三人のなかでは、いちばんお人好しに思えたからだ。

「ジャコモのおじさん」と切りだした彼は、自分の声がいかにも嘘っぽく響くのに気づいた。「じつはこんどの日曜日、森に行かないかと友達に誘われてるんです。狩りをしようって。もしよかったら、銃を一丁貸してもらえませんか？」

案に相違して、ジャコモはそれほどお人好しではなかった。彼はケヴィンをものすごい目でにらむと、いかめしい口ひげを指でひねった。「おまえさんが狩りにいくだと⁉ おいおい、このわしをだまそうったってそうはいかんぞ。親父さんがほんのチビのおまえさんに銃の撃ちかたを教えようとしたときのことを、わしはちゃんと憶えとるんだ。おまえさんときたら、空気銃で兎を撃つことさえできんかったじゃないか。まして、こんどの獲物はリスや兎じゃあるまい。駄目だ。銃を貸すわけにはいかん」老人は腹立ちまぎれになお口ひげをひねりながら言葉を継いだ。「だいいち、おまえさんは狩猟免許を持っとらんしな」

後刻、ジャコモはケヴィンを脇に呼んで言った。「さっきは言いすぎた。だが、年寄りの忠告は聞くもんだ。親父さんとは昵懇《じっこん》だったから言うんだぞ――彼の魂に安らぎあれ。ともかく、おまえさんは荒っぽいことに向かない。悪いことは言わん、悪人を懲らしめるのは神さまと警察に任せるんだ」

してみると、ジルベルト兄弟もケヴィンの妹とローリー・オバノンの関係を知っていたのだ。というよりも、それについて知らない者はいないようだった――たった一人、ケヴィン・マッカーティを除いては。彼が神学校の庭に咲く花の世話にかまけているあいだに、妹は自死を選ぶほど苦しんでいたのだった。

けっきょく、ケヴィンは二つの罪を犯さざるをえなかった。すでに嘘はついてしまった。こんどは銃をくすねなければならない。

その週の金曜日、つまり手紙を投函してから二日後、デリカテッセンの窓から外を見やったケヴィンは、男が二人、自分の下宿をながめているのに気づいた。二人組みが着ている背広の肩には滑稽なほど分厚いパッドが入り、かぶっている帽子はどう見てもサイズが大きすぎる。ただ、霊柩車のように大きくて黒いリムジンは見あたらず、ローリー・オバノンの姿もない。無表情な二人組みは通りを歩いていくと、かどの酒場に入っていった。しかし、まもなく出てきて、こんどは〈ジルベルトのデリカテッセン〉に入ってきた。おおかた酒場のマスターにあれこれ訊いてきたのだろう。マスターはケヴィンの幼なじみだった。二人組みはまっすぐカウンターのケヴィンに近づいてきた。ケヴィンはこの界隈で働いている客の注文で英雄《ヒーロー》サンド――小ぶりなイタリアパン丸ごと一本の真ん中を割って、香辛料をきかせた肉とチーズを詰めたもの――をこしらえているところだった。二人は小柄でおとなしそうなケヴィンを見て、互いに顔を見交わし、あやうく吹き出しそうになっていた。ケヴィンはサンドイッチをつくり終えると、そ知らぬ顔をよそおって、無表情な二人組みをいぶかしげに見やった。

「そいつを一つもらおう」二人組みの片方が分厚いサンドイッチを指さして言った。

「俺もそれにする」もう片方がつけ加える。

ケヴィンは注文の品をつくり、それから訊ねた。「マスタードは?」

「ああ、塗ってくれ」無表情な二人組みの片割れが言った。

「俺もだ」

「ソーダ水も頼む」

「俺もだ」

ジルベルト兄弟は近くにいなかった。ケヴィンはソーダ水の瓶を二本カウンターに置いた。無表情な二人組みの片割れが折りたたみナイフを取り出すと、刃を振り出し、ケヴィンをじっと見据えた。ナイフでサンドイッチを半分に切りながら、男は言った。「おまえがマッカーティか?」

「そうですけど」

無表情な男は言葉を継いだ。「日曜日の午後三時十五分に人が訪ねてくる。失礼のないようにしろ。なんなりと、その人の言うとおりにするんだ。俺たちもすぐ外で待機してる」

無表情な男は刃をたたまないままナイフをカウンターに置いた。肩パッドを入れた二人組みはサンドイッチを食べ、ソーダ水を飲んだ。そのあいだも、ずっとケヴィンを見据えていた。食事をすませると、二人はカウンターの上に勘定を置いた。片割れがナイフの刃をたたんでポケットに収め、チップのつもりだろう五十セント硬貨を一枚ケヴィンのほうに押しやった。

「失礼のないようにしろ」男は念を押した。

肩パッドの入った背広を着てサイズの大きすぎる帽子をかぶった二人組みは、振り返りもせずに店を出ていった。

それっきり、ケヴィン・マッカーティはローリーの用心棒二人組みを日曜日まで見ることはなかった。

やがて、ケヴィンがみずから「悪魔の所業」と呼ぶくわだてを決行する日が訪れた。好天に恵まれ、陽光がさんさんとふりそそぐ安息日。ブリーカー通りは糊のきいたフリルのドレスを着て白とピンクの薔薇の花束を握りしめたイタリア系の幼い女の子たちでにぎわっていた。初めての聖体拝領を終えて、みんなきらきらと目を輝かせている。

正午、ケヴィンは通りをわたってデリカテッセンに足を運び、入口の鍵をあけた。道行く顔見知りには会釈をしておく。彼らはケヴィンがこの店で働いているのを知っている。休店日に従業員が店に入ったからといって、誰も気にしないだろう。ケヴィンはまっすぐ店の奥に進むと、薄暗い電球をつけた。ジルベルト兄弟の道具箱からドライバーを拝借する。銃がしまってある納戸は、扉と壁にそれぞれネジ留めされた二つの金輪《かなわ》に南京錠が通してあった。ものの五分で片方の金輪がはずれ、納戸の扉がきしみながら開いた。ケヴィン・マッカーティは引き金こそ引いたことはないが、銃器のあつかいには多少の心得があった。息子に狩りの醍醐味を知ってほしいと考えた父親から、銃の手入れの仕方を教わっていたからだ。ケヴィンは前から重さとバランスが気に入っていたマーリン社製ライフルを棚《ラック》からはずし、実弾を装塡《そうてん》した。それほど気はとがめない。すべてが終われば、ライフルは持ち主の手に還るはずだった。もちろん弾薬は戻らないが、それは大目に見てもらうしかない。ケヴィンは一発しか弾をくすねなかった。それだけあればじゅうぶんだからだ。

ケヴィンはポケットから妹の日記を取り出すと、マーリンがあった場所に置いた。ここなら安全だろう。

肉を包むための茶色で幅の広い包装紙をロールからたっぷり巻きとり、それで銃だとわからないようにマーリンを包むと、荒紐でぐるぐる巻きにした。南京錠がついたままの金輪をドライバーで壁に留めなおし、包みを小脇に抱えて下宿に戻った。

部屋に入るとすぐにライフルの包みをとき、包装紙と紐を白百合の描かれたブリキのくずかごに捨てた。弾の込められたライフルを窓に立てかけ、カーテンで覆い隠す。それからテーブルの上の聖書を取りあげ、窓際に置いた椅子に腰をおろした。ちょうど十二時三十分だった。

テーブルの上に置かれた音高く秒を刻む目覚まし時計に目をやると、三時を十分まわったところだった。彼は聖書をひざの上に置くと、わずかに身じろぎをし、窓の外に目をこらした。すると、霊柩車のように大きくて黒いリムジンが近づいてくるのが見えた。馬鹿にゆっくりと、向かいを通りすぎる。車の窓ガラス越しにこちらをうかがう顔が、おぼろげに見て取れた。

リムジンはかどまで進むと、縁石沿いの駐車スペースに停まった。三人の男が車から降り立つ。一人はローリー・オバノン。あとの二人は肩パッドの入った背広を着てサイズの大きすぎる帽子をかぶった例の用心棒たちだった。ケヴィンは口もとをほころばせた。ローリーのやつ、臆病風に吹かれて一人では来られなかったのだ。「いや、すぐ外でお待ちします」用心棒の一人が言うのが聞こえた。どうやら二人組みはローリーと押し問答をしているようだ。そのうちにようやく一人が車に戻り、もう一人がきびきびと歩いてきて〈ジルベルトのデリカテッセン〉の外で持ち場についた。ローリー・オバノンは通りをわたってこちらにやってくる。下宿にたどりつくと、玄関に書かれた所番地をたしかめた。ケヴィンの部屋の呼び鈴が鳴る。三時十五分ちょうどだった。ケヴィンは聖書をテーブルの上に置くと、プランジャーを押して玄関の掛け金をはずした。窓から下をのぞき、ローリーが一人でなかに入ったのをたしかめると、部屋のドアをあけ、少しだけ開いたままにしておいた。それから窓際の椅子に戻り、腰をおろす。カーテン越しに伝わるライフルの感触。ローリーの体の重みで階段がきしむのが聞こえてくる。

やがて、ドアが静かにノックされた。

「入りたまえ、ローリー。僕は一人きりだ」

ローリー・オバノンの巨体が戸口にあらわれた。ぎらつく目が狭い部屋のなかをすばやくあらためる。大男は三歩で窓際までやってくると、ケヴィンの両脇に手を差しこんで乱暴に椅子から立ちあがらせた。無言でポケットや脇を叩いて、武器がないのをたしかめる。それからケヴィンを椅子に押し戻し、クローゼットの扉を乱暴に開け放ってなかをのぞきこんだ。ベッドの下まで調べて、ようやく満足がいったようだ。ケヴィン・マッカーティをあらためてしげしげとながめ、短く不愉快な笑い声をもらすと、空いている椅子に浅く腰かけてから口を開いた。「日記を持ってるそうだな。何が望みだ?」

「いまここには持っていない。僕しか知らない場所に隠してあるんだ。そいつが警察にわたるのを防ぐ方法が一つだけある。まずはっきりさせておこうじゃないか、ローリー。君は昔、僕に言いたくないことを言わせようとして暴力をふるった。でも僕はめげなかった。手下を連れてきてるのは知ってる。だけど、僕を拉致しようと思ってもそれは無理な相談だ。ブリーカー通りは往来が激しい。君らの乗ってきたあの馬鹿でかい車まで僕を引きずっていけば、いやでも人目を引くだろうからね」

「いくら欲しいんだ?」とローリーが訊ねた。「いや待て。先に言っておきたいことがある。そんな日記にたいした値打ちはない。なぜなら、おまえの妹はヤク中の淫売だったからだ。ヤク中の淫売が書いたことなんぞ、判事や陪審団は真に受けやしない。もっとも、多少面倒なことにはなるだろう。マルテッロは面倒を好まない。面倒を避けるためなら、いくらか出してもいいと言っている」

ケヴィン・マッカーティは時計を盗み見た。三時二十三分。あと七分もある。目算を間違えたかもしれない。十五分ではなく、十分にしておくべきだったか。彼は要求額を考えているふうを装った。時計の針が音高く、しかしのろのろと秒を刻んでゆく。

ようやくケヴィンは口を開いた。「ローリー、僕はカネなんか欲しくない。これでも一度はイエズス会士として清貧の誓いを立てた身だ。僕はただ、ある仮説を証明したいだけさ。仮説を証明することにかけちゃあ、イエズス会士は誰にも負けないんだよ」

チクタクチクタク……。三時二十五分。あと五分だ。

「たわごとはよせ」ローリーは怒りをあらわにした。「いったい何を証明したいんだ?」

「僕はずっと、君のことを本当は腰抜けなんじゃないかと疑ってるんだよ、ローリー。だから、君が腰抜けだってことを証明したいんだ」

ローリー・オバノンの顔が赤紫色になった。椅子から立ちあがり、華奢で穏やかな青年に詰め寄ろうとする。ケヴィン・マッカーティは落ち着きはらっていた。その手には、いつのまにかライフルが抱えられている。銃口はまっすぐローリー・オバノンに向けられていた。

三時二十六分。

「それ以上近づくなよ、ローリー」ケヴィン・マッカーティは警告した。「弾は込めてあるんだ。さあ、腰をおろしたまえ」

ローリーは言われたとおりにした。「よくもだましてくれたな」

ケヴィン・マッカーティは言った。「早合点するなよ、ローリー。約束どおりチャンスはやる。僕は君を腰抜けだと思っている。人を殺す度胸なんぞ持ち合わせちゃいないってね。それを証明したいんだ」

三時二十七分。

ケヴィン・マッカーティは窓から外を見やった。黒塗りのリムジンはまだ通りの先に駐《と》まったままだ。向かいには、無表情な用心棒の片割れが緊張した様子で身じろぎもせずに立っている。そのとき、ダニー・ミーガンがやってくるのが目に入った。ひどくのんびりとした歩調で歩いてくる。

「僕はじきにこの部屋から出ていく」ケヴィン・マッカーティは言った。「日記を隠し場所から持ち出し、その足で警察に向かうつもりだ。とめる方法は一つしかない。僕を殺すことだ」

「とち狂いやがって。いいだろう、カネを払ってやる。たんまりとな。教会に寄付でもするがいいさ」

ダニー・ミーガンはようやく下宿の前までやってきた。紙切れを取り出して、所番地を確認している。それから、石段をのぼり始めた。ケヴィン・マッカーティは椅子から立ちあがった。部屋を横切って戸口に立つ。下から階段をのぼってくる足音が聞こえる。ケヴィンはローリー・オバノンのひざにライフルをほうった。「安全装置がかかっている。はずすには右側の小さな突起を引けばいい。僕はもう行く。これが君に残された最後のチャンスだぞ」そう言ってドアの把手《ノブ》に手をかける。「さあ撃てよ、ローリー。じゃないと僕は警察へ行く。確実に仕留めなきゃ駄目だぜ。息があるうちは警察に日記のありかを教えることができるからな」

ローリーはライフルを持ちあげた。その顔には驚愕の表情が浮かんでいる。

用心深く廊下を歩いてくる足音。

「お別れだ、ローリー・オバノン」ケヴィン・マッカーティはノブをまわした。

そのせつな、狭い部屋に銃声が響きわたった。

ケヴィン・マッカーティは床にくずおれる。

彼はきっかり六十秒間だけ息があった。だが、それでじゅうぶんだった。

ドアが勢いよく開き、ダニー・ミーガンが拳銃を構えている姿が見えたからだ。もう弾の入っていないライフルの引き金が引かれる虚《うつ》ろな音に続いて、ライフルが床に落ちる音、さらにはローリーの甲高い声が聞こえたからだ。「撃つな！　撃つなったら、ポリ公！」

ローリー・オバノンがケヴィン・マッカーティ殺害のかどで電気椅子送りになることを確信してから、優しい修道士は息を引きとった。

空気にひそむ何か

何かにおう。

秘密警察のエージェントであるバルドにとって、それはほとんど手で触れることができそうなほどに明白なものだった。彼のローマ鼻といえば、〝首都〟にある本部では、しきりとブラックジョークの種にされている。いわく、バルドがあの大きな鼻の鼻孔を広げてヒクヒクとうごめかせたら、それは死のにおいを嗅ぎとっている証拠なのだ、と。

もちろん、バルドの鼻孔を広げさせているのは狩人《ハンター》としての興奮の一種だった。優れた猟犬が獲物を追いつめたとき、ほっそりとしたその胴を震わせるかすかな神経衝撃《インパルス》。バルドが大きな鼻をくんくん言わせ始めたときは、たいてい誰かが死んだ。バルドの正体を知るごくわずかな人々にとって、彼のうごめく鼻は不吉のしるしにほかならなかった。反逆者、熱狂的な愛国主義者、地下組織の構成員、あるいは日毎《ひごと》に増えつつある〝国家の敵〟。仮借なき追っ手バルドが空気にひそむ何かを嗅ぎとるとき、そうした手合いの一人が忽然《こつぜん》と姿を消すのである。

バルドは人生の半ばをとうに過ぎた、痩せぎすの男だった。ほっそりした鋭角的な顔立ちとひときわ目立つわし鼻は、古代ローマの元老院議員をモデルにした浅浮き彫り《バスレリーフ》か、あるいはもっと昔のスパルタ戦士の横顔を思わせた。その面差しには、どこか品の良さといかめしさと狡猾《こうかつ》さがないまぜになったようなところがあった。

四十年ほど前、バルドがまだひげも生えない子供だったころ、最初の大変動の波が〝首都〟の大路小路を揺るがし、雄弁家たちのふるう鞭《むち》のように鋭い弁舌が民衆を蜂起させた。あの〝世界を震撼させた日〟、バルドは通りという通りで血が流されるのを見た。その日、古い独裁制は死に、新たな独裁制が生まれたのだ。それ以来、バルドは見てきた。血の粛清と抗争。冷たい戦争と熱い戦争。バルドは何人もの独裁者の死と失脚を目の当たりにしつつも、正当な後継者を自任する者たちが権力の座をめぐって相争うのを冷ややかにながめてきた。しばらくのあいだは三人が権力を分けあった。やがてそれが二人になり、避けがたい結果としてとうとう一人になった。それこそが帝国の歴史、またイデオロギーによる征服の歴史が教えるところだった。すなわち、いつの時代にも最高権力者は一人でなければならないのである。

バルドは代々の権力者に仕えた——なんら疑問を差しはさまず、いっさい骨惜しみをせずに奉仕した。彼は狩人であり、その猟犬めいた嗅覚は裏切りのにおいを鋭く嗅ぎわけた。鉄のカーテンの内側といわず外側といわず、多くの土地で務めを果たした。そして、いつどこであろうともバルドの鼻は処刑人の斧や絞首人の輪縄《わなわ》に勝るとも劣らぬ恐るべき武器だった。それこそが、権力の中枢近くにいながら、繰り返される血の粛清と独裁者の交代劇を生き延びてこられた理由だったのである。

バルドに政治的な信条や野心はなかった。彼はよく利く鼻を持つ猟犬にすぎない。

いや、内心では新しい政治方針に賛成しかねることもあったかもしれないが、表立って異を唱えることはけっしてなかった。狩人の仕事に満足していたからだ。彼の鼻孔がうごめき、彼の人差し指がまっすぐ伸ばされるとき、その先にいる人間には必ず死が訪れた。彼は知っていた――現体制が鉄のカーテンのところどころに綻《ほころ》びをつくっただけでなく、神聖にして侵すべからざる〝首都〟の諸街区にまで外国人を呼びこもうと手招きさえしていることを。彼は知っていた――いまの独裁者の主たる関心が西側に向けられ、みずからの政治力と軍事力がおよぶ範囲を拡張してライン川の向こうにまで届かせようとしていることを。東側諸国はすでに征服され、掌握されたものと独裁者は考えていた。むろんおくびにも出さないが、バルドにはそれが誤りだとわかっていた。彼に言わせれば、完全に掌握された属国など存在しない。夢想家が夢想にふけっているかぎり、それは変わらないだろう。

バルドがいまいるのは、東側だった。鉄のカーテンに接する小さな衛星国。ここにも、反乱の芽はある。数々の事件や渦巻く社会不安がそれを証明しているのだ。バルドはすでに、〈マック〉と呼ばれる秩序立った地下組織の存在を嗅ぎあてていた。

この国のいたるところで彼は〈マック〉のにおいを嗅ぎつけ、その人差し指で粛清にこれ努めてきた。だが、まだまだ根絶やしにはできていない。あまりにも数が多すぎるのだ。それこそ、右を向いても左を向いても〈マック〉だらけのような気さえしてくる。じっさい、有史以来まどろみつづけてきたようなこの砂ぼこりが舞う小さな村にいてさえそうなのだ。バルドの鼻はひくひくとうごめき、彼の鋭いまなざしは群れつどう人々の無表情な顔をすばやくあらためる。そんなとき彼はひそかにこうつぶやくのだ。この無精ひげの男はいかにも怪しい。きっと〈マック〉の一味に違いない。あっちのやつは民族主義者だ。もう一人はそのシンパといったところか。利口な扇動家にまんまと乗せられて暴動に加わる手合いだ。

この小さな村がいま、あふれんばかりの人でごったがえしている。なぜだ？　バルドは自問した。このむっつりと押し黙った農民たちが続々と集まり始めてから、もう十日以上がたつ。彼らがやってきたのはむろん、はるか遠くの官僚機構が考案した複雑怪奇な新税制について役人から説明を受けるためだ。実質的には、この取るに足りない衛星国を治める傀儡《かいらい》政権の長から達しが出されたのも同じだった。けれども、説明を聞き終えても彼らは引き揚げようとしないのだ。もちろんまともな寝床などなく、彼らは最初の夜から道ばたや村の外の野原で夜を明かした。彼らがなぜ居続けるのか、明白な理由は見あたらない。彼らは後進的な農耕民族だ。ということは、戻って作物や家畜の世話をしなければならないはずだ。にもかかわらず、なぜかいっこうに腰を上げようとしない。

新しい税制を説明する役人の護衛を言いつかったバルドがこの村にやってきたのは、いまから十二日前のことだ。村に足を踏み入れるやいなや、彼は空気にひそむ何かを感じとった。それは近づく嵐の前触れのように、肌をピリピリと刺す予感だった。

ところが、たとえばその役人が命を狙われるというようなことは起きなかった。それどころか、自分たちを支配する強国の代理人に対していつもなら無言の敵意をぶつけてくる群衆が、どういう風の吹きまわしか、うわべだけのものにせよ敬意さえ示したのである。けっきょく表立った動きは何ひとつないまま、役人と少数のお供――あれこれ口やかましい追従者たち――はいたって平穏裡に村をあとにした。

バルドもいっしょに発《た》つつもりでいた。

だが、またしても鼻がうずいたのだ。

群衆は立ち去ろうとしなかった。どういうわけか、ぐずぐずと居残っている。そもそも彼らはお上《かみ》の意向に従って渋々やってきただけだ。そのこと自体は別に珍しいことじゃない。ところが今回にかぎって、ここにいなければならない理由がなくなってからもずっと、帰ろうとしないのである。

バルドも村にとどまった。どうにも不可解だったからだ。何かが腑に落ちないとき、彼の鼻はうごめき始める。

十二日間にわたってバルドは人込みにまぎれ、彼らの仲間を装いながらそれとなく探りを入れてみた。けれども彼らはただ肩をすくめ、例の愚鈍そうな農民の目でじっと見返すだけだった。ただそのまなざしの奥には、何やら奇妙な光がともっているように見えた。

そう、たしかに空気にひそむ何かがあった。

バルドにはそれを嗅ぎわけることはできても、その正体を突きとめることはできなかった。

バルドは数十年におよぶ長い狩人生活のなかで、さまざまな形の反乱に遭遇してきた。ところが今回ばかりは勝手が違っていた。村の通りという通りにたむろするこの無口で控えめな人々の群れは、それまで出会ったことのないものだった。このいまいましい小村には、息をひそめて何かを待ち受ける空気が垂れこめている。バルドは何度も何度も自問した。「連中はいったい何を待っているんだ？」だが、答えは見つからなかった。

つのる苛立ちは、やがて曲がりくねった埃っぽい通りを徘徊する無言の人々に対する憎しみに変わった。これもまたバルドにとっては初めての経験だった。狩人は獲物を憎んだりしない。ただ追跡するだけだ。秘密警察のエージェントには私情におぼれるぜいたくなど許されない。バルドが人々を処刑場や収容所に追いやるのは、何も彼らを憎んでいるからではなかった。人間などしょせん歴史の帳簿に載る数字でしかなく、バルドは歴史の簿記係を務める有能な事務員にすぎないからだ。ところが、監視を始めて六日がたつころには、彼は憎しみを学んでいた。そして、悶々と過ごすこと十二日目にして、バルドは自分が打ち負かされたことを認めざるをえなかった。これまでの半生、彼を彼たらしめてきた鉄の克己《こっき》と自制は、もはや支えになってはくれなかったのである。

あるいはこの土地の奇妙さが自分になんらかの影響をおよぼしているのではないか。そう思うこともあった。世界を股にかけて活動してきたバルドだが、これほど得体の知れない雰囲気に満ちた土地はどこにもなかった。来る日も来る日も、黄色い砂ぼこりの渦を通してこちらをじっと見おろす太陽。夜になると銀色の視線をそそいでくる星ぼし。

静かに何ごとかを待ち受けている農民たちの振るまいもまた、奇妙で不可解だった。彼らの愚鈍そうな目は、バルドのことなど見ていないかのようだった。そこには何か新奇な表情が宿っているのだが、バルドにはその意味を推しはかることができなかった。人の心を読むことにかけては誰にも引けをとらない彼だったが、何ごとかを待ち受けるこの人々の胸の裡《うち》だけは、まるでとらえどころがなかった。狩人としての経歴《キャリア》を振り返ってみても、人間の目にそれとまったく同じ表情が宿っているのは見たことがない。それが何かを予兆していることは疑うまでもないが、いかんせんバルドにはその正体がわからなかった。彼が群衆に混じっていると、ときおり農民の一人が彼に目を留めることがあった。それはほんのつかのまなのだが、そのまなざしにはどこかこちらの心中を見透かしたような表情が宿るのである。バルドにはそれもまた気に入らなかった。彼らの目はバルドを憐れんでいるようでもあり、面白がっているようでもあった。やがてそうした視線はあっさりバルドからそらされる。まるで、他に考えなければならないもっとだいじなことがあるとでもいうように。

黄色い砂ぼこりを通して陽光が降りそそぐとき、彼らの目はおのれの内側に向かい、何やら余人にはうかがい知れないイメージを見つめていた――少なくともバルドにはそう思えた。日が落ちると、その同じ目がこんどは星ぼしのきらめく夜空に向けられ、まるで翼の生えた機械が天界から舞いおりてくるのを期待するように、視線をさまよわせるのだった。

もちろん、バルドにも収穫がなかったわけではない。彼は、毎日農民たちが村のはずれにある廃屋に集まることを突きとめていた。それは戦火に包まれてそうなったのか、あるいは長いあいだ顧《かえり》みられることがなかったために老朽化が始まったのか、そのどちらともつかない荒れはてた建物だった。壁はおかしな角度に傾き、屋根はところどころへこんでいた。もともとの用途はバルドにも判じかねたが、どうやら最近までは何かの倉庫や、場合によっては家畜小屋としても使われていたようだった。ただし、いまは主として浮浪者のねぐらにされているのではないかとバルドはにらんでいる。念のため、村で唯一の宿屋を営む男に訊ねてみた。宿屋の亭主は鼻にほくろのある肥った醜男で、いわゆる〝協力者〟に与えられるさまざまな特権を享受していた。この肥った男によると、その建物には地下貯蔵室か穴倉のようなものが隠されているらしい。また、村では特別な名前で呼ばれているそうだ。正確に書きあらわすことが難しいその口語表現を強《し》いてバルドの母国語に訳すとしたら、〈ろくでなしの宿り〉とでもなるだろうか。おそらく放浪民や追放者のような〝ろくでもない〟連中が雨露をしのいでいるからそんなふうに呼ばれているのだろう、とバルドは思った。

その穴倉には禁制品や武器が隠されているに違いない。バルドには確信に近いものがあった。きっと〈マック〉と呼ばれる抵抗組織の秘密貯蔵庫なのだ。となれば、なんとかして建物のなかに入りこみ、地下に掘られている部分を調べる必要がある。彼はあの手この手で侵入を試みたが、それらはことごとく失敗に終わった。おとなしそうな目をした農民たちが夜となく昼となく建物の入口に頑張っていて、彼を絶対に入れようとしなかったからだ。といっても、なにも手荒なことをするわけではない。たんにそこからどこうとしないだけだ。たとえ話しかけようが、固いスクラムを無理やり押し通ろうとしようが、まるでバルドなど存在しないかのように徹底的に無視を決めこむのだった。

もちろん、地方当局に命じれば、有無を言わさず踏みこむこともできただろう。けれどもバルドは衛星国の地方当局というものを信用していなかった。彼ら自身が地下組織のメンバーであることが発覚したのも、一度や二度ではない。へたをしたら彼らが時間稼ぎをしているあいだに武器や禁制品は運び出され、ガサ入れがおこなわれるころにはからっぽになっていたというオチがつかないともかぎらないのだ。

この小国の首府は、村からわずか数マイルのところにある。道も交通手段もろくすっぽ整ってはいないが、それでも目と鼻の先だ。けれども、バルドは首府におもむいて協力を要請するという案を早々に捨て去った。なぜなら、たとえわずかのあいだでも村を離れるのは、それこそ連中の思うつぼのように思えるからだ。何か劇的な事件が持ちあがろうとしていることだけは間違いない。もし自分が村を留守にしているすきにそれが起これば、どういう結果を招くかは目に見えていた。バルドの国では失敗は許されない。とりわけ彼のような仕事の担い手が失敗を犯したときにはことのほか厳しく処断される。長きにわたる彼の献身も考慮には入れられないだろう。もし自分がいないあいだに何か起これば、バルドは人知れず消されるだけだ。そのときばかりは彼の有名な鼻も、持ち主の命を救《たす》けてはくれまい。

では、手紙はどうか。この村から首府には、すでに十数通の手紙を出している。これだけ長逗留をしているのだから当然だ。だが彼は、手紙で応援を頼むという方法もやはり気に入らなかった。手紙を読んだ人間は妙に思うだろう。これといって目立った行動におよぶわけでもない無気力で受け身な農民たちが、バルドのようなその道のプロの手を焼かせるなどということがあるだろうか、と。なにより、じっさいに手紙を書き送り、当局の協力のもとあの建物に踏みこんだとしよう。万一それで何も出てこなかったらどうする？　傾いた壁の後ろに隠された地下貯蔵室や穴倉がからっぽだったら？　彼はとんだ間抜けに見えるだろう。バルドの仕事では、間抜けに見えるのは失敗を犯すのと同じくらい致命的なのだ。

いまは、バルドが監視を始めてから十二日目の夕刻だった。宵闇《よいやみ》が、まるで影を身にまとった会葬者のようにゆるゆると歩を進め、地上を覆いつつある。

黄昏《たそがれ》の光に浮かびあがる黒い人影――バルドだった。彼は〈ろくでなしの宿り〉の近くに身をひそめ、周囲をうろつく無言の農民たちに目を光らせていた。今夜の彼らはいつにも増してそわそわと落ち着かなげに見える。いよいよ間近にせまっているのだ。バルドにはそう感じられた。けれども、それがいったいどのようなものなのかは、いまだにわからなかった。この農民たちが突如暴徒と化すとは思えないが、それでも〈マック〉の一味が混じっているとすると、何が起きてもおかしくはない。暮れなずんでいた空がとうとう暗くなると、何かを待ち受ける人々の頭が一つまた一つと空を振りあおいだ。その様子は、かの〈勝利の丘〉につどった十二人の天文学者たちが星空に啓示を探している姿を思わせた。

やがて夜のとばりがおりるころ、秘密警察のエージェントは口のなかで毒づいた。暴力やあからさまな背信行為の扱いならお手のものだが、この何ごとかを待ち受ける農民たちに対してはなすすべがなかった。何を訊いてもまるで貝のように口をつぐんだきりで、いっかな埒《らち》が明かない。

狩人であるバルドは獲物に致命傷を与える武器に事欠かなかったが、そのどれ一つとしてこの何かを待ち受ける人々にはまるで通じなかった。

とうとう一番星や二番星の淡い光で夜空が銀色に染まり始めると、バルドは地面につばを吐き捨て、それから夕食をとるためにひっそりとした通りを歩いて宿に戻った。夕食といっても、豚の餌にするのがふさわしいような粗末な農民の食事だ。バルドは苦い思いを噛みしめた。この貧しく辺鄙《へんぴ》な村では、まともな食いものにありつきたいというささやかな欲求すら満たされないのだ。

宿では肥った亭主が彼を待ち受けていた。丸々とした顔が、汗と興奮に輝いている。バルドはこの肥った男が嫌いだった。いや、この男にかぎらず、〝協力者〟と呼ばれる連中はどうにも虫が好かないのだ。彼が〝協力者〟を使うのは、どうしても必要なときだけだった。どいつもこいつも日和見主義者で、いざというときには誰一人としてあてにできないからだ。

宿の亭主ははげ頭で、でっぷりと醜く肥っていた。この男を見ていると、バルドは丸々と肥えた猫の毛が抜け落ちて赤裸になったところを思い出さずにはいられなかった。

肥った男は待ってましたとばかりに駆け寄ってくると、バルドの腕を取った。まつ毛のない盛りあがったまぶたの片方が思わせぶりなウィンクをし、ずんぐりしたピンク色の指が鼻のほくろをいわくありげにトントンと叩いた。それから、亭主はバルドを誰もいない隅に引っぱっていった。

「ぜひお耳に入れたい情報があるんですよ、閣下」亭主は耳ざわりな囁き声で言った。「ほんの一時間前、旅行者から仕入れたばかりの情報です」

「どんな情報かね?」バルドは肥った男の湿ってぶよぶよと柔らかい手を軽蔑もあらわに振りほどいた。

「市《まち》から来た旅行者がうちで休憩していきましてね」亭主は熱っぽく言葉を継いだ。「その男が言うには、今日の午後、貴賓団が迎えられたそうなんです。なんでも諸外国のお歴々だとか」

バルドは眉根を寄せた。この衛星国に外国からの賓客があるとは知らされていない。少なくとも本部からは一言もなかった。そういったことをあらかじめ現地のエージェントに知らせておくのは、秘密警察の活動のイロハと言える。たしかにここは取るに足りない小国だが、彼自身は依然として第一線のエージェントだった。事前に知らされないわけがない。

バルドは言った。「何かの間違いだろう。外国の要人を迎える予定はないはずだ」

亭主は賢しらにウィンクをして見せ、丸々と肥えた指でもう一度鼻のほくろをこすってみせた。「そこなんですよ、閣下。予定はなかったんです。つまり、突然の訪問ってことです。それなのに、外国のお役人を迎える正式な儀典にのっとって歓迎されたそうです」

バルドはかぶりを振った。馬鹿な。もちろん鉄のカーテンがある程度開かれたのは事実だが、しかしそれほど盛大に開放されるはずはない。国境警備隊が外国の使節団をしかるべき信任状なしで通すなど、考えられないことだ。そして、しかるべき信任状を発行することができるのは、〝首都〟をおいてほかにない。それに、傀儡政権の長があらゆる前例に背いてそのような高官たちをあえて迎え入れるというのもまた、にわかには信じがたい話だった。

「それだけじゃありません、閣下」宿の亭主は得意げに言った。明らかに、名うての狩人に重大な情報を提供できる機会を楽しんでいる。

「どういうことだ？」バルドは鋭く訊いた。

「彼らはここに来るんです！　この小さな村に！　予定じゃ夕方には向こうを発ったはずです」

「だが、なぜだ？　外国人がいったいこの村になんの用がある？」

そのとき、不意にバルドの痩せた体がこわばった。鼻孔が大きく広がり、鼻がひくひくとうごめき始める。

狩人バルドが、とうとうにおいを嗅ぎあてたのだ。

本国では外国人の訪問が特に怪しまれることはないが、これは明らかに陰謀だ。この衛星国の中枢に巣食う反乱分子どもがお膳立てし、〈マック〉を始めとする抵抗組織やこの村で何日も待機している例の農民たちにあらかじめ知らせておいたに違いない。

要するに、これまでバルドが幾度となく空気のなかに嗅ぎあててきたことだった。

鉄のカーテンがわずかに開いてからというもの、衛星諸国はどこも似たようなことをやってきた。外国から客を招いておいて、ここぞとばかりに暴動やデモを演出する。自由という大義がまだ死んでいないことを諸外国に印象づけるためだ。

この小さな村が選ばれたのは、軍隊が駐留しておらず、しかも当局とは名ばかりの組織しか存在しないからだろう。

彼らはただ、機が熟すまで待つだけでよかったのだ。

今夜、彼らは〈ろくでなしの宿り〉の穴倉に溜めこんでおいた武器を持って通りに繰り出し、軍隊に制圧されるまでのあいだ狼藉《ろうぜき》のかぎりを尽くすつもりに違いない。そんなことになれば、またしても失態として世界中に喧伝《けんでん》され、本国は面目を失うだろう。

「誰か信用できる人間はいないか？」バルドは切迫した口調で訊ねた。「この国の首府に使者を送る必要がある。使節団が到着する前に軍を急派するよう伝えねば。なんとしてもこの村の秩序を守らなければならない」

「でしたら、このあたしがお引き受けしましょう、閣下」肥った男は言った。「あたしの身上書きはごらんになったでしょう？　お国の軍隊やお役人が乗りこんできたとき、進んで〈マック〉の情報を提供してるんです。二十六人が処刑されましたが、そのなかにはあたしのいとこも入ってました」

バルドはむっつりとうなずいた。気は進まないが、ほかに選択の余地はない。彼はメッセージを走り書きすると、肥った男に手渡した。「軍の司令官に直接渡すんだ。バルドからだと言えばいい」

亭主は熱心にうなずくと、肥った尻を揺らしながら戸口に急いだ。

空腹は狩人にとって逃れられない宿命のようなものだ。バルドは夕食抜きで〈ろくでなしの宿り〉に取ってかえした。群衆はそこを動いていなかった。なんだかさらに数を増しているようにも見えるが、なにぶん暗くてたしかなことはわからない。

だが、なかに一人、見覚えのある男がいた。長身の、ひげを生やした農夫で、〈マック〉の首領ではないかとかねがねバルドが目をつけていた男だ。

バルドは近くの駐屯地の司令官を買いかぶってはいなかった。だが、メッセージにはあえて強い言葉を並べてある。あれを読めばどんなうすのろでも事の重大さを察し、寸刻もおろそかにできないとわかるだろう。バルドの鼻は土壇場になってようやく働いたわけだが、それでもぎりぎり間にあったはずだ。これでなんとか破局は避けられるだろう。

首府へと通じる街道が暗闇に浮かびあがっている。バルドは軍隊の影が見えないかと、道の先に目をこらした。

同時に、農民たちの動きにも油断なく目を光らせる。

彼らは〈ろくでなしの宿り〉の前に立ちなずんでいる。過去十二日間そうしてきたように無言で、何かをじっと待ち受けている。誰も建物のなかに入ろうとしない。

一時間が過ぎても、軍隊はやってこなかった。

だが、外国からの使節団もまだ到着していない。バルドは望みをつないでいた。そうとも、手遅れであってたまるものか。

さらに一時間が過ぎた。黄金の船のように雲間をわたる月が、街道と〈ろくでなしの宿り〉と、何かを待ち受ける人々を照らしている。

やがて、狩人の目に何かが映った。首府へと続く道の彼方から小さな行列が近づいてくる。

最初、バルドは待望の軍隊だと思った。

しかし、違っていた。

それは外国人の集団だった。

彼らの歩みは悠然としている。しかも驚くべきことに、〈ろくでなしの宿り〉と呼ばれるこの廃屋にまっすぐ向かってくるではないか。しかし、予想されたような騒乱はいっさい起こる気配がない。

農民たちはあいかわらず無言だったが、小さな行列が近づいてくると脇にどいて道をあけた。バルドは駆けだしていた。農民の群れをかきわけて、前に進む。あと少しで〈ろくでなしの宿り〉の入口に達するというところで、鋼鉄のような手に肩をつかまれた。振り返るとひげを生やした大柄な農夫で、バルドは身をよじらせてもその手から逃れることができなかった。

そのとき、ほんのつかのま、〈ろくでなしの宿り〉に入ろうとしている外国人たちの顔を月明かりがまともに照らし出した。バルドは驚愕の叫びをあげていた。

群衆から声があがる。「誰だ、いまのは?」

ひげ面の農夫は人の好さそうな笑い声をあげた。「ローマ人さ。オレたちの仲間にマッカベア家《マックク》の人間がいないかどうか探ってた密偵だよ」

「なぜ彼らがいる?」バルドはうわずった声で問いただした。「彼らのような者たちが、こんなところになんの用がある?」

「なあに、幼子《おさなご》の顔を見にきただけさ」ひげ面の農夫が答えた。「十二日前に生まれたばかりの子でな」

「だが、彼らはそこらの平民とは違うぞ!」バルドは叫んだ。「高位高官ですらない! 彼らは王じゃないか! 東方の強国を治める三人の王じゃないか!」

ひげ面の農夫は肩をすくめた。

「王だろうが羊飼いだろうが変わりはねえ。なんせオレたちはおんなじ一つの明るい星に導かれてきたんだからな」

作者によるメモ

言うまでもなくこの物語は、キリストの時代、ローマ帝国の支配下にあったパレスチナと、こんにちソヴィエト連邦の支配下にある鉄のカーテンの内側の小さな国々との驚くべき相似から生まれた。千九百年あまりもの時をへだてた二つの時代がこれほど似かよっているケースは、歴史上ほかに類例を見ない。

カエサル暗殺後の三頭政治の一角を占め、熾烈な権力闘争に勝ち残り、ついに初代の尊厳者《アウグストゥス》としてローマ帝国に君臨したオクタヴィアヌスは、強大な周辺諸国に対してあえて〝開国〟し、特使を招いては平和協定に調印させた。ローマ帝国がそうした協定を絶えず踏みにじったのはご承知のとおりである。

ローマ帝国の属州で暗躍した秘密警察と蜘蛛の巣のように張りめぐらされたスパイ網は、現代ソ連のそれらとよく似ている。また、ヘロデ王を始めとするローマの傀儡による統治は、こんにちの共産主義体制と相通ずる点が多い。さらに言えば、ローマ軍の槍ぶすまは、ソ連軍の砲列に勝るとも劣らぬ堅固な鉄のカーテンだった。

ユダヤ人の偉大な戦士の一族マッカベアは、同家から出た最後の王がヘロデ王の父親に殺されたのち、ローマの支配を嫌って地下に潜伏した。彼らの抵抗運動は、こんにちのウクライナやチェコスロバキアのそれに匹敵するほど水際立ったものだったという。

キリスト降誕の場所についての描写は、ヒルデスハイムのヨハネスによる東方三王を題材にした著作（Historia Trium Regum〔三王伝説〕）から直接引いた。十四世紀に生きたこの修道士は、同時代の文献を渉猟《しょうりょう》して物語を組み立てたという。そのなかで彼はキリストが生まれた場所を、穴倉の隠されたあばら屋として描いている。なんでも、ベツレヘムの住人たちはみずから新しく建物をつくる手間を惜しんで、そこを材木置き場や家畜小屋として利用していたのだという。それだから、村では〈ろくでなしの宿り〉と呼ばれていたらしい。

なお、作中でさりげなく触れている〝〈勝利の丘〉につどった十二人の天文学者たち〟というのは古代の占星術師のことだ。キリスト聖誕から十二日後、飼い葉おけに眠る御子《みこ》を訪《おとな》い祝福したという東方三王は、星に導かれて旅してきたとされるが、その星を指し示したのが彼ら十二人の占星術師たちである。ちなみに三王をエルサレムに迎え入れたヘロデ王は、事実上の宗主国であるローマ帝国からいたく不興をこうむったという。

そして三日目に

ミス・メアリー・ケイト・バスコムは、クレイヴィルの線路沿いにある小さな木造コテージに住んでいた。レンガ道が途切れ、町はずれへと続く古い、わずかに朽ちかけた板張りの歩道が始まるあたりだ。このコテージは、何年も前に死んだミス・メアリー・ケイトの父親が、若干の生命保険金とともに娘に遺したものだった。昔は黄褐色に塗られていたが、いまは塗装の大部分が剝げ落ち、風雨で灰色に汚れた木板をさらしている。狭い前庭も、夏場はたいてい雑草が生い茂るに任された。ポーチに上がる階段はぐらつき、ポーチそのものも、ほとんど地面に沈んだ支柱にかろうじて支えられているありさまだ。町の年寄り連中のなかには、コテージの前を通りかかるたびにこう嘆くものもいる。「なんともはや、目も当てられんわい。ミセス・バスコムは花壇やらなんやらをこしらえて丹精しとったもんだが。それこそ亡くなる寸前まで、ぴかぴかにしとったのに。まあそうは言うても、気の毒なメアリー・ケイトにゃ、むろん……」

ミス・メアリー・ケイトの頭が少しばかりおかしいことは、誰もが知っていた。第一次大戦に中尉として出征したベン・ウィリスが、〝ベローの森〟とかいう遠いフランスの地で戦死を遂げたとの報《しら》せが届いたあの日から、ミス・メアリー・ケイトは正気を失ってしまったのだ。戦争が始まったとき、ミス・メアリー・ケイトはすでにずいぶん薹《とう》が立っていたから、陸軍士官学校を卒業して任官したばかりのベン・ウィリスと彼女が交際を始めたと聞いて、町の人々の大半はびっくり仰天した。なにしろ制服姿も凛々しいベンはクレイヴィルから出た初の士官だったし、望めばもっと若くて器量の良い娘といくらでもつきあうことができたからだ。もっとも、ミス・メアリー・ケイトが取りたてて不器量だったというわけではない。少なくとも、小柄で神経質そうな、自分からはあまりしゃべらず、ただ向かいに座って目を大きく見開きながらこちらの話に耳を傾けるような退屈きわまりない女性がいいという男性にとっては悪くない相手だった。いずれにせよ、ベン・ウィリスがミス・メアリー・ケイトで満足していたことは間違いない。そうでなければ、はるばるフランスにおもむこうというその前に結婚の約束などかわしはしまい。

ミス・メアリー・ケイトはいま、薄汚れた灰色のコテージに、年老いた黒人使用人のジョンと二人きりで暮らしている。黒人と二人暮しということに眉をひそめる向きもあったが、そういう人たちも最後には、まあそれがいちばんいい方法かもしれないな、という結論に落ち着くのが普通だった。なんといってもジョンはミス・メアリー・ケイトの父親に雇われていたのだし、冬場は火の気を絶やさず、まがりなりにも掃除をし、ミス・メアリー・ケイトのために食事をこしらえてやっているのは彼なのだから。もしジョンがいなかったら、ミス・メアリー・ケイトは生活保護に頼らざるをえないだろう。それでなくともクレイヴィルの人々はたんと悩みの種を抱えているのだ。これ以上負担が増えるのは誰にとってもありがたくない話だった。それはさておき、ジョンじいさん自身も少々頭のネジが緩んでいるというもっぱらの噂で、げんに隣近所の裏庭から野菜や鶏をくすねようとしているところをたびたび見つかっていた。けれどもジョンじいさんはいつも悪びれもせずにっこり笑って、今日は少しばかり食材が足りないので野菜や鶏を借りようと思っただけだと答えた。それに自分は黒人長老派教会の長老だ、ともつけ加えた。そんなジョンじいさんを、みんなは大目に見てやっていた。彼がミス・メアリー・ケイトの世話をしてくれるおかげで、町は彼女の面倒を見ずにすんでいるからである。

ミス・メアリー・ケイトは表に面した窓際に置かれた古い揺り椅子に腰かけ、日がな一日編み物をして過ごすのが常だった。もっとも、編むのは赤ん坊の産着《うぶぎ》と決まっていた。それもまた、ミス・メアリー・ケイトが正気でないことを示す、いくつかの証拠の一つだった。彼女は編みあげた産着を本来それを必要としている誰かにあげるわけでもなく、ただ屋根裏にある古いトランクに押しこんで鍵をかけ、その鍵をどこか秘密の場所に隠していた。そう頻繁にではないが、ときおり町の女性たちがゼリー菓子などを持って訪ねてきては、慈善活動をしている婦人会に産着を寄付してはどうかと持ちかけた。そうすれば、恵まれない赤ちゃんの役に立つのだからと。けれども彼女はただ黙って首を振ると、それっきり何も答えず、揺り椅子を揺らしながら編み物を続けるばかりだった。

黒人のジョンもこのところめっきり老けこみ、家のなかで過ごすことが多くなった。暖炉のそばにしゃがみこみ、ミス・メアリー・ケイトが編み棒を動かす様子を飽きもせずにながめるのである。彼から何か話しかけても、返事が返ってくることはめったになかった。たまさか返ってきても、たんなる鸚鵡《おうむ》返しだったり、そうでなければ意味不明のつぶやきだったりと、まともな会話が成り立つことは少ない。早春のある日、ジョンじいさんは例によって炉端《ろばた》で背中を丸め、表に面した窓際で揺り椅子を揺らしながら編み物にいそしむミス・メアリー・ケイトの姿を見つめていた。暖炉の火は消えかかっている。もうずいぶん長いことそうやっているところを見ると、ジョンじいさんにはどうやら何か話したいことがあるようだった。暖炉のなかをつついて火をかきたてながら、つぶやくように彼は言った。「まったく、もう春だってえのにこの寒さときたらどうだい。節々の痛みが引きやしねえだ」独り言のようにも聞こえるが、目の端でちらちらとミス・メアリー・ケイトのほうをうかがっては、聞いているかどうかたしかめている。

「こんな南でも、春は昔みてえにすんなりとはやってこねえ。いやはや、もうじきイースタアだってえのに、はあ、まだ火を焚いとかなきゃあならんで」こんどはミス・メアリー・ケイトをまっすぐに見やる。「ねえ、お嬢さん。そうでがしょう?」

ミス・メアリー・ケイトは答えず、揺り椅子を揺らしながら編み物を続けている。

「ねえ、お嬢さん」ジョンじいさんは続けた。「近頃じゃあイースタアに何をするか知ってなさるだかね?　贈りものを交換すんでさあ、クリスマスんときみてえに」

相手が聞いているかどうかたしかめてみたが、ミス・メアリー・ケイトの様子からはどちらとも判じかねた。

「お嬢さんはイースタアに何をくださるだかね?」

「イースター……」虚ろな声でミス・メアリー・ケイトはつぶやいた。「くださる……?」

「へえ、そうでさあ。きょう日、イースタアにゃあ贈りものを交換すんですよ、クリスマスんときみてえに。そうさなあ、お嬢さん、おらは旦那さまが亡くなる前にくんなさったあの晴れ着の燕尾服が欲しいんでさ。ボブの旦那はいつもおっしゃってた。『ジョン、私が死んだら日曜礼拝用のあの燕尾服はおまえにやろう』って。だども、お嬢さんはあれを屋根裏部屋のあの古ぼけたトランクんなかにしまいこんじまって、鍵をどっかに隠してなさる」

ミス・メアリー・ケイトは何も答えず、あいかわらず揺り椅子を揺らしながら編み棒を動かしている。

それでもこっちの話は聞こえているはずだ、ジョンじいさんはそう踏むと、先を続けた。

「ボブの旦那が亡くなる前に、あれはおらにくれるって、そうおっしゃったんでさあ。それに、あと三日かそこらでイースタアだってえのに、教会の長老ともあろうおらがぼろ着しか持ってねえ。だいいち、あの燕尾服を屋根裏のトランクに入れといたって、宝の持ち腐れじゃあねえですか?」言いながら、彼はミス・メアリー・ケイトににじり寄った。「どうでがしょう、お嬢さん。あの燕尾服、イースタアの贈りものにこのジョンじいがもらうわけにはいかねえでしょうか?」

するとミス・メアリー・ケイトは編み棒と編み物を取り落とし、驚いたような表情を見せた。まるで不意の物音を聞いて、何ごとかと耳をそばだてている人のようだ。椅子を揺らすのもやめている。彼女が何か言おうとしているのがわかったので、ジョンじいさんは黙って待ち受けた。

「イースター……?　贈りもの……?」

「へえ、そうでさあ。このジョンじいも、お嬢さんにイースタアの贈りものを差しあげましょう。いつだったか、裏の路地に停めてあったちっちゃな嬢ちゃんの乳母車から赤ん坊の人形を取ってきてあげたでがしょう？　ああいうのをもう一つ取ってきてあげましょうかね？　それとも、お嬢さんにゃほかに何か欲しいもんがあんなさるだかね？」

ミス・メアリー・ケイトは身じろぎもせずに座っていた。何かに聞き入るように、小首をかしげている。しばらくそうしていてから、ようやく口を開いた。

「金色の巻き毛をした女の赤ちゃんが欲しいわ」ほとんど囁くような声だった。

「そりゃあ、ホンモノの赤ん坊のことだかね？　お嬢さん、ジョンじいにゃあホンモノの赤ん坊はあげられねえだ」

「じゃあ、何もいらないわ」ミス・メアリー・ケイトの声は、やはり押し殺したように低い。

ジョンじいさんは肩を落として炉端に引きあげると、力なくかぶりを振った。何度も口を開きかけては思いとどまる。やがて、居間の床に敷かれた古い絨毯《じゅうたん》の上を、影が這《は》い進んできた。ジョンじいさんはしょんぼりとそれを見つめては、ときおりミス・メアリーのほうに目をやった。彼女はもう揺り椅子を揺らしてもいなければ、編み棒を動かしてもいない。ただ、じっと座っているだけだ。絨毯の中央を占める大きな白い花の柄に影が届いたとき、ジョンじいさんは列車の警笛が鳴るのを聞いた。

「もうじき六時ってこたあ」誰にともなく彼はつぶやいた。「北からの貨物列車だな」

ジョンじいさんはのろのろと立ちあがり、ミス・メアリー・ケイトに歩み寄った。無言でその場に立ち尽くしていると、やがてこんな言葉が口をついて出た。

「ねえ、お嬢さん。もしもこのジョンじいが女の赤ん坊を連れてきたら、お嬢さんはあの燕尾服をおらにくんなさるだかね？」

「もちろんよ」ミス・メアリー・ケイトはひそやかに言った。

ジョンじいさんは居間を出ると、勝手口を抜けて裏手の路地に向かった。

北部から来た色の薄い黒人二人連れが、線路から石炭殻の土手を這い登ってとある路地に降り立った。二人はしばらくそこを動かず、自分たちの乗ってきた貨物列車がまたスピードを上げてカーブの向こうに見えなくなるまでながめていた。

「どこだかわかるかい？」小柄なほうが訊いた。

「さあな。南部のどこかだろう」

「南にしちゃあ寒いな。おまけにちくしょう、腹ペコで死にそうだぜ」

「違いねえ」大柄なほうはそう言うと、路地を数ヤード歩いていった。「見ろよ、住宅街だぜ」

北部から来た色の薄い黒人二人連れは、ぶらぶらと当てもなく路地を歩きだした。ただ、周囲に目を配ることだけは忘れない。小柄なほうはしきりに両手をこすりあわせている。寒さにかじかんでしかたがないからだ。二人はもうずいぶん路地を進んできた。石炭殻が靴に踏みしだかれて、ジャリジャリと音を立てる。何軒かの裏庭の前を通りすぎたが、幼い女の子が一人遊びをしているほかは誰もいなかった。二人連れはなおも路地を進んだところで、背後に人の気配を感じた。振り返ると、五十ヤードほど後ろにぼんやりと人影が見えた。すでにあたりはかなり暗くなってきている。二人の黒人はまた歩きだした。

さらに進んだところで、大柄な黒人が小柄なほうの腕をつかんだ。

「おい、見てみろよ」

「鶏だ！」

鶏小屋は、垣根のすぐ内側にあった。門柵は半開きで、おまけに蝶番が一つしかない。二人の黒人は小屋をのぞきこみ、なかに鶏がいるのをたしかめた。

「いるいる」大柄の黒人が言った。「しかも、まわりにゃ誰もいねえときてる」

「さっき路地に誰かいたろ？」小柄な黒人が異を唱えた。「見つかったらことだぜ。南部の白人は北部の黒ん坊を好いてねえからな」

大柄な黒人は振り返って後ろをたしかめた。いまはもう何も見えないし、何も聞こえない。

「もう誰もいねえよ。さあ、やっちまおう」


ジョンじいさんは門柵をあけ、ミス・メアリー・ケイトのコテージ裏手を通る路地に出た。さっきから何やらぶつぶつとつぶやいている。「お嬢さんは時々わけのわかんねえことを言いなさるだ」

彼はゆっくりと路地をたどっていった。と、前方から足音が聞こえたように思った。目をこらしてみるが、よく見えない。南部の黄昏が、みるみるうちにあたりを暮色に染めつつある。どうやら二人連れのようだが、知っている人間かどうかは遠すぎてわからなかった。

彼はそのままとぼとぼと歩き続けた。メル・シェルビーの裏庭に差しかかったとき、「こんにちは」という小さな声が聞こえた。ジョンじいさんは足をとめ、垣根越しにのぞきこんだ。声の主はちっちゃなスー・アリス・シェルビーだった。裏庭にしゃがみこんで、雑草をむしっている。

「おや嬢ちゃん、独りぼっちで何してるだかね？」

「バラをつんでるの」幼い少女はまたひとつかみ雑草をむしりながら答えた。

ジョンじいさんはからからと笑った。「やれやれ。バラはいまじぶんにゃ咲かねえだよ。嬢ちゃんは父《とと》さまのために草むしりをしてあげとるだけさね」

「草じゃないもん。バラだもん」少女は引き抜いた草をかき集めて束にすると立ちあがり、近づいてきた。「バラほしい？」

ジョンじいさんはまた笑った。「そんたらブタクサの束もらってもどうしようもねえだよ」少女の頭に手をのせる。「おめえさま、きれいな金色の髪してるだな」

不意に老人は身をこわばらせ、見あげる少女の顔をじっと見つめた。やがてゆっくりとつぶやく。「〝金色の巻き毛〟……」

「バラいらないの？」幼い少女は繰り返した。

ジョンじいさんは差し出された雑草の束を思わず受けとったものの、その場を離れようとするでもなく、しばらくのあいだ少女を見おろしていた。

やがて彼は口を開いた。その手は少女の頭を撫でている。「ほんものの、きれいなバラが見たくねえだか？　ミス・メアリー・ケイトは炉棚の上にバラを飾ってなさる。年中《ねんじゅう》花あ咲かせるやって、〝ワックスローズ〟って言うだ。ホンモノのワックスローズ、見たことあるだかね？」

「ううん」少女はかぶりを振った。

「ミス・メアリー・ケイトのきれいなワックスローズを見たいかね？」

「うん」

「そんじゃあ、おらといっしょにおいで」

ジョンじいさんは少女を連れて路地を引き返した。かたわらをとことこ歩く少女の手は、彼の手に握られている。

「なあに、ちょいとばかし借りるだけさね」ジョンじいさんはつぶやいた。


午後八時をまわったところだった。

ダン・スクワイアーズの酒場《みせ》に七、八人の客が集まり、コーンウィスキーを飲みながら四方山話に花を咲かせていた。ドク・ハーディがクレイヴィル洋品店を経営するケルシー・ボルトンに言った。「なあケル、イースターが近いから、さぞかし商売繁盛だろう」ケルシーにおごれと言っているのだ。

「おいおい、あんたは俺の店で買ってくれたためしがないじゃないか」とケルシーがやり返す。

「そりゃあ」とドク・ハーディ。「おまえさんがあたしの店で薬を買ってくれんからさ」

場がどっと沸いた。ドク・ハーディはドラッグストアの店主だった。

図体が大きく、粗暴を絵に描いたような農夫、エーシー・ファレルがカウンターの端に陣取り、誰彼かまわず一杯おごろうと声をかけていた。みんな胡散《うさん》臭そうに彼を見ている。エーシーは酔っぱらうと手に負えなくなるが、それでもいっしょに飲もうという彼の誘いを断る勇気がある者はいなかった。なにしろエーシーは、そうしたいと思ったらとことん荒れることができる男なのだ。

そのとき、店のドアがあいてチャーリー・エステス保安官と助手のコーツ・ウィリアムズが入ってきた。みなが口々に声をかける。「やあ、保安官」「こんばんは、コーツ」

「チャーリー、北から流れてきた黒ん坊を二人とっ捕まえたそうじゃないか。なんでもアーサー・レッドの鶏小屋を荒らしたとか」と、ケルシー・ボルトンが水を向けた。

「そうだ」チャーリー・エステスはうなずいた。「二人ともぶちこんである。線路のそばの窪地にひそんでるところを私とコーツで捕まえたんだ。焚き火をおこして美味そうな鶏の丸焼きをこさえてる真っ最中だったよ」

「くそいまいましい黒ん坊どもめが」エーシー・ファレルはカウンターにこぶしを叩きつけた。「北から流れてくる黒ん坊のやつらは、かたっぱしから三つ又《ピッチフォーク》ではらわたをえぐり出してやればいいんだよ。やつら、北部じゃ白人の女と暮らしてるっていうじゃねえか」

チャーリー・エステスは一口飲んでから言った。

「まあ、このあたりじゃあ罪はきっちり償わせるさ。少なくとも、あの黒ん坊の二人連れにはな」

ちょうどそのとき、またドアがひらいて、こんどはメル・シェルビーが入ってきた。顔は青ざめ、なんだかひどく具合が悪そうに見える。誰にも何も言わず、まっすぐ保安官のところにやってきた。

「アーサー・レッドのところから鶏を盗んだ黒ん坊の二人連れを留置場にぶちこんでるそうだな、チャーリー？」

「ああ、そうとも。それより大丈夫か、メル？　ひどく顔色が悪いぞ」

「そいつらはよそから来た黒ん坊か？」

「ああ。北部のどこかから流れてきたらしい。貨物列車に乗ってね」

誰もが話をやめ、グラスを宙にとめていた。全員の目が、チャーリーとメルにそそがれている
――どうやら何かあったらしいぞ。

「聞いてくれ、チャーリー」とメルが言った。「娘がいなくなった。もう二時間以上になる。あちこち探してみたが見つからないんだ。隣近所の家にはいないし、線路のあたりにもいない。ほかにも心当たりを全部探してみたが影も形もない。まだほんの五歳だし、一人じゃそんなに遠くまでは行けないはずなんだ。それに女房が裏庭にいる娘の姿を見てる。十分後に呼んだとき、スー・アリスはもうそこにいなかったんだ」

「なんてことだ」とチャーリー。「じゃあ誘拐されたってことか？」

「だと思う。例の黒ん坊二人がアーサーの鶏を盗んだのは、ちょうど娘がいなくなった時分だ。それにアーサー・レッドの家はうちから数軒しか離れてない」

「まあ待てよ、メル。コーツと私が線路近くの窪地で二人を捕まえたのは小一時間前だが、スー・アリスは連れてなかったぞ」

「誘拐だと！」ドク・ハーディが声を張りあげた。

エーシー・ファレルはぐっと酒をあおった。

「その黒ん坊どもが娘をさらってどこかに隠してるんだ」とメル。「チャーリー、連中を締めあげて娘の居所を吐かせてくれ」

「よおし、俺に任せろ」エーシー・ファレルが鼻息を荒くする。

「この町の保安官は私だ。自分の務めは自分で果たす」チャーリーはそう言うと、上着の前を開いて肩から吊るしたホルスターに収まった拳銃を見せた。「行くぞ、コーツ。ほかのみんなは捜索隊を組んでくれ。一時間後にまたここで会おう。町のなかといわず外といわず、とにかくしらみつぶしに捜すんだ」

「こいつあ、縛り首の縄を用意しといたほうがよさそうだな」酒場の主人、ダン・スクワイアーズが言った。

「くそいまいましい黒ん坊どもめが」吐き捨てるようにそう言ったのは、エーシー・ファレルだった。


ミス・メアリー・ケイトは窓辺の椅子に腰をおろし、膝の上で眠る少女を揺すりながら巻き毛を撫でていた。ジョンじいさんは炉端で背を丸め、満足そうに微笑んでいる。いま、その身にはおっているのは、古びた、しわだらけのフロックコートだった。彼はミス・メアリー・ケイトのほうを見やっては、なんだかとてもいい気分になるのを感じていた。「お嬢さんがあんなふうに笑いなさるのを見るのは、あのお若い紳士が戦《いくさ》に行きなすってからこっち、初めてのこった」彼はそうひとりごちた。

ミス・メアリー・ケイトのかけている揺り椅子がきしみ、ときおり薪のはぜる音がするほかは、少女の寝息さえ聞こえてくるほどに静かだった。

もう遅い時間に違いない、とジョンじいさんは考えた。でも、まだ床《とこ》につく気にはなれなかったし、ミス・メアリー・ケイトも同じだろうと思った。なにしろあの幼い少女を膝に抱いたとたん、それこそ見違えるように生気を取りもどしたのだから。あの子を借りてきて本当によかった。この燕尾服も、アイロンがけさえすれば新品同様になるだろう。なにより、イースターに間に合ったのが嬉しい。

ミス・メアリー・ケイトは揺り椅子を揺らし、膝に抱いた少女の頭を撫でている。ジョンじいさんはいつもの隅にしゃがみこみ、ときおり愛しそうに上着を撫でては笑みを浮かべている。眠りこけている少女の小さな手には、一輪のワックスローズがしっかりと握られていた。


まもなく十時になろうというころ、捜索隊の第一陣がダン・スクワイアーズの店にぽつりぽつりと戻り始めた。保安官助手のコーツ・ウィリアムズが彼らを待っていた。最初に入ってきたのはエーシー・ファレルとその仲間たちだった。エーシーは町の南のはずれに住む連中を何人か駆り集めていた。クレイヴィルでも柄の悪い界隈だ。エーシーはじめ全員が酒瓶を手にしており、どうやら相当にきこしめしているようだった。そろいもそろって、いかにもたちが悪そうに見える。南のはずれから来た連中のほかに、ケルシー・ボルトンとドク・ハーディもエーシーの仲間に加わっていた。エーシーはコーツ・ウィリアムズに何も言わなかった。ただ、「ほお、まだ例の黒ん坊どもからは何も聞き出せてねえようだな、保安官助手さんよ？」とでも言うようにニヤリと笑って見せた。コーツもまた無言で通した。

帰ってきた者たちの様子からメル・シェルビーの娘が見つからなかったのを察したダン・スクワイアーズは、あえて何も訊ねず、ただみんなに一杯ずつふるまって労をねぎらった。そうこうしているうちに、メル・シェルビー本人が顔を出した。ほかにも続々とやってくる。たいていは車で乗りつけ、まるでクレイヴィルの住民の半数が詰めかけたような賑《にぎ》わいを呈し始めた。

メル・シェルビーは捜索に加わらず、自宅に戻っていた。細君がひどく取り乱し、医者を呼ばなければならなかったからだ。むろん本人も憔悴《しょうすい》していた。顔面は蒼白で、体はわなわなと震え、夜の冷え込みにもかかわらず滝のような汗をかいている。まるで病人だ。店に入ってきた彼は少しのあいだそこに立ち尽くし、みんなの顔を順繰りに見据えた。誰ひとり、かける言葉を知らないようだった。そのころには店のなかはひどく込み合っていたのだが、それがまるで水を打ったように静まりかえり、グラスが触れ合う音さえ大きく響くほどだった。ようやくメルが口を開いた。その声は女のように甲高く、耳ざわりだった。

「誰か何か見つけてくれたか？　なんでもいい。何かないか？」

ドク・ハーディがなだめにかかった。「あいにくでな、メル。だが、まだ夜が明けたわけじゃない。いまはとにかく落ち着くことだ」

メル・シェルビーはコーツ・ウィリアムズに食ってかかった。「おい、あんた。なんであの黒ん坊どもを締めあげくれないんだ？　娘をさらったのはあいつらに違いないんだ。だいたい、こんなところで悠長《ゆうちょう》に酒なんか飲んでて、それで娘が見つかるのか？」

「落ち着けよ、メル」コーツが応じた。「さっきまでやつらの相手をしてたんだ。チャーリーはまだいっしょにいる。ここにはチャーリーの言いつけで捜索隊の首尾を聞きにきただけさ。俺たちは徹底的にやつらを絞りあげた。あのぶんじゃ、たとえ何か知ってたとしても口を割らないかもしれない」

エーシー・ファレルが肩をそびやかしてやってくると、コーツに詰め寄った。「そうだろうとも。徹底的にやったんだろう。あんたらなりに。せいぜいちょいと小突いた程度か？」

コーツは少しもひるまず、落ち着きはらっているように見えた。「チャーリーはあのチビの黒ん坊の腕をへし折ってやった。拳銃の握りで殴りつけもしたし、ブーツで蹴飛ばしもした。チビのほうは二度も気絶したよ。それでもやつらは身に覚えがないの一点張りさ」

エーシーは仲間のほうに向きなおった。その顔には凶暴な表情が浮かんでいる。「なあ、みんなどう思う？　法の番人ってのはまるで役立たずじゃねえか」

南のはずれから来たごろつきの一人が懐《ふところ》をさぐり、輪にまとめた縄を取り出した。「ここはひとつ、黒ん坊どもに直接話を聞きにいこうじゃねえか」

コーツは拳銃に手を伸ばしたが、銃把《グリップ》を握っただけで抜きはしなかった。「チャーリー・エステスがこの町の保安官でいるあいだは、そんなもの使わせないぞ。チャーリーは州警やＦＢＩとも連絡を取り合ってる。何も手をこまねいてるわけじゃないんだ」

「じょ、冗談じゃない」メル・シェルビーが悲痛な声をあげた。「早まったことはしないでくれ。連中を吊るしたら、娘の居所を聞き出せなくなるじゃないか」

みんながいっせいにしゃべりだしたので、わけがわからなくなった。そのうちにメルがすすり泣きを始める。

「エーシーの言うとおりじゃないかな」と、ダン・スクワイアーズは言った。「なあ、メル。やつら黒ん坊が何より恐れるのはリンチにかけられることだ。なあに、本当に吊るすまでもない。木の下まで引っぱっていってちょいとばかり可愛がってやれば、すぐに泥を吐くさ」

「なんてことだ」メルはうめいた。「ああ、なんてことだ」顔色は蒼白で、いまにも卒倒しそうに見える。

「ええい、情けねえ」とエーシー。「おまえさんはさらわれた娘の父親だろうが？　さらった黒ん坊どものためにめそめそしやがって。真っ先にやつらを吊るす輪縄をこさえるのがホントじゃねえか。やつら黒ん坊どもがおまえさんの娘にどんな仕打ちをしたかわかりゃあしねえんだぞ。あのくそいまいましい北部の黒ん坊どもは、節操ってもんを知らねえからな」

「ああ、神さま」メルはいまや歯の根も合わないほど震えていた。

「それからあんた」エーシーはコーツに向かって言った。「邪魔立てては無用だぜ。くその役にも――」

コーツは拳銃を抜いたが、遅きに失した。南のはずれから来たごろつきの一人に後ろからガツンとやられ、ずだ袋のように床にのびてしまったのだ。

一瞬、酒場は凍りついたように静まりかえった。それから皆がてんで勝手にしゃべりだし、店は騒然とした空気につつまれた。誰も彼もが突如として怒りに駆られているようだった。いまや一人残らずエーシーを支持しているのがわかる。メルさえ泣くのをやめ、〝くそいまいましい〟黒ん坊どもを罵《ののし》っている。ダン・スクワイアーズは前掛けをはずしてカウンターから出てきた。カウンターの裏からブラックジャック（黒い革で包んだ棍棒）を取り出して身に帯びる。

「車を持ってる連中は豚箱にまわしてくれ」エーシーが指示を出した。「残りは俺といっしょに来るんだ」

そんなわけで、一行は通りをわたって留置場を目指した。エーシーとそのごろつき仲間が先頭に立っている。エーシーはコーツ・ウィリアムズから奪った拳銃を右手に握っていた。みんな興奮してしきりに言葉を交わしているが、声だけは低く抑えられていた。

チャーリー・エステスは彼らをとめようとはしなかった。エーシーたちがやってくるのを見ても、まるでそれを予想していたかのような落ち着きぶりだ。チャーリー・エステスは引き際をわきまえていたし、なにも黒ん坊の流れ者を守るために町の人間と撃ち合いを演じる義理はないと考えたのだった。

大柄な黒人は口から血をしたたらせ、片目を腫らしていた。牢屋の隅にうずくまって股ぐらを押さえているところへ、町の男たちがどやどやと踏みこんできた。牢から引きずり出されるあいだ、彼は悲鳴も叫び声もあげず、ただ低いうめき声をもらし続けた。二、三発殴られても、それは変わらなかった。

小柄なほうの黒人は腕を折られ、どうやら失神しているようだった。エーシーが外に連れ出そうと折れた腕をひねりあげたときにも、一度鋭い悲鳴をあげただけで、それっきりウンともスンとも言わなくなった。

彼らは二人の黒人を一台の車に押しこみ、エーシーと南のはずれから来たごろつき数人が同乗した。車はじゅうぶんな数があったので、何人かをステップに立たせれば全員乗せてゆくことができた。

車の列はミス・メアリー・バスコムのコテージを通りすぎて、町はずれの空き地を目指した。ケルシー・ボルトンは自分のロードスターにドク・ハーディとメル・シェルビーを乗せていた。町はずれの手前で、ケルシーは言った。「アーサー・レッドを拾っていこう。教会の執事《ディーコン》だが、いっしょに来るべきだ。なんたって黒ん坊どもが盗んだのはやっこさんの鶏なんだからな」

メル・シェルビーが自棄《やけ》になったような笑い声をあげた。「鶏か。鶏も盗んだし、うちの娘も盗んだわけだ」

それでもけっきょく、彼らはアーサー・レッドの家に立ち寄った。教会執事は同行するにやぶさかでないようだった。

空き地では、気分の悪くなる者も出た。空き地の端には大きな木が三本立っていて、そこから森が始まっている。彼らは二人の黒人の首に縄を巻き、その反対端を宙に放りあげて大枝にかけた。が、なかなか吊るそうとしなかった。気分の悪くなる者が出たのはそのあとだった。エーシーと町の南のはずれから来たごろつき連中は、黒人たちに口を割らせようと凄惨《せいさん》な暴行を加えた。

枝の先を削って鋭くとがらせ、それで体をつつく。大柄な黒人はうめくのをやめて叫び声をあげ始めたが、何を白状しろと責めたてられているのかも聞こえていないようだった。小柄なほうの黒人は、まったく声をあげなかった。靴を脱がされ、マッチの火で足裏をあぶられても、大柄な黒人はただ悲鳴をあげ続け、小柄な黒人は木の幹にぐったりとよりかかっただけだった。小柄なほうは、首の縄に支えられてかろうじて立っているだけのように見えた。町の南のはずれから来たごろつき連中の一人が、小柄な黒人の足もとにそだを集めて火をつけた。しかし、相手がもうぴくりとも動かないのを見ると、すぐに靴で踏み消した。火に誘われて物見高い連中が集まってきても困るからだ。

やがて、それ以上何をやっても黒人たちが訊かれたことに答えないとわかると、彼らは二人を吊るして手じまいにした。エーシー・ファレルは処刑がすんだあとも、二人の黒人に罵声を浴びせ続けた。ほかのみんなはただなんとなくそこに立って、木の枝からぶらさがった二人の黒人の骸《むくろ》をながめていた。エーシーはコーツ・ウィリアムズの拳銃を取り出すと、運だめしに一発、小柄な黒人を撃ってみた。命中。

銃声が消えるか消えないかのうちに、女の叫び声が聞こえてきた。誰もが度肝を抜かれ、エーシーでさえ飛びあがった。女は声もかぎりに叫びながら、空き地を駆けてくる。ネグリジェにキルト地のキモノをはおっただけという、しどけない姿だ。メルの細君、エセル・シェルビーだった。

「あなた！　見つかったのよ！　スーが戻ってきたのよ！」

あわてて数人が壁をつくり、木の枝からぶらさがっている黒人二人の死体がエセルの目に入らないようにする。死人よりもよほど青ざめたメルが妻に駆け寄り、ひしと抱きしめた。二人とも、甲乙つけがたいほどに身を震わせていた。

「お嬢さんはどこで見つかったんです、ミセス・シェルビー？」ドク・ハーディが訊ねた。

ミセス・シェルビーはひどく興奮していて満足に口もきけないありさまだったが、やがて事の次第を語った。それによると、町に住む黒人の一人が、たまたまミス・メアリー・ケイト・バスコムの家の前を通りかかった際、窓辺で幼女を膝に抱いているミス・メアリー・ケイトの姿が目に入ったのだという。ちょうどそのとき、空き地を目指す車の列が通りかかったので、黒人は怖くなって物陰に身をひそめた。それでも小さな女の子が行方不明になったという噂は聞いていたから、迷ったすえにシェルビー家を訪ね、自分の見たことを話した。ミセス・シェルビーと彼女の母親があわてて駆けつけたところ、やはりそれはスー・アリスだった。そして、例のいかれた老いぼれ黒人のジョンを問い詰めると、少しのあいだ借りただけだと答えたという。

「ミス・メアリー・ケイトんとこの、ジョンとかいう例の黒ん坊だな？」エーシーが念を押した。

ちょうどそのとき、ミス・シェルビーは木の枝からぶらさがる黒人二人のなきがらを見て気を失った。彼らはシェルビー夫婦を車に押しこみ、追いたてるようにその場を離れさせた。

そのほかの者はみんな居残り、誰も口をきかなかった。エーシーは酒瓶を取り出して、一口あおった。黒人が吊るされている二本の木は十ヤード離れていて、そのあいだにもう一本木が立っている。

「なあ」とエーシーは言った。「もう一本余ってるじゃねえか」

「おいおい」アーサー・レッドが声をあげた。「まさかジョンじいさんまで吊るそうっていうんじゃないだろうね？」

「いいか。ジョンのじじいは黒ん坊だろ？　そこにぶらさがってる二匹もそうだ。もしかしたらやつらは顔見知りだったのかもしれねえ。三人で示し合わせてメルの娘をさらい、あの半分頭のいかれたばあさんに面倒を見させてたのかもしれねえじゃねえか。そうとも。きっとジョンのじじいもグルに違いねえ。それにな、一度おっ始めちまったんだ。いまさら後戻りはきかねえぜ」

みんなエーシーの言い分をとっくりと思案してみた。いくら黒ん坊とはいえ、鶏を盗んだだけでリンチにかけたとなれば、なるほど全員ひどく面倒なことになるのは間違いない。黒ん坊二匹の死体をあのまま吊るしておいて、ジョンじいさんだけ司直の手に委ねるとしたら、せいぜい納得のいく申し開きが必要になるだろう。それに、ジョンじいさんがあの二人組みとグルだった可能性も、結局のところゼロではないのだ。

そこで、しばらくしてから彼らは町に引き返した。

ミス・メアリー・ケイトはせわしなく揺り椅子を揺らしていた。頭を垂れ、目は虚ろだ。何やら鼻唄をうたっているようだが、メロディーの体をなしていない。男たちが踏みこんだとき、ジョンじいさんはしわくちゃのフロックコートを着て炉端の床に座っていた。

ミス・メアリー・ケイトは闖入者《ちんにゅうしゃ》たちに気づきもしないようだった。ただ鼻唄をうたいながら揺り椅子を揺らし、大きく見開いた目で床を見つめている。

「立ちな、黒ん坊」エーシーが命じた。

「へえ、旦那」ジョンじいさんはあわてて立ちあがった。なんの騒ぎかさっぱりわからなかったが、白人からはいつも〝良い黒ん坊〟と見なされてきたので、べつだん怖くはなかった。

「シェルビーの娘をさらったな?」エーシーが訊ねた。

「さらった? めっそうもねえ、旦那。ちょっくら借りただけでさ、へえ」

エーシーがジョンの口もとに拳を叩きこんだ。老いた黒人は後ろによろめき、手で唇をさわった。何が起きたのかわからない様子だ。いままでこんな目に遭ったことはないが、それでも怖いと思わなかった。自分は良い黒ん坊だし、黒人教会の長老でもある。そのあとはよってたかって小突かれながら、表に引きずり出された。ミス・メアリー・ケイトはあいかわらず鼻唄をうたいながら揺り椅子を揺らし、床を見つめている。

その足もとには、ワックスローズが一輪落ちていた。

「おらの燕尾服をやぶかねえでくだせえ、白人の旦那」ジョンじいさんは哀れな声を出した。

彼らはジョンじいさんに対しては余計な手間をいっさいかけず、できるだけ手早く真ん中の木に吊るしてけりをつけた。ジョンじいさんは自分が何をされているのか、最後までわかっていないようだった。抵抗するそぶりさえ見せず、首に縄を巻かれる段になってもまだ馬鹿みたいな笑みを浮かべていた。

みんなとっとと町に戻りたかった。だから木の枝からぶらさがるジョンじいさんのなきがらに一瞥《いちべつ》をくれると、そそくさと立ち去った。ジョンじいさんの姿はなんだか可笑しかった。一陣の風が吹き、燕尾服の裾をあおってジョンじいさんの体にまとわりつかせると、まるで大鴉《おおがらす》が翼をはためかせているように見えた。

誰も彼もが足早にその場を去った——二人の盗っ人にはさまれてぶらさがっているジョンじいさんを残して。

洋品店の主《あるじ》ケルシー・ボルトンはアーサー・レッドを助手席に乗せ、自分のロードスターで帰途についた。二人ともしばらく黙りこくっていたが、ケルシーは歯の隙間で口笛を吹いていた。

やがて彼は言った。「アーサー、明日はうちの店で礼服を新調しなよ。すごくいい上下が入ったばかりなんだ」

「間に合ってるよ」アーサー・レッドはそっけなく言った。

「間に合ってる？　あんたは教会執事じゃないか！」

「それとこれと、なんの関係がある？」

「なんの関係があるだと？　おいおい、呆れたな。イースターまであと三日しかないんだぞ？」

悪の顔

それは正午のこと、浅黒い顔といかつい体つきをした刑事が、市立病院の廊下で待っていた。際立った特長をあれこれそなえた中年男。強《こわ》そうな黒髪には白いものが混じり、その下の額にはいま、汗の玉が短く連なり、光っている。丸めた肩には疲労がにじんでいる。大きな黒い目には弱々しい憐憫《れんびん》の光が宿り、あたかも人生の有為転変を目の当たりにして、なお絶望せず、さりとて希望も抱かず、ただそれらを辛抱強く受けいれてきたとでもいうような印象を与える。白目が充血して毛細血管が浮いているのは、前夜眠っていないせいだ。なぜ夜通し働くはめになったかというと、新聞各紙に〈屠殺人《ザ・ブッチャー》〉と名づけられた猟奇殺人犯がまたしても凶行を演じたからだった。

刑事の名はロマーノ。マンハッタン西署の殺人課に所属する警部補だった。

すぐそばの病室から白衣に身を包んだ医者があらわれ、後ろ手にドアを閉めた。看護婦を一人連れている。小麦色の肌をした若く可憐《かれん》な女性で、メリーマウント・カレッジにかようロマーノ自身の娘を思い出させた。警部補は廊下に置かれた固い椅子からゆっくりと立ちあがり、疲れたため息をもらした。すでに脚がずきずきと痛み始めている。体がロマーノの要求にあらがおうとするとき、いつも真っ先に出る症状だった。じきに胃粘膜が騒ぎだし、血圧が上がるときの嫌なうずきを感じることになるだろう。われながら歳をとったものだ、とロマーノは思った。このぶんだと、年金暮らしもそう遠くないかもしれない。昔なら、この程度はなんでもなかった。いや、むしろじっとしていられなかっただろう。なにしろ、もうすぐ大きな手がかりが得られるかもしれないのだ。だが今、そんな高揚とは無縁だった。彼は、ただもう疲れていた。

その病室にいる男は、〈屠殺人〉の人相を知る唯一の生き証人だった。〈屠殺人〉――五人の女性を殺害し、新聞から奉られたその呼び名に恥じないほどおぞましいやりかたで遺体を切り刻んだ狂気の殺人者……。

ロマーノはゆっくりと医者のほうへ歩いていった。大きな足がリノリウムの床をどすんどすんと踏み鳴らす。

「回復しましたか、先生」

医者は頬骨が高く、小さな口ひげを生やした細身の男だった。細く白い手の指が、首から下げた聴診器をもてあそんでいる。

「意識は取りもどしましたよ。お訊きになっているのがそういう意味ならば」と医者は答えた。「でも、まだまともに話はできません。依然としてショック状態にあると言えるでしょう。われわれの見立てでは、心臓に持病を抱えていますね。昨夜のような目に遭えば――まあ生きているのが不思議なくらいですよ。ともかく、話を聴くのはもう少しあとにしたほうがいいでしょうね、警部補」

「そうはいきません。ことは急を要するんですよ、先生。一刻を争う事態なんです」

医者はためらっている。隣にいる可憐な看護婦がロマーノに非難のまなざしを向けた。本当に娘そっくりだ、とロマーノは思った。俺を快く思ってない。憎んでさえいるかもしれない。おおかた、哀れな半病人を好きこのんで虐《いじ》めようとする冷血漢とでも思っているのだろう。

医者が口を開いた。「それほどおっしゃるなら、短時間だけ許可しましょう。ただし節度を守ってください。くれぐれも問い詰めたりしないように。なにしろ、たいへんな目に遭っているんですから」

ロマーノはうなずいた。「わかってますよ」

生返事にしか聞こえなかったかもしれない。しかし、彼は本当にわかっていた。それこそが、警官稼業のつらいところだからだ。毎日のように目にする暴力、悲劇、苦悩。木や石でできているのでもなければ、身につまされずにはいられない。しかもそれを、女の顔に浮かぶ激しい苦悶の表情を見るたびに、あるいは男の虚ろな目をのぞきこみ、その唇が震えるのを見るたびに、何度も何度も繰りかえし味わわされるのである。

医者は脇にどいて言った。「では少しのあいだだけどうぞ。本当に、少しのあいだだけですよ」

ロマーノはドアをあけて病室に入った。後ろ手にドアを閉める。

ベッドに寝かされた男は、目を見開いて天井を見つめていた。男の名前はレスター・ファーガソン。前夜、〈屠殺人〉に殺された女性の亭主だった。聖歌隊の練習から帰ったファーガソン自身が、寝室の床に横たわった妻の遺体を発見している。

ロマーノはしばらくベッドのかたわらに無言で立っていた。男はこちらを見ようともしない。しかたなく声をかける。「ファーガソンさん、私がわかりますか」

いかにも大儀そうに、ファーガソンは頭を警部補のほうに向けた。「い、いいえ——どなたでしたか」

「警察の者です、ファーガソンさん。殺人課のロマーノ警部補といいます。ゆうべお宅で少しお話をうかがいました。あなたが倒れる前です。たしか、犯人の顔を見たとおっしゃいましたね？　顔を見れば犯人だとわかるとも」

ファーガソンの声は囁きに近かった。「犯人の顔……」

ロマーノは先を待ったが、ファーガソンはそれっきり黙りこくっている。また自分だけの世界に戻ってしまったらしい。

「殺人鬼の顔を見たとおっしゃったんですよ、ファーガソンさん」ロマーノはしびれを切らして言った。「もう一度見たら犯人だとわかりますかとお訊きしたところ、あなたはこう答えた。『ええ、もちろん。忘れようにも忘れられるものですか』ご気分を悪くされてすぐのことです。どんな顔だったか、いま聞かせてもらえませんか？　無理は承知でお願いしているんです。さぞかしおつらいでしょう。でも、問題の男は気のふれた殺人鬼なんです。奥さんは五番目の犠牲者だ。手口からして、五件とも嗜虐《しぎゃく》性向の強い一人の精神病質者による犯行です。一刻も早く捕まえないと、また犠牲者が出るでしょう。ファーガソンさん、奴の顔を知っているのはあなたしかいないんですよ」

ファーガソンはまたうわの空になっていたが、ようやく口をきいた。「顔……」

「そうです、そうです」ロマーノは勢いこんで言った。「ゆうべあなたが見た顔です。窓の外に見えたという。どんな顔だったか思い出せますか？」

ファーガソンの声はかすれていた。「あれは――あれは悪の顔だった」

ロマーノは深いため息をつくと、ベッドの脇にある背もたれのまっすぐな椅子に浅く腰をおろした。

「なるほど、それは邪悪な顔だった――もう少し何かありませんか、ファーガソンさん。たとえば若かったとか老けていたとか。丸顔だったとか面長だったとか。ひょっとして、傷のような目立った特長はありませんでしたか？」

「悪の顔はそんなふうに表現できません」

ロマーノは額に浮いた汗を手のひらの付け根でぬぐった。病院というところはなぜこうも風通しが悪いのだろう？　病人や怪我人こそ新鮮な空気を必要としているはずなのに。

「お願いです。力になってください、ファーガソンさん」彼は辛抱強く訴えた。「もう少し何かないと、警察としても動きようがありません」

「お名前はなんとおっしゃいましたか？」ファーガソンは訊ねた。

「ロマーノ。ロマーノ警部補です。奥さんが殺された事件の捜査を担当しています」

「警部補、あなたは信仰をお持ちですか？」

ロマーノはたじろいだ。ミサになかなか出られないことを、妻のローザとリオーダン神父から常日頃チクチクやられているのだ。警官の仕事はそれほどに不規則で、しんどいものだった。

「私は神を信じていますよ、ファーガソンさん。教会にもかよっています」

「敬虔な人間なら誰しも神の顔を見たことがあります」ファーガソンは断言した。その声は俄然明瞭になり、さっきまで蒼白だった顔がにわかに生気を帯びてきている。「だからといって、神の顔を言いあらわすなどということがどうしてできますか？　若いとか老けているとか、丸顔だとか面長だとか、傷があるとかないとか、そんなふうに神の顔を表現することなどできはしないのです」

それだけ言うと、ベッドの上の男は力を使い果たしたようだった。再び枕に頭をあずけ、肩で息をしている。ロマーノはしばらく待って、それから反論した。「ファーガソンさん、あなたがゆうべ見たのは人間の顔だ。窓の外からこちらを見つめていたとおっしゃったじゃないですか。それが奥さんを殺した男の顔ですよ」

ファーガソンは警部補の呑みこみの悪さが我慢できないようだった。「悪の顔が人間の顔だなどと、どうして言えますか？　冒瀆と思われるのを恐れずに言えば、それは神の顔と同じなのです。なぜなら一言では語れないからです。それは暗い路地に立つふしだらな女の顔なのです。それはいましも敵を殺そうとしている兵士の顔なのです。それは松明をかざして暴れ狂う狂人の顔なのです。それはむくみ、赤らんだ顔をして淫らな言葉を口走る好色な酔っぱらいの顔なのです。そしてそれは、麻薬中毒患者の青白くやつれた顔なのです。わかりますか？　悪の顔とはそれらすべてを言うのです」

「すると、あなたがゆうべ見たのは誰か特定の人間の顔じゃないのですね？　つまり、幻か何かだったわけだ」

ファーガソンががばっと身を起こした。女の金切り声を思わせるその声に、ロマーノは病室のドアを気遣わしげに見やる。「もちろん幻なんかじゃありません！　あれは殺人者の顔でした。妻を殺した男の顔でしたとも！」

ロマーノはため息をついた。ここはひとつ攻めかたを変えてみよう。もういつあの医者か看護婦が入ってきて時間切れを告げてもおかしくないころだ。

「窓のことなんですがね、ファーガソンさん」警部補は走り書きのメモを見ながら言った。「お宅はアパートメントの一階でしょう。寝室には小さな庭に面した窓がある。犯人がその窓から侵入し、逃げるときも同じ窓を使ったというのはいかにもありそうなことです。窓には鍵がかかってませんでしたからね。でも、あなたは寝室の入口から正面の窓に映った顔を見たと言った。それは記憶違いじゃありませんか、ファーガソンさん？　だって入口の正面に窓はないんですから。庭に面した窓は入口から十四フィートかそこら右側にあります。寝室に入り、奥さんのご遺体をまたぎ越して右を向かなければ見えない位置にあるんです。ゆうべはこの点だけ、少々思い違いをされているようでした。状況が状況だけに、無理もないことですが」

「思い違いなんかじゃありません！」ファーガソンが声を荒らげた。「私は教会から帰ってきたところだったんです。なんだか気分がすぐれなくて。すぐに収まるんですが、時々そうなるんです。心臓が悪いんだろうって話でした。ともかく私は帰るなり椅子にへたりこみました。浴室の戸棚にある薬を取ってきてもらおうと妻を呼んだんですが、返事がありません。そのうちにうとうとして、少しばかり眠りこけてしまったようでした。はっと気づくと、また妻を呼びました。やはり返事がないので、私は立ちあがって寝室のドアをあけたんです。すると足もとに妻が倒れていて、そのかたわらにナイフが転がっていました。顔を上げると、ちょうど妻のなきがらの先にある窓――つまり寝室の入口の正面にある窓の向こうから、剝き出しの悪の顔がこちらを見つめていたんですよ」

「なるほど」ロマーノが相槌を打つと同時にドアが静かにひらいた。先ほどの看護婦が迎えにきたのだった。警部補はベッドの上の男に向かって言った。「ファーガソンさん、ご協力に感謝します。お疲れのところ失礼しました。いずれまたお話を聞かせてください」

ロマーノは看護婦に会釈し、病室をあとにした。経験上、突破口が開けそうだと思っても期待しすぎないほうがいいということはわかっていたので、それほど落胆はしなかった。ともかく、ファーガソンが言葉どおり犯人の顔を目撃したという前提で捜査を進めるしかない。なぜなら、五人の女を惨殺した狂人の正体につながる有望な手がかりは、今のところそれしかないからだ。ファーガソンも気持ちが落ち着けば、犯人の人相をもっと具体的に説明できるようになるかもしれない。署の記録課で精神病質者数百名の顔写真をめくり、そのうちの一枚を選び出してこう言ってくれるかもしれないのだ――「この男に間違いありません」。ロマーノはその可能性に賭けざるをえなかった。〈屠殺人〉は過去七カ月のあいだに五人もの女性を餌食にしてきた。警察の手で挙げることができなければ、さらに犯行を繰りかえすだろう。

ロマーノはマンハッタン西署に戻った。ヘルズキッチンの端にある古い分署で、五番街より西で起きるありとあらゆる暴力犯罪を取り締まる、いわば前線基地だ。磨り減った階段をのぼってオフィスにあてがわれている狭い部屋に入る。緑色の笠をつけた電灯が昼夜の別なくデスクの上を照らしているのは、ダクトに接する小さな窓からは明かりがまったく採れないからだ。ロマーノの助手を務めるグリアソンという大柄の若者が、所々にひびが入った革張りのソファーで横になり、眠りこけていた。グリアソンの職級は一級刑事だった。これは、警部補並みの俸給を受けとっていることを意味する。それでいて、警部補どころか、階級はなし。おまけに、警官になってからまだほんの七年しかたたないときている。グリアソンは新しいタイプの警官だった。市立大学を卒業し、非番の夜にはニューヨーク大学で法律を学んでいる。ロマーノはきしむ回転椅子にぐったりと身を沈め、大きくため息をついた。それから前かがみになり、靴紐をほどく。案の定、胃粘膜が騒ぎだしていた。机の抽斗《ひきだし》から胃散の小瓶を取り出して、二錠手に取る。それから魔法瓶の水をコップにそそぎ、錠剤を飲みくだした。

グリアソンが目を覚まし、ソファーから身を起こして大きな手で黒髪をなでつけた。彼もまた、〈屠殺人〉による新たな殺しが起きてからベッドに入っていないのだ。「どうでした?」

「脚が痛くてかなわん」

「ファーガソンは意識を取りもどしましたか? 〈屠殺人〉の人相はわかったんですか?」

ロマーノは片手で口を覆っておくびを漏らしてから答えた。「意識は取りもどした。少しだけ話が聴けたよ。そこにないはずの窓から、人ならざる何かの顔がのぞきこんでたそうだ」

「やれやれ、またその手のたわごとですか」

「われわれはそれを信じるしかない」ロマーノはグリアソンにというよりも、自分自身に言い聞かせるために答えた。「〈屠殺人〉の顔を見たという彼の言葉を信用するしかないんだ。もう少し時間がたてば、何か手がかりになるようなことを思い出して教えてくれるかもしれない。ファーガソンは心臓疾患の持ち主だ。昨夜帰宅した際、軽度の発作に見舞われたんだろうと病院は言ってる。意識を取りもどして妻の遺体を見つけたときには、まだ頭が朦朧《もうろう》としていたに違いない。問題の窓が寝室のドアの正面にあったと言っているが、それは事実じゃない。だが遺体をまたぎ越して右を向けば、そこに寝室唯一の窓がある。その向こうに犯人の顔を見たのかもしれない。その線で進めるしかないだろう」

「鑑識がナイフの調べを終えてます。手がかりなし。指紋は不明瞭で判別不能だそうです」

ロマーノはむっつりとうなずいた。「いつものことさ。俺はおまえさんが石けり遊びをしてるころからこの仕事に就いてるが、指紋で殺人事件が解決したことはあとにも先にも一度きりしかない。その犯人《ホシ》はご丁寧にも、宝石職人が使うワックスの容器の内側に指紋を残しておいてくれたんだ」

「ファーガソンの身上調査書が警部補の机の上にあります。一番上のフォルダーです。ざっと目を通しましたが、模範的な市民ですね。悪い評判はありません。五番街の南地区で聖書やその他の宗教書を売る書店を営んでます。熱心な教会信徒で、隣人も牧師もなじみの商店主連中も、誰も彼もが好人物だと口をそろえてます。細君とは教会で知り合い、六年前に結婚。子供はなし」

「それだけか?」

「いいえ。戦争が始まったとき、ファーガソンは神学大学にかよってました。牧師を志してたんです。兵役を猶予してもらうこともできたのにそうせず、志願入隊しました。歩兵としてクラーク中将麾下《きか》の第五軍に加わり、はるばるイタリアまで出征してます。戦場では活躍し、青銅星章《ブロンズ・スター》を受け、上級軍曹まで昇進。その後軽傷を負って名誉戦傷賞《パープルハート》をもらい、長いあいだ入院しています。怪我のせいじゃありません。シェルショックだとか戦争神経症だとか呼ばれる病気を患ってたんです」

「じゃあやっこさんはいかれてるってことか? 窓の向こうに見えた顔なんて、実際は存在しなかったと?」

グリアソンは肩をすくめてあくびをした。「ファーガソンがいかれてるとしたら、おんなじようにいかれてる人間が数百万から往来を自由に行き来してるってことになりますね。たしかこの前の戦争じゃあ、戦争神経症の症例が少なくともそれくらいはあったはずです。要するに一時的な神経衰弱で、それ以上のものじゃありませんよ」

「なるほど」ロマーノはときおり、グリアソンのような新しいタイプの警官をいまいましく思うことがあった。大学の学位を持ち、夜学で法律を学ぶような上昇志向の強い連中……。だが、彼らが〝使える〟のもまた事実だ。ロマーノは長ったらしい報告書の作成がなにより苦手だった。グリアソンもそれは承知していて、十本の指を全部使ってタイプを打てる彼が、たいていの事務仕事を肩代わりしていた。書類を書くのも警官の仕事の一部だが、両手の人差し指でしかタイプを打てないロマーノにとっては苦役以外の何ものでもなかった。なにしろ二十年以上も続けていながら、いまだに打ち損じが絶えないのだから。

警部補はファーガソンの身上調査書に目を通しにかかった。グリアソンを信用しているから、熟読はしない。と、不意にページを繰る手をとめ、太い眉を寄せた。

「スタッテン島の復員軍人施設にいたのか？」

「ええ。ベイヘヴンですよ。わが国でも屈指の大きさを誇る陸軍総合病院の」

「出かけるぞ」そう言ってロマーノは靴紐を結びにかかる。

「どこへです？」

「スタッテン島だ。ひょっとしたらファーガソンのことを憶えている医者がまだいるかもしれんだろう」

グリアソンはソファーから立ちあがって伸びをした。「なるほど。いいですね。今日は絶好のフェリー日和だ」

二人はフェリーの船倉に駐《と》めた車をおりて、上甲板にのぼった。手すりのそばで潮風を顔に浴びながら、しだいに遠ざかるマンハッタンの摩天楼を眺める。ロマーノは思った。八百万を越える人々がひしめき、働き、日々の暮らしを営む大都会。あそこに、〈屠殺人〉と呼ばれる異常者もまぎれこんでいるのだ。

「もっと楽な仕事はないものかな」警部補は大きな声で言った。「干し草の山から針を探し出すほうがまだましだぞ」

さんざん訊いてまわり、待たされ、ファイルを漁り、ようやくバウアーズという名の医師を見つけるころには病院に着いてから二時間が経とうとしていた。バウアーズは中佐の階級を持つ初老の男だった。彼はファイルをちらっと見ただけで、過去十二年間に担当した何千人もの患者のなかからレスター・ファーガソンを思い出した。医師はファーガソンをはっきり憶えていた。

「とても興味深いケースだったよ」バウアーズは言った。「なに、怪我そのものはたいしたことはなかった。砲弾の破片が片脚に食い込んでいてね。手術で摘出する必要があったが、後遺症が残るようなものじゃあなかったよ。術後も脚を引きずるようなことにはならなかったし。ただ、信じられないほど長いあいだショック状態にあった。何週間、いや、それこそ何カ月もだ。ときに緊張病《カタトニー》の症状を呈することもあってね。そうなるとベッドに横たわったまま身をこわばらせ、大きく見開いた目で天井を見つめるだけだ。そして、何かにおびえるように囁くんだ。『顔……顔……』と。何度も何度も繰り返しね。

「言うまでもなく、これは心的外傷《トラウマ》というやつだ。なんらかの衝撃的体験が抑圧され、かえって持続的な影響を生じる。それがどんな体験で、いつ起きたことなのか、われわれにはなかなかわからなかった。なにしろ、子供時代の出来事でもおかしくはない。人生のどの段階で起きたどんなことでも、トラウマの原因になるからね。私はいつも、心の薄皮の下に刺さったとげみたいなものだと言っているんだ。そいつをどうにかして引っこ抜かなきゃならない。ファーガソンにはいろいろな方法を試してみたよ。だが、どれも効果が見られなかった。で、とうとうペントタールナトリウムに頼った。一般に自白剤と呼ばれる薬物さ。今なら精神安定剤が選り取りみどりだが、当時はそれしかなくてね。ともかくこいつが効いた。薬を投与したうえであれこれ質問してみて、ようやくそれの正体を突きとめることに成功したよ。つまり、とげを引っこ抜いたんだ。

「彼は〝顔〟を見ていた。あるいは見たと思いこんでいた。イタリアのとある小さな町で掃討作戦に加わっていたときのことだ。その顔は、割れた窓の向こうから彼をじっと見つめていたらしい。本人いわく、〝悪の顔〟だと思ったそうだ。彼にとってはさぞや恐ろしい経験だったに違いない。負傷したのはそのすぐあとだが、〝顔〟は記憶に焼きついて離れなかった。この体験をみずから語ることでトラウマの原因が取りのぞかれ、彼は快方に向かったんだ」

「彼が見たのは本物の顔だと思いますか？」ロマーノは訊ねた。「それとも幻覚か何かでしょうか？」

医師は肩をすくめた。「一概には言えないな。たとえば廃屋に身を潜めていた敵の狙撃手とかね。それとも何かの見間違いか。通りには死体や瀕死の怪我人がごろごろしていただろうから、そういう人間のすさまじい形相が頭にこびりついたのかもしれない。なんにせよ、彼はそれを〝悪の顔〟だと思った。本人がそう言ったんだ。ファーガソンが非常に信心深い人間だったということを思い出す必要があるね。陸軍に入隊する前は牧師を目指して学んでいたそうじゃないか。人殺しは誰にとってもおぞましい体験だが、ファーガソンのような人間にとってはまさに悪夢だったろう。それでもたいていの兵士は、自分の撃った弾が敵を殺したかどうか、たしかなことは知らないまま終わる。だが、ファーガソンは知ってしまった。負傷するほんの数日前のこと

——つまり例の〝顔〟を見る数日前だが——、勲章をもらってるんだ。手榴弾で敵の拠点を吹っ飛ばした功績でね。このとき、敵の機関銃射手が五人死んでいる」

「で、それを突きとめたとき、つまり彼自身の口からその顔——〝悪の顔〟——について語らせたとき、ファーガソンの治療に成功したとおっしゃるんですね？」とロマーノ。

「臨床的見地から見て、そう言える」バウアーズは答えた。「ショック状態からは脱したし、緊張病の症状が出ることは二度となかった。経過を見るためしばらく留め置いたが、退院時には完全に正常な状態に戻っていたよ」

「彼はゆうべ、また〝顔〟を見ました」ロマーノはにべもなく言った。

「それは残念だ。もちろん気の毒だが、何年もたってから症状がぶりかえすのは珍しいことじゃない。普通、何かひどい経験が引き金になって再発するんだがね」

「おっしゃるとおりです」ロマーノは医師に告げた。「〈屠殺人〉と呼ばれる殺人鬼に妻を殺されたんです」

警部補は立ちあがってグリアソンにうなずいた。そろそろ引きあげる潮時だ。

マンハッタン島に戻り、パトカーでフェリーを降りながらグリアソンが訊いた。「もうじき五時ですね。ここらで切りあげてひと眠りしますか。それともまだほかにまわるあてが？」

「市立病院にやってくれ。もういっぺんファーガソンと話してみたいんだ」

病院に着いたロマーノは、その朝話したのと同じ、頬骨が高く、小さな口ひげを生やした細身の医者に取り次いでもらった。

「ファーガソンともう一度話がしたいんです。ほんの少しのあいだで結構ですから」

「メッセージをお聞きになっていないのですか、警部補？」

「メッセージ？」

「オフィスにお電話を差しあげたのです。レスター・ファーガソンは約一時間前に脳出血で死亡しました」

ロマーノは黙ってうなずき、事実を受けいれた。

グリアソンは憤懣《ふんまん》やるかたなしといった様子でかぶりを振った。「じゃあ、〈屠殺人〉の人相を知っている唯一の証人が、それを胸にしまったまま死んでしまったわけだ」

「〈屠殺人〉の正体なら教えてくれたよ」ロマーノは静かに言った。「行こう、グリアソン。ファーガソンの住まい《フラット》をちょいとのぞいてみようじゃないか」

ファーガソン夫妻はグリニッチ・ヴィレッジにある閑静な並木道に面した瀟洒《しょうしゃ》なレンガ住宅の一階に住んでいた。ロマーノは管理人から借りた鍵でファーガソンのフラットのドアをあけた。なかは窓から陽が射しこんでいるのに薄暗く、灯《あか》りをつけなければならなかった。

「心臓発作を起こしたファーガソンが意識を取りもどしたときにかけていたのはあの椅子に違いない」そう言うと警部補は部屋を横切り、更紗《さらさ》のカバーがかかった安楽椅子に腰をおろした。

「意識を取りもどした彼は」とロマーノは続ける。「頭が朦朧としていた。おそらく自分がどこにいるのかさえ、よくわかっていなかっただろう。妻を呼ぶが、返事はない」

ロマーノは立ちあがった。「寝室のドアは閉まっていた。ファーガソンはドアに向かう」ロマーノは寝室の入口に歩み寄ると、ドアをひらいた。部屋の灯りのスイッチを入れ、戸口に立つ。「ドアのすぐ内側に妻のなきがらが横たわっている。顔をあげると、窓の向こうからこちらを見つめている殺人鬼の顔が見えた」

ロマーノは脇にどいた。「来てみろ、グリアソン。戸口の、ここのところに立ってみるんだ」

グリアソンは言われたとおりにした。

「まっすぐ前を見てみろ。ファーガソンの言うとおり、〝窓〟があるはずだ」

グリアソンは優秀で誠実な刑事だが、そういつも察しが良いとはかぎらない。ロマーノを振返った若い刑事の顔は狐につままれたようだった。

「わからないか？　たしかにファーガソンは妻を殺した男の顔を見たんだ。彼が〝窓〟と呼んだもののなかに。おまえの目の前にあるものがそれだ。ファーガソンの言う〝悪の顔〟とはまさしく〈屠殺人〉の顔だった。この界隈で五人の女を殺した精神病質者の顔だ」

グリアソンが見たのは窓ではなかった。

彼が見たのは、壁にかけられた鏡に映った自分自身の顔だった。

アンクル・トム

ワシントンにある連邦最高裁判所の偉い判事《ミスター・ビッグ》さんたちが出した例の判決のことは聞いてると思う。これからはアメリカのどこでも黒人と白人は同じ学校にかようべしっていうあれさ（教育現場における人種隔離を違憲とした、一九五四年五月の連邦最高裁判決）。なんでこんなことを言うのかっていうと、ぼくにとってだいじなことだし、じっちゃんに起きたことの理由でもあるからなんだ。ぼくは十五歳の黒人で、南部に住んでる。

この判決が出たとき、ぼくはジャロッド郡の公立黒人高校にかよってて、それなりにうまくやってた。そりゃあぼくはラルフ・バンチ博士（米国の外交官。一九五〇年、黒人として初めてノーベル平和賞を受賞）じゃないし、そうだと言うつもりもないけど、でも勉強はできるほうだった。数学や化学や、技術工作なんかは特にね。それにぼくはジェシー・オーエンス（米国の黒人陸上選手。一九三六年、ベルリン五輪で四つの金メダルを獲得）でもないけど、追い風を受ければ二百メートル走のタイムはちょっとしたもんだし、フットボールのエンドだってこなせるし、それに絶妙のフォワードパスを投げることだってできるんだ。

まあどっちみち、偉い判事さんたちが例の判決を出したからって、ぼくの毎日が急にがらっと変わっちゃうなんてことはなかったんだ。いつかはそうなるってわかってたことだしね。だってぼくらはみんな同じアメリカ人なわけで、ビリー・ウィーヴァー少佐どのが戦争から帰ってきたときに言ったみたいに、黒人も白人も戦場じゃ同じ赤い血を流すんだから。

じゃあ白人の子供たちはどうだったかっていうと、やっぱり大きな影響があったとは言えないな。ぼくらの町じゃあ、よそものや外国人がどんどん流れこんでくるなんてことはなかったからね。はっきり言って、白人の子供たちはほんのチビのころからぼくらといっしょに遊んでたんだよ。それでも、肌の色の違いで揉《も》めたことなんかないし、ケンカっていえば子供らしい無邪気なやつばっかりだったんだ。

メリーランドやデラウェアみたいな州じゃ暴動が起きたみたいだけど、どっちも本当の「南部」とは言えないし、少なくともリー将軍とグラント将軍が戦ってた当時の南部十一州には入ってなかったわけだからね。深南部って呼ばれる州のなかには、白人だけの私立学校をつくろうっていう動きもあるって聞いた。そうすればワシントンの偉い判事さんたちがどんな判決を出そうと、黒人の子供を締め出すことができるってわけさ。

ぼくらの州は南部っていっても、メーソン・ディクソン線（メリーランドとペンシルヴェニアの境界紛争を解決するため、一七六三年から一七六七年にかけて両州のあいだに定められた境界線。以来、合衆国を南北に分ける境とされている）からそんなに離れてないんだ。じっさい、川向こうじゃとっくの昔から白人と黒人がおんなじ学校にかよってた。だから、ぼくらの町にかぎって言えば、白人にとっても黒人にとっても、こんどの判決が先を行きすぎてるとか、揉めごとの種《たね》になるなんてことはなかったんだ。少なくとも、これまでのところはね。ぼくらの町はクレイヴィルっていって、五千人ほどの人間が暮らしてる。そのうちの千五百人くらいは黒人なんじゃないかな、たぶん。なにもぼくらの町には人種差別がぜんぜんなかったとか、あってもそれは間違いじゃなかったとか、そんなこと言うつもりはないよ。でも、そういうことには慣れちゃうもんなんだよね。キャデラックを買えないことに慣れちゃうみたいにさ。ここじゃあ南北戦争の昔から白人と黒人が隣り合って暮らしてるけど、リンチや人種暴動みたいなことはただの一度もなかったんだって。

そりゃあ、ぶつぶつ文句を言う人はいたさ。この判決が出たときにもね。だけど、そんなに影響力はなかったな。まず、赤っ首《レッドネック》（南部の貧しい白人労働者を指す蔑称。戸外労働により襟首が日焼けしていることからこう言う。しばしば無教養、保守反動の象徴とされた）がそうだった。町の東のはずれに掘っ立て小屋をたてて住んでる連中で、南部じゃ〝貧乏白人〟とも呼ばれてた。正直、気の毒だなって思うよ。たとえそういう人たちが、昔からずっと黒人を目のかたきにしてるとしてもね。ぼくの見たとこ、ああいう人たちはどこへ行ってもうまくいかないと思う。北部だろうが、東部だろうが、西部だろうがおんなじことさ。生まれつきものぐさで頭も鈍く、おまけに寄生虫持ちときたら、誰かのせいにでもしないとやってられないよね。で、南部じゃ黒人が八つ当たりの標的にされるってわけ。だけど、ビリー・ウィーヴァー少佐どのみたいな上流の白人が、ちゃんと連中ににらみを利《き》かせてくれてる。少佐どのに言わせれば、黒人嫌いの政治家を当選させては南部人の顔に泥を塗ってるのが赤っ首なんだって。あいつらはたいていダン・スクワイアーズの酒場《みせ》でくだをまいてるから、土曜の夜なんかは上流の白人女性やまともな黒人女性は絶対に近づかないんだ。

赤っ首のほかにもぶつぶつ文句を言う人はいたよ。たとえばミスター・トレヴァー・サイスがそうで、この人は州の公職選挙にかたっぱしから立候補してはかたっぱしから落選してる。馬鹿の一つおぼえみたいに「白人優越主義」っていうのを唱えてるんだ。深南部のあちこちじゃまだそういう考えがすたれてないのかもしれないけど、この州じゃ、赤っ首とミスター・トレヴァー・サイス以外にはなんの意味もない言葉だよ。少なくとも、そういう人たちが言う〝再編入〟（南北戦争に敗れた南部連合諸州が、ふたたび連邦に組み入れられたこと）からこっちはね。ミスター・トレヴァー・サイスは、黒人とユダヤ人は一人残らず共産主義者だから、どんどん追放するか牢屋に入れなきゃならないって説いてまわってる。この町でそういうことを言いだせば、頭がいかれたと思われてぜんぜん相手にされなくなるんだ。からかいの種にされることはあるかもしれないけどね。それからミス・メイミー・カールトン。大きな屋敷にたった一人で住んでる、たぶん九十歳は越えてるおばあさんなんだけど、なんでもお父さんがジョン・ハント・モーガン将軍の騎兵隊に加わってたそうで、いまでも南部連合旗を炉棚の上に飾ってて、アポマトックスでリー将軍がグラント将軍に降参したことを認めようとしないんだ。でも周りは適当に調子を合わせてる。それ以外は感じのいいおばあさんだからね、ほんとの話。

さて、いよいよ本題に入るわけだけど、ぼくにとっちゃ不名誉な話だから打ち明けるのはつらいんだよ。なぜって、ぶつぶつ文句を言う人たちのなかでも最悪だったのは、ぼくのじっちゃんだったからなんだ。

まず、じっちゃんがものすごく年寄りだったってことをわかってほしい。じっちゃんは九人の子供に恵まれたんだけど、その末っ子がぼくの父さんでね。ワシントンの偉い判事さんたちが学校教育に関する例の判決を出したとき、じっちゃんはもう七十五歳を越えてたんだ。

父さんはぼくがまだ小さいころに死んでしまったんだけど、母さんはぼくを立派に育ててくれた。おかげでぼくはちゃんと神さまを畏《おそ》れ、目上の人たちをきちんと敬う人間になれたんだ。だからじっちゃんのことは尊敬してるし、それに大好きでもある。ぼくを可愛がってくれたし、どんなに偏屈で昔かたぎなところがあっても、根は優しい人間だからね。でも仕事をやめて隠居してからのじっちゃんは、母さんに言わせれば、めっきり気むずかしくなった。じっちゃんはビリー・ウィーヴァー少佐どののお父さんのミスター・エイモス・ウィーヴァーに雇われてて、そのままビリー・ウィーヴァー少佐どのにも使ってもらってたんだ。両方あわせれば、数えるのもいやになるぐらい長い年月、お屋敷の下働きをつとめたことになる。じっちゃんのリウマチ——じっちゃんはそれを〝骨の痛み〟って呼んでた——が悪くなると、ビリー・ウィーヴァー少佐どのはじっちゃんに暇を出し、抵当がついてない木造の家をくれた。小さいけど住み心地のいい家で、ぼくと母さんとじっちゃんの三人でそこに移ってからもうずいぶんになるんだ。母さんはっていうと、母さんの母さんがやっぱりそうだったみたいに、ビリー・ウィーヴァー少佐どののでっかいお屋敷の料理人として働いてる。南部じゃ料理人の腕前は〝レースのカーテン〟の出来ばえで見るんだよね。〝レースのカーテン〟っていうのはパンケーキの縁に沿ってあしらう透かし細工の波形模様《スカラップ》のことで、これをこさえとかないとバターがぶ厚くなりすぎてケーキがさくっと仕上がらないんだ。そこへいくと母さんのつくる〝レースのカーテン〟はそりゃあみごとなもんで、町のどんな料理人もかなわなかった。だから、母さんがビリー・ウィーヴァー少佐どのの料理人におさまったのも当然なんだ。ビリー・ウィーヴァー少佐どのはクレイヴィルの町でいちばんの〝大物《ミスター・ビッグ》〟だから、いちばん腕のいい料理人を置く権利があるんじゃないかな。

ええと、ちょっと脱線しちゃったね。パンケーキがどうのこうって……。やっぱり気がすすまないからだな、核心に触れるのがさ。でも、そうも言ってられないよね。

　はっきり言うと、じっちゃんはアンクル・トムなんだ。

　北部に住んでる人のなかにはアンクル・トムがなんのことか知らない人もいるだろうから、いちおう説明しておかなかきゃならないだろうね。アンクル・トムっていうのは南部の黒人が使う言葉で、白人にやたらとぺこぺこ頭を下げる仲間をさげすむ呼び名なんだ。アンクル・トムは黒人から嫌われるだけじゃなく、まともな白人からも相手にされない。たぶん大昔には、黒人のボーイや赤帽が『オールド・ブラック・ジョー』って歌に出てくる黒人みたいにふるまうのにはそれなりの理由があったと思うんだ。白人からチップを余計にもらえるとかね——ことに、なんにも知らない北部《ヤンキー》の白人からは。でも今はどんな白人でもアンクル・トムって呼ばれる黒人の魂胆を知ってるし、そういう連中がどんなに深々とお辞儀をしようが、心のなかで舌を出してるってことはお見通しなんだ。

　気の毒に、じっちゃんはまだ若いころにアンクル・トムをやり始めたんだと思う。白人が喜ぶって考えたんだろうね。で、いまだにその癖が抜けないんだよ、きっと。父さんが生きてるころは、よくそのことでじっちゃんをからかってた。母さんもいっしょになって笑ってたな。でもじっちゃんはただニヤッと笑って、そのほうが白人からの上がりがよくなるって言うだけだった。じっちゃんとしては、ウィーヴァー家から給金のほかに着るものや食べものや家具なんかをもらえるのはそのおかげだって言いたかったらしいけど、正直、たとえぺこぺこしなくたって、ウィーヴァー家の人たちはじっちゃんをおんなじように扱ってくれたと思うな。でも、じっちゃんにはそれが最後までわからなかったんだ。

じっちゃんは〝再編入〟のすぐあとに子供時代を送ったんだけど、そのころも黒人学校はあったんだ。でも、黒人がちゃんと学校にかよってるかどうかなんてことは、みんなたいして気にかけなかった。つまり、いまみたいに不登校児童指導員なんかをよこしたりはしなかったってこと。だからじっちゃんは名前が書けて、聖書がだいたい読めるようになると、まだいくらもかよわないうちに学校をやめちゃったんだ。そんなじっちゃんだから、黒人がまともな教育を受けることに大反対だったとまでは言わないけど、大賛成もしてなかったのはたしかだね。きちんとした学校教育なんてのを受けたがる黒人は、じっちゃんに言わせれば〝身のほど知らず〟で、そういう連中がいるから、クー《K》・クラックス《K》・クラン《K》だとかリンチ集団だとか、南部ならではの面倒が持ちあがるんだって。たぶん、じっちゃんにはじっちゃんなりの誇りがあったんだろうね。げんにじっちゃんは年寄りのわりにはしゃんとしてて、いつもきちんとしたなりをして、姿勢よく歩いてたもの――〝骨の痛み〟のせいで背中が少し曲がっちゃう前のことだけどね。じっちゃんは、自分が野良仕事の働き手じゃなく家のなかで働く使用人だってことを自慢に思ってた。それがじっちゃんの誇りの大部分を占めてたんだ。じっちゃんにしてみれば上等な仕事だったんだよ。少なくとも自分が望める範囲ではね。

それなのに、ワシントンDCの偉い判事さんたちが学校教育に関する例の判決を出してからってもの、じっちゃんは松樹林のなかでいばらの茂みの上に尻餅をついたアライグマ猟犬みたいにぶつぶつ文句を言うようになったんだ。まるでその判決を出したのがワシントンDCの偉い判事さんたちじゃなくてぼくだって言わんばかりにさ。どの学校にかようかなんてぼくが選べることじゃないのに、じっちゃんはぼくに当たりちらした。よく言われたのがこんなセリフさ。「ふん、じゃあわしの孫はよその誰にも負けないぐれえご立派になったってわけだな。それにしても、まさか身内から〝身のほど知らず〟が出るたあよ、神さまも酷なことをしなさる。孫は教育を受けて、きっとアメリカ合衆国の副大統領にでもなるんだろうよ」

こういう嫌味を言うときに、なんでじっちゃんはぼくを副大統領どまりにしてたのか、いまだにわからない。どうせなら大統領でいいじゃないか。でもじっちゃんは絶対に大統領とは言わなかった。じっちゃんはなにかっていうと、そんなに副大統領になりたいか、と言ってぼくをいじめた。ぼくはただ、できるだけいい教育を受けたかっただけなのに。じっちゃんがあんまりひどいことを言うもんだから、そのうちに母さんが神経をまいらせた。母さんはよく、肉汁のしたたるベーコンにひき割りトウモロコシを添えたじっちゃんの大好物を出すんだけど、そんなときのじっちゃんの言い草ときたらこうなんだ。「へっ、わしみてえな老いぼれにゃあご馳走だがよ、そこにおる孫にゃあ詰めもの入りのローストチキンでも出してやんなよ。なんも日曜にかぎることたあねえ。なんせアメリカ合衆国の副大統領目指して、もうじき白人と同じ学校にかようようになるんだからな」

じっちゃんはもともとそんなにお酒を飲むほうじゃなかったけど、うちにもお客さんをもてなすためのウィスキーの買い置きがあった。学校教育に関する例の判決が出てから、じっちゃんはそれをあっというまに空けちゃうようになったんだ。酒を飲んだときのじっちゃんからぶつぶつ文句を聞かされると、さすがのぼくもたまらなかった。そういうときの話は決まってるんだ。KKKの連中がどんなふうに例の白いローブを着て十字架を燃やすか。赤っ首どもがどんなふうにわめき、おたけびをあげながら黒人の居住区に乗りこんできて、誰彼かまわずリンチにかけるか。

じっちゃんはよく、こんなふうにまくしたてては母さんを震えあがらせた。「息子を白人の学校にかよわせるつもりならよ、おめえは森に逃げこまにゃあなんねえぞ。赤っ首とKKKの連中がやってくるかもしれんからな。やつら、この家を燃《も》しちまって、わしを背の高いオークの木に吊るすだろうよ。おめえはまだ若いから、逃げたほうがいい。わしはなんべんも見てきとるんだ。赤っ首とKKKが黒人の家を襲うとこをよ。そうともさ。家が燃され、仲間が吊るされるとこを、わしはさんざん見てきとるんだ」

でも、そんなのは嘘っぱちだった。このあたりじゃそういうことは一度も起こらなかったし、じっちゃんは生まれてこのかたクレイヴィルから四十マイル以上離れたことなんてないんだから。

母さんがそんなふうにいじめられるのを見てると、ぼくはついかっとなって、目上の人を敬わなきゃならないのも忘れて生意気な口をきいた。「じっちゃん、どうしてそんなこと言うのさ？せっかくうまくいってるのに、それじゃわざと面倒を起こそうとしてるみたいじゃないか」

そう言いつつも、ぼくは知らず知らずのうちにじっちゃんの術中にはまってたんだ。その年の夏、ぼくはミスター・グラント・アランの食品雑貨店で配達係のアルバイトをしてたんだけど、赤っ首がたむろしてるイーストエンドにも届けなきゃならないことがあった。それまで赤っ首を怖いと思ったことはなかったよ。ただあの連中の暮らしぶりを気の毒に思うことはあってもね。それなのに、じっちゃんの話を聞いてからってもの、イーストエンドに足を運ぶたびになんだか胸がどきどきして、年寄りのアンクル・トムがわざとうなだれて歩くみたいに、目を伏せて地面を見ながら歩くようになったんだ。赤っ首のなかにはタリー・バーチっていうケチな不良がいたんだけど、それまでぼくにちょっかいを出してくることはなかった。ぼくなら片手をポケットにつっこんだまま、やつを叩きのめすことができるからで、そのへんは向こうもよくわかってたんだ。ところが、あいつは森の動物がそうするみたいに、ぼくがびくついてるのをかぎつけたに違いないよ。なぜって、ある日あいつはリンゴの芯を投げつけてきて、ぼくを「黒ん坊」呼ばわりしたからさ。ぼくがどうしたかって？　だまって配達の仕事を続ける以外に、なにもできなかった。ぜんぶじっちゃんのせいさ。

じっちゃんは日に日に意地悪くなっていった。それまで母さんは――あたりまえの話だけど――まずじっちゃんの前から料理のお皿を並べてたのに、ある日突然、そうさせてもらえなくなった。「いやいや、わしはあとまわしでいい」母さんがいつもどおりお皿を置こうとすると、じっちゃんがそう言ったからだ。「未来のアメリカ合衆国副大統領閣下がおいでなさるんだ。そっちを先にしてやってくれ」

ぼくにはこれがいちばんこたえた。食事のたびにそんなこと言われてみなよ。食べものが喉を通らなくなるから。そのうちにぼくは若木の小枝みたいに痩せ始めちゃって、母さんをうんと心配させた。

そんなこんなで、ぼくの神経はどんどん張りつめていって、学校が始まるころにはいまにもはじけそうなニキビみたいになってたんだ。いや、大げさじゃなくね。

そこへもってきて、じっちゃんはさらに駄目押しをしてくれた。新学期の初日、ぼくが家を出ようとすると、何を思ったのか、表に面した窓のそばに座って古い猟銃に油を差してるんだ。ぼくは思わず訊いてた。「じっちゃん、銃なんか持ち出してどうするの?」

じっちゃんはぼくを見あげ、まるで鶏小屋の金網にあいた穴をくぐり抜けたばかりのずるがしこい老ギツネみたいな顔をしてみせた。「さてな、狩りにでもいくか」

「じっちゃん、じめじめした森のなかでリスなんか追っかけまわしたら、背中の痛みがひどくなるだけだよ」

「なあに、狩るのはリスと決まったわけじゃあねえ」さもその古い猟銃で何か恐ろしいことを企んでるみたいな口ぶりでじっちゃんは言った。

ぼくはなんとか新しい学校にたどりついた。でもいまだから言うけど、生まれて初めて心の底からぶるってた。ちょっとばかり早く着いたんで、赤っ首の生徒をできるだけ避けて、黒人高校でいっしょだった仲間とかたまってた。みんな口数は少なかった。ぼくらはただ突っ立って、何かが起きるのを予感しながら、どうかそれが起きないようにって願ってたんだ。

そこへいきなりビリー・ウィーヴァー・ジュニアがあらわれた。ビリー・ウィーヴァー少佐どのの息子さ。ビリーはぼくのところに歩いてくると、笑顔で握手の手を差し出して「やあ」と言った。そのときぼくがどんなにほっとしたか、きっとわかんないだろうな。

ビリー・ウィーヴァー・ジュニアとは小さいころから大の仲良しだった。同い年で、生まれた日も二、三週間しか違わない。もちろんビリーの親父さんは町でいちばんの〝大物《ミスター・ビッグ》〟だけど、そんなことはぜんぜん関係なかった。小さな子供にとっちゃ、白人か黒人かとか、金持ちか貧乏かとか、浸礼派《バプテスト》か聖公会派《エピスコパリアン》かなんてことはまるで意味がないからね。おたがいにウマが合うかどうか、ただそれだけなんだ。ビリー・ウィーヴァー・ジュニアはぼくの家にやってきては、母さんの出してくれるオートミールのクッキーや西瓜《すいか》のピクルスを食べながら一日中遊んだし、ぼくはぼくでウィーヴァーのお屋敷にはさんざん遊びにいった。そうそう、その夏ミスター・グラント・アランの食品雑貨店で配達係のアルバイトができるようになったのも、ビリーのおかげなんだ。あと、ビリー・ウィーヴァーのお袋さんっていうのがまた、ぼくの知ってる白人の女の人のなかじゃあ最高にいい人でね。遊びにいくたんびに、ぼくを家族とおんなじに扱ってくれた。雇いの料理人の子供だからって邪険にしたりはしないんだ。

とにかくその日、ビリーは校舎に入る前にぼくを脇に引っぱっていって、大真面目な顔でこう言った。「じつは相談があるんだ。ずばり、今年フットボールチームに入る気はないか?」

ぼくは答えた。「悪いけどビリー、それはできないよ。来年か再来年なら考えるけど、今年は駄目さ。物事っていうのはゆっくり進めなきゃ」

ビリーはちょっと考えてからうなずいた。「そうか。おまえの言うとおりかもしれないな。面倒を起こしたくないって気持ちはわかるよ。でも、弾丸みたいなフォワードパスを投げられるクォーターバックがどうしても必要なんだ。今年はシェルビータウンの重量級チームを相手にしなきゃならないんだが、うちは軽すぎて、向こうのディフェンスラインを突破できないからな」

「じゃあこうしよう。週に二、三度、ボールを持ってうちに来るといい。パスの投げかたを教えてやるよ。なあに、簡単さ。ただちょっとしたコツがあってね。中指を折りたたんで、ボールに回転をかければいいんだよ」

そのあと、ぼくらは「全校集会」とかいうものに出るため講堂に移った。ぼくら黒人は最初、席につこうとせずになんとなくぶらぶらしてた。どうせ黒人が自由に座ったらいけないんだろうと思ってたし、そのくせどこに座ったらいいか誰も教えてくれなかったからさ。でもしばらくすると、誰が言いだしたわけでもないのに、ぼくらはひとかたまりになって席についた。あんまり前のほうに座れば図々しいと思われるし、かといってずっと後ろのほうに座ればそれはそれで卑屈に見える。結局、ぼくらはちょうど真ん中あたりの席に腰をおろした。考えてみれば、クレイヴィルじゃずっと、まさにそこが黒人の指定席だったんだ。いっぽうの端には上流の白人がいて、反対の端には赤っ首がいる。黒人はいつもそのあいだに挟まれてきたってわけ。

その日、白人生徒と黒人生徒がいっしょにやった最初のことは、起立して国旗に忠誠を誓うことだった。クレイヴィルじゃ秋学期の初日にはそうするのが習わしなんだ。

教室でも、ぼくら黒人はなんとなくかたまって席についた。で、みんなとても静かにしてた。つまり、おとなしく座って、先生の話を聴いてたってこと。でも、そのころになると、何かが起きるんじゃないかっていう予感はだいぶ薄らいでたな。

休み時間になっても、おんなじような雰囲気だった——少なくとも最初のうちはね。でも、そのうちに小さいころからずっと黒人の子供たちと遊んできた白人の生徒たちが近づいてきて、ぼくらと話を始めた。それからはあっというまだったよ。白人生徒がボールを投げて、黒人生徒がそれを受けとり、あとはもう白人も黒人も関係なかった。いまにもはじけそうなニキビみたいに張りつめてたぼくの神経も、いつのまにか解きほぐれてたんだ。

ぼくは晴ればれとした気分で家に帰った。じっちゃんにはさんざん脅かされたけど、どうやら取りこし苦労だってわかったからね。家に入ると、じっちゃんはまるで一日中そこから動かなかったみたいに、まだ表に面した窓のそばに座って、猟銃をひざの上に乗せてた。ぼくが口笛を吹いて浮かれてるのを見たじっちゃんは、それはそれはがっかりしたみたいだった。ぼくはそんなじっちゃんがものすごく気の毒になった。だって、ここのところずっとじっちゃんを苦しめてたものが何か、じっちゃんがずっと意地悪だったのはなぜか、そのとき突然わかったからさ。

じっちゃんは要するに見たくなかったんだ。孫が自分より少しでも恵まれた生きかたをするところを。じっちゃんの物差しによれば、なんにでも収まるべきふさわしい場所っていうのがあって、ぼくにとってのそれはこの小さな家と、黒人だけがかよう学校と、それに使用人として出入りする白人のお屋敷だったんだ——じっちゃん自身がそうだったみたいに。

ともかく、じっちゃんがあれこれ難癖をつけてくる前に、ぼくは思いきって先手を打った。

「ねえ、じっちゃん。じっちゃんが思ってたみたいにはならなかったよ。そりゃあたしかに初めのうちはなんとなくぎくしゃくしてたし、赤っ首の子供たちがこの先ぼくらと大の仲良しになるとは思えないけどさ。でもそのうちに丸く収まりそうなんだ。だってね、ビリー・ウィーヴァー・ジュニアからはフットボールのチームに入らないかって誘われたんだよ」

最後の一言は余計だった。じっちゃんが鼻を鳴らしてこう言ったからだ。「ほお！　じゃあ未来のアメリカ合衆国副大統領閣下はフットボールチームのキャプテンにもなりなさるんか！」

「ううん、じっちゃん。誰もそんなこと言ってないよ。どっちにしろ今年はチームに入るつもりなんてないしね。ぼくはただ、ビリー・ウィーヴァー・ジュニアから誘われたって言っただけさ」

じっちゃんはまるで耳を貸さなかった。あれじゃ郡庁舎のドア把手《ノブ》に向かって話したのもいっしょだよ。「わしの孫はフットボールチームのキャプテンになって、ホームランをかっ飛ばすんだとよ」そうさ。じっちゃんにはフットボールと野球の区別もつかなかったんだよ。

それから幾日かは平和なもんだった。ビリー・ウィーヴァー・ジュニアは放課後、チームの練習をすませてはぼくのうちにやってきた。ぼくはいっしょに裏庭に出て、暗くなるまでフォワードパスのコツを教えてやった。中指を折りたたんでボールに回転をかける例のやりかたさ。ビリーはすごく飲みこみが早くて、たちまちぼくに負けない弾丸パスを投げられるようになった。

ただ、一つだけ気がかりなことがあった。あれからじっちゃんは昼も夜も例の場所に座って、お酒をラッパ飲みしながらあの古い猟銃に油を差し、銃身を磨くようになったんだ。母さんはじっちゃんがどうかしちゃったんじゃないかと心配した。弾が入ってないから大丈夫だよ、とぼくは母さんをなだめた。よくよくたしかめたから間違いないって。それでも、母さんの気は休まらないみたいだった。

明けても暮れても、じっちゃんは窓際に置いた古い揺り椅子に腰かけて、鼻唄で聖歌をうたいながら猟銃に油を差したり磨いたりしてた。その様子は糸の先の釣り餌だけかっさらっていっこう釣りあげられずにいる年寄りナマズみたいに、なんだか油断のならない感じに見えた。

学校が始まって一週間が過ぎたとき、じっちゃんはとんでもないことをしてくれた。もっとも、じっちゃんが何をしでかしたか知ったのは、あとになってからだ。ともかくそれは呆れるような真似だった。土曜日の晩、ぼくが台所で食器の片づけを手伝ってると、じっちゃんはふらりとどこかに出かけた。母さんはすぐにやきもきし始めて、ぼくを捜しに出した。思いつくかぎりの場所を捜してみたけど、見つからない。そりゃそうさ。じっちゃんはぼくが夢にも思わないところにいたんだから。

いったい、どこだと思う？

なんと、イーストエンドにあるダン・スクワイアーズの酒場に行ってたんだ。じっちゃんが生まれてこのかた足を踏みいれたことのない場所さ。もちろんその晩も店のなかに入って赤っ首たちと飲んだりはしなかった。それだけはプライドが許さなかったんだろうね。そのかわり店の外に立って、出入りする酔っぱらいの赤っ首や与太者たちを捕まえては話しかけたんだ。それまでそういう連中と関わりを持ったことなんていっぺんもなかったのにだよ。

で、じっちゃんはいったい何を話したんだと思う？

孫が得意げに触れまわってるって話したんだ、高校のフットボールチームのキャプテンになるって。

じっちゃんが話した相手のなかにはタリー・バーチの親父もいた。タリーってのは、ほら、ぼくがぴくついてるのを目ざとく見抜いてリンゴの芯をぶつけてきたケチな不良さ。

その晩ようやく家に帰ってきたじっちゃんの様子には驚いた。あんなに底意地が悪そうで、目つきのおかしなじっちゃんは見たことがなかったからね。母さんは、かわいそうに途方に暮れてた。じっちゃんがおかしくなったからって一日中家で面倒を見るわけにはいかないし、それはぼくもおんなじだった。かといって、家族をすぐに専門の施設に入れるなんてのは、けっして感心できたことじゃない。ぼくらが何を訊いても、じっちゃんはただニヤリと笑うだけで答えず、いつもの場所に陣取って古い猟銃を磨くばかりだった。

じっちゃんが何をしてくれたかわかったのは、月曜日に登校してからだった。タリー・バーチと赤っ首の子供たちが教室の入口で待ちかまえてて、ぼくが入ろうとするとわざとらしく肩をぶつけてきた。そして、すごく棘《とげ》のある言いかたで、ぼくのことを「キャプテン」と呼んだ。もしビリー・ウィーヴァー・ジュニアがずっといっしょにいてくれなかったら、その日の休み時間はただじゃすまなかったと思う。赤っ首の生徒たちはビリー・ウィーヴァー・ジュニアを怖がってた。自分たちの親がビリー・ウィーヴァー少佐どのを怖がってるのとおんなじにね。

学校からの帰り道、ぼくはミスター・ミルト・ヘインズがやってる自動車整備工場の前を通りかかった。いつものように、赤っ首が何人かたむろしてた。もちろん子供じゃなくて、大人たちさ。そいつらがものすごい目つきでにらむんで、ぼくは冷や汗が出てきた。一人の前を通りすぎたとき、こんな言葉を浴びせられた。「よお、キャプテン！　練習じゃもう白人チームメイトの脚をへし折ったのかい？」

ぼくは駆けだしていた。そうせずにはいられなかったんだ。

最悪なことに、ぼく以外の黒人もとばっちりを受けた。といってもあからさまな嫌がらせを受けたわけじゃない。ただ、休み時間のボール遊びで、白人生徒は黒人生徒にもうパスをくれなくなった。そして、授業が終わると、白人は白人同士、黒人は黒人同士かたまって下校するようになった――学校が始まったころはそうじゃなかったのに。それもこれも全部じっちゃんのせいだった。ぼくはみんなに申しわけなくてたまらなかった。いっそサンフィッシュや鯉《こい》の泳ぐ〈澄み川《クリア・クリーク》〉に身を投げて死んでしまおうかと思ったくらいさ。

当のじっちゃんはというと、あいかわらず揺り椅子にかけて、鼻唄で聖歌をうたいながら古い猟銃を磨いてた。

その週のなかば、ビリー・ウィーヴァー・ジュニアがぼくの袖《そで》を引いて耳打ちした。少佐が会いたがってるから、屋敷に来てくれって。玄関から入ってくるようにってことだった。勝手口から入れば、台所で働いてる母さんと顔をあわさないわけにはいかない。そうなったら心配するにきまってる。母さんを心配させまいっていう少佐の気づかいだった。

ビリー・ウィーヴァー少佐どのは玄関でぼくを出迎え、書斎に通してくれた。そこは広々とした立派な部屋で、革張りの椅子が置かれ、天井までぎっしり本が並んでた。壁には南軍の将校だった少佐のお父さんの肖像画と、第二次大戦で少佐が指揮した大隊の写真が飾ってあるんだ。少佐に椅子を勧められたぼくは、しゃっちょこばってずいぶん浅く腰をおろした。少佐のことは小さいころから知ってるし、ぼくや母さんやじっちゃんにとても良くしてくれてるけど、なぜか急にぼくは死ぬほど怖くなって、何か言おうにも言葉が出てこなかった。

「じつはね」と少佐のほうから切り出した。「お母さんのことが少々心配なのだよ。このところ元気がないし、彼女らしからぬことに二日続けてパンケーキを焦がした。それから妙な噂も耳にしている。君がフットボールチームのキャプテンになると自慢してまわっていると。心当たりはあるかね？」

ぼくは少佐に説明した。そんなことは一言も言った憶えがない。じっちゃんには、ビリーからフットボールチームに入らないかって誘われたけど断ったとしか話してない、と。

すると少佐は教えてくれた。ダン・スクワイアーズの酒場に足を運んだじっちゃんが、どんなふうにあることないこと言いふらしたかを。

白状すると、ぼくはそのあとおいおい泣きだしちゃったんだ。高校生にもなって、小さな赤ん坊みたいにさ。ぼくは少佐に洗いざらい話した。ワシントンの偉い判事さんたちが例の判決を出してから急にじっちゃんがおかしくなったこと。昼も夜も窓際に座って古い猟銃を磨きながら、アメリカ合衆国副大統領がどうのこうのと嫌みを言ってくること。ぼくも母さんもどうしたらいいかわからなくて、途方に暮れてること。

「ふうむ」ぼくの話を聞き終えると少佐は言った。「なるほどな。誰かが面倒を起こすだろうとは思っていたが、それはアーティ・バーチやミスター・トレヴァー・サイスのような連中だろうと踏んでいた。まさか君のおじいさんのような善良な男がねえ。きっと歳のせいだろう。よし、いずれお宅にお邪魔して、彼と少し話してみよう」

正直、少佐があのときすぐうちに来てくれてれば、どんなによかったかと思うよ。だって、そうしたらあんなことは起こらなかったんだから。あんなことっていうのは、ぼくら一族の歴史のなかで最悪の事件だった——少なくとも誰かの記憶に残ってるもののうちではね。

少佐はそのあといくらかお小遣いをくれて、ミスター・ジョー・ハービソンの銃砲・スポーツ用品店でフットボールのボールを買いなさいと言った。息子に弾丸パスの投げかたを教えてくれたお礼だって。

店に向かうぼくの足どりは軽かった。ボールが買えるってこともあったけど、それよりも、少佐が何もかもうまく取りはからってくれることになったからだ。少佐はいつもそうしてくれてきた。だけど、そんなぼくの晴ればれとした気分は一瞬で吹き飛んだ。

ミスター・ハービソンにこう言われたからだ。「おまえさんのじいさまがちょっと前に顔を見せたよ。またリスでも狩りにいくんだろう。あの古い猟銃に込める弾を買ってったところを見るとな」

ぼくはフットボールのボールには目もくれずに店を飛び出すと、走りに走って家を目指した。家には誰もいなかった。じっちゃんの古い猟銃もない。

ぼくは家を走り出ると、じっちゃんを見なかったかどうか近所を訊いてまわった。案の定、銃をかついで出かける姿を見られてたけど、森には向かわなかったらしい。

じっちゃんが歩いていったっていう方角をたどっても、姿は見当たらない。ぼくはお屋敷に戻って少佐に相談しようと決めた。

お屋敷のすぐそばまで来たとき、じっちゃんの背中が見えた。ぼくはほっと胸をなでおろした。

じっちゃんは猟銃を抱えて、ポーチに続く小径《こみち》を歩いてる。ポーチにはビリー・ウィーヴァー少佐どのがいた。椅子にかけて大きな葉巻を吸ってる。じっちゃんがやって来るのに気づくと、少佐は椅子から立ちあがって出迎えようとした。

そのとき、ぼくはそれまでに見たこともないほど恐ろしい光景を見た。

じっちゃんは立ち止まると、銃をかまえ、ビリー・ウィーヴァー少佐どのにぴたりと狙いをつけたんだ。

少佐はその場に立ったまま、あんぐりと口をあけていた。驚きのあまり、身動きできないみたいだった。

ぼくは自分でもびっくりするような速さで駆け、じっちゃんに飛びかかった。じっちゃんが銃の引き金をしぼるのと、ぼくの体がじっちゃんにぶつかるのと、同時だったと思う。

じっちゃんが倒れる前に、銃は火を噴いた。

ただ、ぼくの体当たりをくらってじっちゃんがよろけたんで、弾は狙いをそれて少佐の肩に食いこんだ。病院の見立てじゃ、さいわい傷は浅いそうだ。

あくる日ぼくは、肉汁のしたたるベーコンにひき割りトウモロコシを添えたやつと、母さんが漬けた西瓜のピクルスを持って、留置場のじっちゃんを訪ねた。

ぼくは訊いた。「じっちゃん、なんだってあんなことしたのさ？　ビリー・ウィーヴァー少佐どのはずっとぼくらによくしてくれてたじゃないか」

じっちゃんは思い悩むように眉間にしわを寄せ、それから答えた。古臭い、変てこりんな理屈だったけど、じっちゃんなりに一生懸命だった。でもじつを言うと、ぼくには聞く前からわかってたんだ。うまく言えないけど、突然どこからともなくひらめいたって感じ。ほら、よく伝道集会で、信仰に目覚めた人に聖霊が降《お》りてくるっていうのがあるじゃない。ちょうどあんな感じだったんだ。

　じっちゃんは、そうしながら自分も謎を解きほぐそうとしてるみたいにゆっくりとしゃべった。

「そりゃあ、おめえ、少佐でなけりゃ意味ないだろうが？　なんたって町いちばんの有力者だからな。わしゃ、確実にリンチにあって、いっとう高い木に吊るされるようにせにゃならんかった。そのためにゃあ、町でいちばん偉い白人の旦那を撃ち殺せば間違いねえ。おめえみたいなひよっこでも、それぐらいのこたあわかるだろうよ。わしがリンチにあって吊るされたとなりゃあ、おめえはもう白人学校にはかよわせてもらえねえ。そうすりゃあ、身内から黒人と白人の争いの種が出るこたあなくなる。身のほど知らずの孫のせいで、顔に泥を塗られる心配もなくなるわけさね」

　かわいそうなじっちゃんに向かって、ぼくは首をふって見せた。じっちゃんなりに、一生懸命説明してくれたんだと思う。それはじっちゃんの頭のなかじゃ、揺り椅子をいつも窓辺の陽だまりに置いとくのとおんなじくらい筋が通ったことだったんだ。でも、じっちゃんがあんなことをしでかした理由はそれだけじゃない。ぼくにはもう、本当の訳《わけ》がわかってた。だからぼくは涙ぐみ、鼻をすすりあげてたんだ。

　じっちゃんのじっちゃんは奴隷だった。リンカーン大統領のおかげで自由の身になったとき、じっちゃんのじっちゃんはたぶん途方に暮れたんじゃないかな、ちょうどいまのじっちゃんみたいに。その時代の奴隷の多くが、自分たちを解放してくれたリンカーン大統領をうらんだって聞いてる。特に年寄りがそうだったって。きっと怖かったんだ。悪いなりに住み慣れた世界から、新しい世界に出ていくのが。考えてもごらんよ。ずっと貧乏人の家で残りものを食べさせられてきた年寄りのアライグマ猟犬を、途中から金持ちの家で飼うことなんかできないんだ。たとえ毎日五ポンドのビフテキを食べさせてやったとしてもね。それといっしょさ。

ぼくは突然、じっちゃんのことがわかった気がした――まるで、それまでじっちゃんのことなんて全然知らなかったみたいに。じっちゃんは几帳面なたちで、なんでもきちんとしてるのが好きだった。自分の持ち物は全部置き場所が決まってて、勝手に動かそうものならそりゃあすごい剣幕だった。それと同じように自分や家族にも決まった居場所があって、やっぱり勝手に動かされるのがいやだったんだ。じっちゃんはうんと昔にここが自分の居場所だって納得して、一生懸命そこになじもうと努力してきた。そういう努力の一部、たとえば白人にこびたりへつらったりするのはまるっきり馬鹿げてたけど、じっちゃんにはじっちゃんなりのやりかたがあったっていうだけの話さ。とにかく、居場所を持つことで、じっちゃんは自分も捨てたもんじゃないって思えたんだ。たぶん、じっちゃんにとってはそれが、宗教と家族の次に大切なことだったんじゃないかな。それなのに、ワシントンの偉い判事さんたちが何もかも変えようとしている。最初は不安になって、そのうちに怖くてどうしようもなくなり、とうとうすっかり気が変になっちゃったんだ。

じっちゃんが明けても暮れても例の場所に座って古い猟銃を磨いてたのはどうしてか、いまならよくわかるよ。じっちゃんは若いころ、あの猟銃を持ってよく森に入った。銃はじっちゃんに、自分の住んでる世界じゃ一生縁のない「力《パワー》」の感覚を味わわせてくれた。そこじゃあ、リスを撃ち殺すのも生かしておくのもじっちゃんの思いのままだった。だから学校教育に関する例の判決が出て自分の世界がめちゃくちゃになりかけたとき、自信を与えてくれるあの銃にじっちゃんが引きよせられたのはごく自然ななりゆきだったんだ。最初から誰かを撃とうなんて思ってたわけじゃないと思う。でも、ずっとあそこに座って銃を磨きながらあれこれ考え、ぶつぶつ文句を言ってるうちに、どんどんおかしくなっていって、しまいには突拍子もない考えにとりつかれたんじゃないかな。

じっちゃんは留置場の寝棚に腰かけて、ぼくの持ってきた差し入れをぱくついてる。やるべきことをやりとげ、肩の荷がおりてほっとしてるって感じだ。

じっちゃんは言った。「おめえ、早くここから逃げたほうがいいぞ。もういつリンチ集団が押しかけてきてもおかしくねえからな。そら、連中の足音が聞こえるだろう？」

「じっちゃん、ただの空耳だよ。誰もじっちゃんをリンチにかけたりするもんか。じきにお医者が診てくれるからね。そのあと専門の施設で心の病気を治すんだよ」

ワシントンDCの偉い判事さんたちが出した例の判決についてだけど、ぼくが言いたいのはこうさ——もしぼくら若者にまかせてくれさえすれば、きっとうまくやってみせるのに。ぼくは目上の人たちを敬うように育てられたし、げんにそうしてる。だけど、これだけは言わせてほしい。

年寄りの困ったところは、変化ってものに耐えられないことなんだ。

デビュー戦

目覚まし時計のベルが、その小さな部屋を満たしていた静寂を、壊れやすいティーカップのように粉々に打ち砕いた。ミス・エルシー・ペティの単調な暮らしに、また新たな一日が加わろうとしているのだ。いつものように、ミス・ペティの華奢な、やつれてさえ見える小柄な体は、金属のティンパニが鳴り響く音に驚かされて、ベッドの上でぴょこんと跳ね起きた。まるで『パンチとジュディー』（イギリスの滑稽なあやつり人形芝居）に出てくる人形のようだ。青い静脈の浮いた生白い手が、ゼンマイ仕掛けの時計が鳴らすけたたましい音をとめようと、小さなスイッチを懸命に探す。お金を貯めて、いつかタイマー付きラジオを買うのがミス・ペティの夢だった。そうすれば、シンバルの打ち合わされるすさまじい音のかわりにバイオリンの調べで目覚めることができる。けれども、彼女が抱いているそのほかのささやかな夢と同じく、この夢もまだ叶わないままだった。

　チャールズ通りにある、備えつけの家具がほとんどないこの貸間は、きちんと片づけられて、家庭的な雰囲気さえ醸しだしている。ミス・ペティはもっと羽振りの良いときに住んでいたアパートメントから、更紗のカーテン、寝室用の腰かけ、スタッフォードシャーの陶磁器数点といった品々を持ってきていた。

壁にかかったルノワールも彼女のものだ。複製画にしては悪くない。肉置《しし》き豊かな大家《おおや》のスターンズ夫人は、ミス・ペティの部屋ほど居心地の良い場所はないというのが口癖だった。いわく、趣味の良い人が半分でもその気になりさえすれば、どんなに狭い場所でも快適な住まいに変えることができるのねえ。ミス・ペティはスターンズ夫人によって、煙草の灰の始末に無頓着だったり衣類を脱ぎ散らかしては掃除婦に拾わせたりするほかの連中が見習うべき間借り人の鑑《かがみ》に祭りあげられていた。

ミス・ペティは取り澄ました感じのする白髪の近眼女性で、年のころは六十歳前後に見えたが、じっさいはついこのあいだ四十八歳の誕生日を祝ったばかりだった。祝ったといっても、別にたいしたことをしたわけじゃない。〈オールド・ローズ〉でディナーを奮発しただけだ。その女性客相手の小ぢんまりとしたレストランで夕食をとるには、一ドル六十五セントとチップが二十五セントかかる。いつもなら生協のカフェテリア――よく考えて注文すれば、美味しくて栄養満点の食事を楽しんでも一ドルでお釣りがくる場所だ――で済ますところを、せっかくの誕生日だからということで張りこんだのだった。

目覚まし時計が鳴らす情け容赦のないベルの音がやむと、ミス・ペティは安堵のため息をもらした。そのままかぼそい腕で膝を抱え、窓の外に目をやる。そこには一本の木が立ち、秋の朝もやに包まれていた。葉を落とした枝々はねじくれ、ひょろりとした老人の姿を思わせる。広告代理店に勤めるコピーライターの職を失い、西十一丁目のアパートメントから移ってきてからというもの、その木とミス・ペティは数年来の友だちだった。そういえば少女時代を過ごした故郷のサンダスキーでも、自分の部屋の窓から木が見えたっけ。

もう一度ベッドのなかにもぐりこんだらさだめし気持ちがいいだろうな、とミス・ペティは考えた。朝七時半のこの家は、けっしてぬくぬくと暖かくはない。それに、何も急がずともよいのだ。裁判は十時にならないと始まらないのだから。けれども、彼女は仕事を辞めたことをスターンズ夫人に知らせていなかった。そんなことをしたら夫人のことだ、それこそ卒倒しかねない。広告代理店をお払い箱にされたあと、ミス・ペティは〈バーンスタインズ〉というスーパーの宣伝部に新たな職を得た。それまでとは比べものにならないくらい安い給料だった。ところが数年前にはそこもクビになり、何週間も働き口を探してまわるあいだ、スターンズ夫人は家賃の支払いを待ってくれた。結局、〈バーンスタインズ〉が特売場の売り子としてふたたび雇い入れてくれたからよかったようなものの、そうでなければ路頭に迷っていただろう。

それなのに、ミス・ペティはその仕事まで辞めてしまったのだ。ある殺人事件の公判を傍聴したいという、ただそれだけの理由で。スターンズ夫人は絶対にわかってくれないだろう。だから、一昨昨日《さきおととい》からそうしてきたように、今朝もまたいつもの時刻に出かけなければならない。仕事を辞めたことをスターンズ夫人に悟られるわけにはいかないのだ。銀行の口座にはまだ百八十ドル残っている。切り詰めればひと月は持つだろうとミス・ペティは考えた。裁判はたぶん今日で終わるはずだ。明日からは求人広告とにらめっこで仕事を探そう——なんとしても。

実際家のスターンズ夫人にしてみれば、あのミス・ペティがそんな取るに足りない理由から唯一の収入源を犠牲にするとはとても信じられないに違いない。それはごくありきたりな殺人事件の公判で、新聞にもほとんど取りあげられなかった。マリア・ヴァルディーズという文無しのプエルトリコ娘が、産み落としたばかりの私生児を窒息死させたという事件。ミス・ペティにしても、マリア・ヴァルディーズなどという名前は聞いたこともなかった。

ただ、半生を通じて人生の傍観者であり続けたミス・ペティは、新聞に隅から隅まで目をとおすのを習慣にしている。そうでなければ、そもそも次のような記事を読むこともなかったに違いない。

高名な弁護士の二世、子殺しの母親を弁護へ

過去十年のあいだ最もセンセーショナルな殺人事件のいくつかで弁護を手がけてきた刑事弁護士の息子で、自身も新進の弁護士であるウィンストン・ナイト・ジュニアが、このほど裁判所から殺人事件公判の被告弁護人に指名された。被告人はマリア・ヴァルディーズ（20）。ハーレム地区の自宅アパートで、産み落としたばかりの私生児を窒息死させた疑い。

若きナイト氏にとっては、弁護士としての幸先を占う重要な裁判になりそうだ。

彼に会わなければ、とミス・ペティは思った。だって彼はわたしの息子だったかもしれないのだから。彼がウィンストンに似ているかどうか、たしかめなければ。すっととおった鼻筋。澄んだ瞳。ウェーヴのかかった髪。優美な物腰。そういったものをウィンストンから受け継いでいるかどうか、ぜひたしかめなければ。

ミス・ペティは大昔に恋人だったウィンストン・ナイトが弁護に立つ裁判を、それまで一度も傍聴したことがなかった。不思議なことに、法廷でウィンストンを見たいとは少しも思わなかった。もちろん、ほかの男性を愛したことはない。かといって、二人の関係が終わったあともウィンストンを愛し続けたというわけでもない。彼女はただたんに何も感じなくなってしまったのである。何も感じなくなってしまったこと――それこそが問題だった。人間の心のなかにはいわば温もりの核があって、人は皆そこから滋養を引き出している。彼女はそれを失ったために、すっかりしなびてしまった。前衛的《アヴァンギャルド》な雑誌に自作の繊細で短い物語を投稿するのをやめたのも、それが理由だった。また、有望な若手コピーライターとして期待されていた彼女が勤め先の広告代理店から見かぎられたのも、やはりそれが理由だった。婦人服や香水や地中海クルーズといった商品に添えられた彼女のコピーには、もはや以前の輝きが感じられないというのが代理店の言い分だった。彼女は台所用品や洗濯洗剤の宣伝文句を書くという面白みのない仕事にまわされた。そして二度とふたたび華やかなポストに取り立てられることもなく、最後には厄介払いされてしまったのだった。

彼女がサンダスキーからニューヨークに出てきたのは、一九二八年の輝かしくも暑い夏のことだった。ウォルドーフ・アストリア・ホテルも、その大食堂〈ピーコック・アレイ〉も三十四丁目と五番街の角にあったころ。ユージン・オニールの『奇妙な幕間狂言』がまだ陽のあるうちに開演し、晩餐のための休憩をはさんで夜まで幕がおりなかった年のことだ。彼女はグリニッチ・ヴィレッジに小さな部屋を借りた。物書きに憧れていた彼女にとって、〝ヴィレッジ〟こそは聖地だったからだ。当時二十一歳の彼女は純潔などというつまらない価値観を後生大事にするほどお堅くはなかったが、それでも、欲望を満たすことしか頭にない粗野で汗臭い田舎育ちの若者に、自分のまっさらな体を差し出すような真似だけはすまいと心に決めていた。

ニューヨークに住んでふた月もたつころには、すでに広告代理店に採用され、繊細な短い物語のほうも一編がアヴァンギャルドな雑誌に売れ、原稿料十ドルと掲載号六部を受けとっていた。彼女がウィンストン・ナイトと出会ったのはちょうどそんな折だった。彼ほど圧倒的な男らしさをそなえた男性を、彼女は知らなかった。それでいて、どこかシャイなところがあり、そこがまた惚れ惚れするような男ぶりとあいまって、なんとも愛しく思えた。彼はエルシーよりもわずかに年かさで、その秋にコロンビア大学法科学院《ロースクール》の最終学年に進級したばかりだった。

必ずしもめくるめくような激しい恋というのではなかったけれど、それでも二人は頻繁に逢瀬《おうせ》を重ね、しだいに親密さを深めていった。いっしょに芝居や映画を観る関係から小ぢんまりとしたレストランで食事をし、バーで酒を楽しむ仲へ。やがては彼女のアパートメントで夜を過ごす間柄へと発展するのにそう長くはかからなかった。ウィンストンは裕福な名家の出で、彼女を連れてゆく先は常に一流の場所と決まっていた。なかでも五十二丁目の〈トニーズ〉が彼女のお気に入りだった。「想像してみてちょうだい！」サンダスキーに住む幼なじみの女友だちに、彼女はそう書き送っている。「あのちっちゃかったエルシーが、美人女優タルーラ・バンクヘッドの隣のテーブルについているところを！　おまけに向こうのテーブルには大柄でよれよれの服を着たヘイウッド・ブルーン（米国の著名なジャーナリスト）が座っていて、リッキーのグラスをかたむけながらコラムのネタを書き留めてるのよ！」

やがて、それが起きる。彼女はウィンストンに打ち明ける前に、一人で病院を訪ねてみた。思ったとおり、妊娠していた。

彼女は嬉しくてたまらなかった。ほとんど有頂天になったと言ってもいい。是が非でも産みたかった。それほど何かを切実に望んだことはなかったし、ことによるとウィンストン自身を欲する気持ちにさえ勝るほどだったかもしれない。もちろん、妊娠を告げれば彼がどういう反応を示すかはわかっていた。きっとすぐに結婚しようと言って聞かないに決まっている。案外、昔かたぎの青年なのだ。けれども、たとえ結婚せずとも、彼の子供を産めるというだけで彼女は幸せだった。ウィンストンといっしょに暮らし、彼の息子――なぜか男の子だという確信があった――を育てることができればそれでよかった。もし彼が内縁の関係を望んでいたら、一も二もなくそれに従っていただろう。

ところが、そんなことをウィンストンは望まなかった。かといって、結婚を望んだわけでもない。〝おめでた〟を彼女のように手放しで喜ぶかわりに、自分が父親になるという現実にすっかり怖じ気づいてしまったのである。もし子供が生まれて結婚することになったら、学校を辞めざるをえない。そんなことになれば勘当されて、二度と実家の敷居をまたげなくなること請け合いだ。法律家としての自分の未来は、まだそのとば口にも立たないうちから永久に閉ざされてしまう。これが彼の言い分だった。彼女の両の瞳にまるで心ここにあらずといった奇妙な表情が宿るようになったのは、このときからだった。〈バーンスタインズ〉のフロア主任を務めるブリッグス氏は、よく話の途中でたまりかねて癇癪玉《かんしゃくだま》を破裂させたものだ。「ミス・ペティ、聞いてるのかね⁉　またぼーっとしてたじゃないか！」

矢車草のような薄紫色をしていた彼女の瞳は、ウィンストンに妊娠を打ち明けた一九二八年の十二月から輝きを失い始め、以来一度も生気を取りもどしていない。

あの日彼女は訴えた。結婚してくれなくてもいい。出産費用だって要らない。自分はただ、彼の赤ん坊を産めればそれで満足なのだと。けれどもウィンストンはのちに彼を全米随一の法廷弁護士に押しあげることになる弁舌の才をいかんなく発揮して、彼女を説得した。赤ん坊は堕《お》ろさなきゃならない。なあに、まだ生まれてもいないんだ。気に病む必要はないよ。彼が言うと、それはまるでもらい手のない子猫たちを袋に入れて池に沈めるのと同じくらい簡単なことのように聞こえた。

ウィンストンはあれこれの段取りを整えるのに手間取り、けっきょくクリスマス過ぎまで持ち越した。彼女はその年のクリスマスを西十一丁目の自室で独り寂しく過ごしたことを憶えていると言っても、涙に暮れていたわけじゃない。ただ窓辺の椅子に腰かけ、風に舞う雪をじっと見つめていただけだ。サンダスキーの実家から送られてきたクリスマスプレゼントがテーブルの上に積まれていた。リボンと柊の小枝で飾った純白の包装。彼女はそれから何週間も、プレゼントの包みを開けずに放っておいた。

エルシー・ペティがニューヨークで初めて過ごすクリスマスは、そんなふうだった。

やがて年の瀬も押し詰まるころ、ウィンストンがやってきて彼女をその褐色砂岩《ブラウンストーン》の館に連れていった。すべて手配済みだから心配いらないという。その館は西八十八丁目の、リヴァーサイド・ドライヴ近くにあった。ニューヨークではありふれた高級住宅で、十九世紀建築特有のいわゆる〝心地良い無骨さ〟をそなえていた。

後年、〈バーンスタインズ〉で同僚だった親切なマイヤーズ夫人が、エルシーの孤独な暮らしを見かねて、ある晩、食事に来ないかと誘ってくれたことがあった。ミス・ペティは――マイヤーズ夫人の言葉を借りれば――〝ぱっと顔を輝かせ〟、一も二もなく招待に応じるかに見えたのだが、夫人の住まいが西八十八丁目の、それもリヴァーサイド・ドライヴのそばにあると聞いたとたん、まるで死人のように青ざめて口を手で覆い、こう叫んだという。「まあ、わたしあそこには行けないわ！」

「気の毒にね」とマイヤーズ夫人は言ったものだ。「彼女、ちょっとばかりおかしいのよ」

あの寒い冬の日、ウィンストンに連れていかれた館のなかはヴィクトリア様式の重厚な家具調度が置かれ、やけに陰気な感じがした。二人を出迎えたのは、看護婦の制服を着た眉の濃いとっつきにくそうな中年女性だった。看護婦の制服に一カ所赤い染みがあるのに気づいたエルシーが魅入られたようにそれを見つめていると、彼女は笑ってこう言った。「心配いりませんよ、お嬢さん。ただのケチャップですから。台所でサンドイッチをいただいてたの」

医者は、白衣を着ている点を除けばまるっきり医者に見えない老人だった。目の前で消毒したばかりの手もエルシーには清潔に見えず、おまけにぶるぶると震えていた。老人の吐く息にはアルコールの匂いが混じっていた。

処置のあと二日間、彼女はその館のベッドに留め置かれた。小さな部屋の天井は屋根裏のように傾斜し、洗面台は大理石を天板に渡した古めかしいタイプだった。壁には絵が一枚かかっていた。セントバーナード犬をモチーフにした鋼版画。

何年もたってから、ワシントン・スクエア公園で紐につないだセントバーナードを連れた男と出くわしたとき、彼女はあやうく卒倒するか、そうでなければ金切り声をあげるところだった。自分は本当に気が触れてしまったのではないか。ミス・ペティはときおりそんな思いにとらわれた。もともと動物好きなのに、あの大柄で一見鈍そうな、哀しげな目をした犬を見ただけでヒステリーを起こしそうになるなんて。また、アップタウンに対する恐怖が高じ、五十九丁目のコロンブス・サークルを境に、そこからあまり北には行けなくなっていた。さらには、ケチャップを見ただけで吐き気をもよおす始末……。

ようやく褐色砂岩の館を放免されると、ウィンストンはしきりに会いたがったが、ミス・ペティは彼を避け続けた。そのころすでに彼女の瞳には例の虚ろな表情が根をおろしていたし、それに、まるで神経が麻痺してしまったように何も感じなくなっていた。とうとう向こうもあきらめ、ぱったり連絡してこなくなった。ロースクールを修了したウィンストンは、まもなく別の女性と結婚する。新聞の消息欄を飾ったその可愛らしい娘の写真を、ミス・ペティはたびたび目にした。翌年には息子のウィンストン・ジュニアが生まれている。つまり自分と違い、あの可憐な娘が褐色砂岩の館に連れていかれることはなかったのだ。

もう少しだけベッドでぐずぐずしていても大丈夫だろう。ミス・ペティはそう踏んだ。裁判が始まってからの三日間というもの、いつもの出勤時間をかたくなに守ってきたのだし、どうせ明日からはまた早くに起きだして憂鬱な職探しに励まなければならないのだ。もしスターンズ夫人に見とがめられたら、つい寝過ごしたと言えばいい。わたしのようなしがない働き蟻でも、年に一度寝坊するくらいの権利はある。

自分の息子だったかもしれない青年には、これまでのところひどく失望させられていた。その褐色の肌をした哀れな少女がどれほど苦しんでいるか。望まずに産んだ赤ん坊を殺《あや》めることが彼女にとってどれほどつらい責め苦だったか。そういったことを、この新進弁護士は陪審団にはっきり示せていない。もしも彼が本当にミス・ペティの息子だったら――彼女とウィンストンが血と肉を分け与えた子供だったら、きっとわかったはずだ。少女の苦しみを切実に感じ、陪審員一人ひとりにそれを共有させることができるはずだった。マリア・ヴァルディーズにさらなる罰を与える権限など自分たちにはなく、そうしようと試みることじたい非人間的な所業だということを、彼らに説いてわからせることができたはずだ。

それなのに、自分の息子だったかもしれないその青年の出来栄えは、目下のところまるでかんばしくなかった。でも、今日こそは挽回するはずだという確信が彼女にはあった。きっと最終弁論には満を持して臨み、少女の苦しみを切々と訴えて聴く者の心を揺り動かすに違いない。

彼にはわかっているわ。ミス・ペティは自分にそう請け合った。わかっているし、陪審団にもわからせることができる。なぜなら彼はウィンストンの分身だし、本来ならわたしの分身でもあったのだから。

ミス・ペティは〈バーンスタインズ〉の三十パーセント値引きセールで買いそろえた、安くともこざっぱりした衣服を注意深く身に着けた。電気プレートで卵を調理し、インスタントコーヒーを淹《い》れるためのお湯を沸かす。

裁判の初日にはずいぶん早く着いたせいで、刑事裁判所の法廷の扉が開くまで待たされるはめになった。早く出かけたのはなるべく前のほうの傍聴席を取りたかったからだが、蓋をあけてみればそんな必要は全然なかった。マリア・ヴァルディーズという褐色の肌をした少女の運命に関心を持つ人は、ごくわずかだったからだ。この三日間を通じて、法廷の傍聴席は半分も埋まらなかった。

ミス・ペティは十時きっかりに法廷に到着すると、ウィンストン・ナイト・ジュニアがよく見えるよう最前列の席に腰をおろした。

若きナイト氏は父親似だった。一九二八年にミス・ペティが出会ったロースクールの学生本人といっても通るかもしれない。もっとも、髪の毛は父親ほどにはウェーヴがかかっていない。鼻も、父親のそれがまっすぐだったのに対してやや尊大な感じに上を向いている。そして両の瞳は、エルシー・ペティが知っていた若者の柔和なまなざしに比べると、わずかに険を宿らせている。さらに、ウィンストンがときおりのぞかせた少年のようなはにかみ――彼女が惹《ひ》かれたいちばんの魅力――もまた、息子には欠けているようにミス・ペティには感じられた。とはいうものの、善良な人間であることは間違いない。彼女には確信があった。この若者は人間味のある温かい心を持ち、繊細さや思いやりをそなえている。少女の苦しみを理解する彼にならら、陪審団を説き伏せることができるだろう。彼なら、かたわらに座っている褐色の肌と死んだように虚ろな目をした哀れな少女を、救わずにはいられないはずだ。

ミス・ペティはマリア・ヴァルディーズという名のプエルトリコ人少女を悲しげに見やった。この事件を取りあげた新聞はそもそも少なかったが、二、三の例外的紙面は一様に彼女のことを〝仏頂面の少女〟と呼んでいた。けれども、ミス・ペティにはそれが間違いだとわかっていた。けっして仏頂面をしているわけじゃない。この少女は何も感じなくなっているのだ。ミス・ペティ自身がもう四半世紀以上ものあいだ、ずっとそうであるように。これから自分を弁護してくれる青年法律家が耳元で何やら囁いているあいだも、まるで聞こえていないかのように彼女の目はまっすぐ前を見つめたままだった。ミス・ペティは〈バーンスタインズ〉のフロア主任の顔を思い浮かべた。

「ミス・ペティ、聞いてるのかね⁉　またぼーっとしてたじゃないか！」

判事はまだ執務室から姿をあらわさないが、陪審団はぞろぞろと法廷に入ってきて席についた。ミス・ペティは眼鏡越しに彼らを見つめ、一人ひとりの顔を観察した。やつれた顔と哀しげな目をした中年女性がいる。彼女は味方よ。ミス・ペティは心のなかで若き弁護人に告げていた。自分も苦労しているから、きっとわかってくれるはず。

小柄な初老の男性もいる。わずかに残った灰色の髪に縁取られたピンク色の禿頭。いかにも快活そうにふるまっているが、あれはうわべだけのものだ。彼は要注意よ。ミス・ペティはウィンストン・ナイト・ジュニアに向けてそう念じた。この男を説得するには、よほどうまくやらないと。なんでも笑って済ませられると思っているタイプ。物事の上っ面しか見ようとしない人間だわ。彼に被告人の少女を理解させるのは至難のわざよ。

と、そのとき、にわかに法廷がざわめいた。皆が首を伸ばして扉のほうを見る。有名人の登場につきものの、賛嘆がまじった低い囁きが交わされる。堂々たる体軀に、一分の隙もない身なりをした熟年男性が入ってきたのだった。自信をオーラのようにまとったその男性は大股で部屋を横切ると、被告弁護人のかたわらに腰をおろした。

ウィンストンだった。

ウィンストン・ナイト・シニア。いまや知らぬ者のない高名な刑事弁護士。

一九二八年のあの寒い冬の日、エルシー・ペティを褐色砂岩の館に連れていった男。

変わったわ、とミス・ペティは思った。まず、恰幅がよくなった。それから鬢《びん》には白いものが混じっている。また、少し飲酒が過ぎるのだろうか、顔が赤らんでいる。かつてあれほど魅力的だったかすかなはにかみも、いまは影をひそめている。もう柔《やわ》な青二才とは違うのだ。剛胆で自信に満ちた大人の男。でも、たとえ彼だと知らなくても、わたしにはわかっただろう。どこで会おうと、ひと目で彼だとわかったに違いない。

高名な法律家は弁護側の席からわずかに振り返ると、傍聴席の人々に向かって微笑んだ。まるで、自分を迎えてくれた賛嘆まじりの囁きに対する返礼のように。ほんのつかのま、彼は最前列に座っている小柄な年配女性のやつれた顔をまっすぐに見つめた。エルシー・ペティも視線を返した。

わたしだと気づいていない。ミス・ペティは愕然とした。彼にとっては、わたしもまた見知らぬ他人の一人にすぎないのだ。

ウィンストンはすでに向き直り、息子やほかのスタッフと額を寄せて熱心に話しこんでいた。虚ろな目をした褐色の肌の少女には、まるで関心を向けていない。それどころか、彼女のほうを見ようともしない。もはや火を見るよりも明らかだった。彼にとってこの裁判は、入念にリハーサルを重ねた息子の初舞台にほかならなかった。嬰児《えいじ》殺害のかどで告発されている少女など、たんなる脇役にすぎない。つまりは、取るに足りない存在なのだ。

そのとき、判事が入廷してきた。法服をはためかせながら裁判官席に向かうその姿は、まるで天駆ける黒雲に乗って高座をめざす神のようだとミス・ペティは思った。判事はいかめしくも知的な顔つきをした、痩せぎすの男性だった。公正な判事だわ、とミス・ペティは値踏みした。自分の識見に照らして公正な判断をくだすタイプと見ていいだろう。ただ、彼にとっては法規《ルール》がすべてだ。法規などしょせんは人がつくったものだが、この判事はそれらを神の定めた諸法であるかのごとく適用するに違いない。この判事には、虚ろな目をした少女を本当に理解することはできない。父に似ている、とミス・ペティは思った。謹厳実直な父には、あの褐色砂岩の館であったことや、それを体験した若い女――たとえそれが実の娘だとしても――の気持ちなど、仮に打ち明けたところでとうてい理解できなかったに違いない。

苦行僧のような顔をしたその華奢な老判事が小槌を鳴らし、甲高い声で開廷を告げた。これより〈人民対マリア・ヴァルディーズ事件〉の審理を再開する、と。

人民ですって？　ミス・ペティは鼻白んだ。それはいったい誰のことなの？　判事が口にすると、まるでおびえる少女に襲いかかって八つ裂きにするのを今や遅しと待ちかまえている、何やら恐ろしい姿をした怪物のように聞こえる。けれども、本当は違う。人民とは、たんに法律文書に押されるゴム印に彫られた言葉じゃない。人民というのは、ささやかな夢にすがって灰色の日々を耐えている彼女自身のような人々だ。そういう人たちは苦しみを知っているからこそ、思いやりを持つことができる。ミス・ペティと同じように、また、怒りの矛先を向けるべき相手として引き据えられているこの褐色の肌をした少女と同じように、彼らもまたつらい経験と無縁ではないからだ。華奢な老判事の口からたんなる音節の連なりとして発せられることで何やら不吉で禍々しいもののように聞こえた「人民」こそが、じつは唯一の希望にほかならない。自分の息子だったかもしれない若者がきちんと説明しさえすれば、彼らにはきっと理解できるはずだ。

そして、いよいよそのときが来た。

ハンサムな青年は立ちあがると、陪審席に歩み寄って最後の訴え——最終弁論を始めた。

彼は法廷を大股で横切ったときの父親と同じくらい自信ありげに見える。ミス・ペティは不安を覚えた。陪審員は、彼の自信を傲慢さか、悪くすると自分たちに対する侮蔑と受けとめるかもしれない。彼がこれからやらなければならないことは簡単な仕事ではない。ことの重大性をじゅうぶんにわきまえたうえで、謙虚な態度で臨まなければならないのだ。

それがどれほどの難事かに思いをいたしたとき、ミス・ペティははたと悟り、絶望に呑まれた。どう考えてもこの青年には荷が勝ちすぎている。彼は「人民」を陪審席から引きずりだし、被告人席に座らせ、自分が何者であるかも「人民」という意識も捨てさせたうえで、ほんのいっとき、自分の子供を殺めた褐色の肌の少女の立場に身を置かせなければならない。そう。ほんのいっときでじゅうぶんなのだ。ミス・ペティはこの少女と同じ苦しみを四半世紀以上ものあいだ味わってきたけれど、にわかに「人民」に仕立てあげられた陪審員たちには、ほんのいっときで事足りるはずだ。

若きウィンストン・ナイトの声は朗々としてよく響き、思わず聞き惚れるほどだった。言葉は明瞭で歯切れが良い。法的な争点を論ずる法律家としての彼は説得力に富み、非の打ち所がなかった。けれども、ミス・ペティは〝法的な争点〟などなんら関係がないのを知っていた。思いやり深い人間が、どうやってほかの人間の共感を得、「人民」を納得させることができるか。この裁判で問われているのはそれだった。

そういう役割の担い手として、このハンサムな青年は誰がどう見ても完全に落第だった。

彼はいま、褐色の肌の少女を診察した数名の精神科医による所見を披露していた。ウィーンを拠点とするひげ面の学者たちが教科書に書くような専門用語を、すらすらとよどみなく並べたてている。陪審員たちは律儀に耳を傾けてはいるものの、彼らの目にはなんの表情も浮かんでいない。

彼は狂気というものの法的な定義について延々と説明している。まるで、学者肌の判事たちによって提示されてきたその種の判断基準をもってすれば、人間精神の暗い裏道を地図に描き出し、狂気と呼ばれる心理の迷路に境杭を打つことができるとでもいうように……。陪審員の目は一様に眠たげだ。いま聞いているようなことは一つ残らず、すでに地方検事から——趣旨こそ違えど——聞かされていたからだ。

続いて彼は過去の判例を引き合いに出して長々と紹介したが、これは致命的なミスだった。なぜなら、それらは弁護側が凱歌をあげ人民が敗北を喫した事例だったからだ。そんなものを得々と披露する彼に対する陪審員たちの憤《いきどお》りが、手に取るように伝わってきた。彼らのつぶやきが聞こえてくるようだ。「だがそれは一九一九年の〈人民対コーリー事件〉の話だろう。時代も違えば場所も違う。いまはわれわれが人民なのであって、われわれは自分たちの務めをわきまえている。それを果たすことを思いとどまらせようとしても、どだい無理な相談だぞ」

ミス・ペティは自信満々の青年に向かって心のなかで叫んでいた。

違う！　それじゃ駄目よ！　少女のことを話して聞かせなきゃ。少女の虚ろな目をのぞきこむように言うの。教えてあげて。この先彼女をどんな人生が待ち受けているか。親切な人たちは彼女を気遣い、暖かい言葉をかけてくれるでしょう。「顔色がすぐれないけど、どこか具合でも悪いの？」と。でも心ない人たちは目の前でパチンと指を鳴らし、無慈悲な言葉を投げつけてくるのよ。「おい！　起きてるのか？　てっきり居眠りしてるのかと思ったぜ」

彼女が自分の子供を殺した部屋のことを話して聞かせてあげて。彼女が憶えている特徴が何かしらあるはずよ。たとえば絨毯にあいた穴、天井の裂け目。壁にはきっと絵がかかっていたはずだわ。家とか花とか、哀しげな目をした犬を描いた絵よ。それに、たぶん棚にはケチャップの瓶があったんじゃないかしら。そういうごくありふれたモノがどれほど彼女を責めさいなむようになるか、彼らに教えてあげるのよ。

不意に、ミス・ペティは確信を得た。この青年には、彼らに教えることなどできはしないのだと。なぜなら彼自身が知らないし、理解もできていないのだから。

もし虚ろな目をした褐色の肌の少女を救うことができる青年がいるとしたら、それはミス・ペティ自身の息子をおいてほかになかった。けれども、その子はずっと昔にあの褐色砂岩の館で殺されてしまったのだ。


陪審団が大方の予想にたがわない評決を出すのには、わずか十七分しかかからなかった。

ナイト氏は息子の肩をぎゅっとつかんで言った。「気にすることはないぞ。最初から結果は目に見えていた。おまえは最善を尽くしたんだ。およそできることはすべてやったと言っていい。それにだ、父さんだってデビュー戦は落としてるってことを忘れるな」

そのとき、一人の女が金切り声をあげた。

青年弁護士が驚いて振り返ると、声の主は傍聴席の最前列に座っていた老婦人だった。いま彼女は座席から立ちあがり、震える細い人差し指を青年の父親に向けて突き出している。

「この人殺し！」彼女は叫んだ。「人殺し！　人殺し！」

青年は困惑した。「いったい何を……？　あれ、父さんの知り合い？」

父親は肩をすくめた。

「まさか。ただのいかれたばあさんだよ。殺人事件の公判じゃ珍しくもない手合いさ」

向こうのやつら

　車は時速七十五マイルで突っ走っていた。もうニューメキシコか、ひょっとしたらアリゾナかもしれないな、と僕は思った。間道、わだちの刻まれた悪路、忘れられた古道と大差ない田舎道。そういった道ばかり何日も走れば、地理感覚はすっかり失われるものだ。盗んだ大型車のグローブボックスに入っていたいくつかの地図も、この目印ひとつない荒野ではほとんど役に立たなかった。

　見たこともないような土地だった。見渡すかぎりに広がる金褐色の砂。紫と蛍光緑に照り輝く卓状台地《メサ》（頂上が比較的平らで周囲に急な崖を持つ台地地形。アメリカ南西部やメキシコによく見られる）。突然ぬうっと砂の大地から突き出してそそり立つ硬い岩の壁。そうした奇岩のいくつかは鋭く先をとがらせ、それらが夕陽を浴びたところは血塗られた巨大なナイフのように見えた。また、てっぺんが杖の握りのように曲がっているものは、永遠に解けない謎を問いかける途方もなく大きな疑問符だ。かと思えば隆起した一枚岩の上部が二股にわかれたものもあり、それらは両腕を差しあげ、無言の訴えを天上の神に届かせようとしていた。

　生きものの姿はまったく見かけない。ただ、以前は動物がいたことを示す真っ白な骨が転がっているだけだ。もう何マイルも後ろになるが、一度だけ人間の頭蓋骨を見た。まるで月世界のように静まりかえったこの場所では、たとえくねくねと這う蛇の姿を見ても、僕は歓迎していただろう。

ガソリンを手に入れなければならなかった。小刻みに震える燃料系の針は、タンクが空になりかけていることを示している。車のトランクには五ガロン缶が二つ残っているきりだ。それっぽちじゃ、このだだっ広い荒れ地をいくらも行けないだろう。それから、人も見つけなければ。危険は承知だが、ともかくメキシコへはどう行けばいいかを訊かないことには埒が明かない。もう夜が迫っている。すっかり暗くなる前に——あるいは目を覚ましていられるうちに——誰かを見つけなければ。

僕は腕時計に目をやった。もう四十時間近く寝ていない。深南部特有の赤土の道からそれて、森の空き地でひと眠りしたのが最後だった。

言うまでもなく、僕は逃げているのだ。何日も前、ワシントンDCであの長官を殺してからずっと。どさくさにまぎれてその場を脱出して以来、とにかく逃げどおしに逃げている。最初はバスで。その次は貨物列車で。いまはこうして盗んだ車を飛ばしている。本来ならとっくにメキシコにたどりついていてもいいころだ。だが間道を使わなければならなかったのと、まるっきり道に迷って闇雲に走っていた時間が長かったのとで、いまだにどことも知れない場所をさまよっている。むろん、幹線道路を使うわけにはいかなかった。はっきりと面が割れたわけじゃないが、おそらくアメリカじゅうの警官という警官が僕を追っているはずだ。それに、党からも追っ手が放たれているに違いない。僕が仕事をしくじったからだ。党はしくじった人間をけっして許さない。
僕が殺すことになっていたのは長官じゃない。大統領だ。だが、僕の機関拳銃《MP》が火を噴いた瞬間、長官が身を挺《てい》して政権の長をかばったのだ。

それで、僕は逃げている。バッジをつけた連中すべてから。そして、もっと恐ろしい、バッジをつけていない連中からも。バッジをつけていない連中は堅気《かたぎ》の人間と区別がつかないぶん余計に質《たち》が悪い。物静かで目立たない男たち――そう、党の差し向けた刺客だ。

黄昏の光が、異界のようなこの地を極彩色に染めあげている。背を丸めた巨人のような影がいくつも金褐色の大地に伸び、車を走らせているとそうした影がいやらしくうごめき、まるで踊り跳ねているように見えた。僕はあえて声に出して言った。「馬鹿な。僕は寝ぼけてるに違いない。こいつはいかれた人間が見る悪夢だ。こんな場所があるもんか」

宵闇が迫るなか、立ちならぶ巨岩の間隔がしだいに密になって車の両側で断崖絶壁をつくったかと思うと、ほどなく左右からその壁が迫ってきて、それまでたどってきた古道は岩山に掘りぬかれた狭いトンネルのようになった。太陽が忽然と姿を消し、あたりは夜のとばりにつつまれた。車のヘッドライトをつけたとたん、目の前に浮かびあがったものを見て、僕は思わず叫び声をあげていた。

それは朽ちかけた絞首台からぼろ縄でぶらさがった人間の骸骨だった。

傾《かし》いだ絞首台と無残なしかばねを避けようと、僕はあわててハンドルを切り、急ブレーキを踏んだ。その瞬間、あたりは轟音につつまれた。ばかでかい丸石がいくつも断崖の上からふってきて、車の前後と真上に落ちたのだった。崖崩れ——それで一巻の終わりだった。

目を覚ますと、まわりは岩だらけだった。断崖にはさまれた谷には巨礫《きょれき》がうずたかく積もり、黄金色に輝いていた砂漠の昼はいつのまにか柔らかな銀色の世界に変わっている。砂漠の夜の肌寒さは、あの世とこの世のはざまを満たす冷気のように思えた。

誰かが僕を見おろしていた。痩せた、冷酷そうな男で、ここ一世紀以上ほとんど変わっていない農夫の作業着のようなものを身につけている。頭には西部式のつば広ソフト帽《スローチハット》。月明かりに照らされたその顔は、若くも見えなければ年寄りにも見えなかった。何よりも特徴的なのはその目で、色が薄く冷たい瞳は死と暴力をさんざん見てきた者のそれだった。

男は南部訛りとも西部訛りともつかない発音で、穏やかにしゃべった。「おまえさんを掘り出すのは骨だったよ。さあ、もう立てるぜ。痛みは感じないはずだ」

僕は半信半疑で男を見つめた。なにしろ崖崩れの下敷きになったんだ。だが、それにしてはぜんぜん痛みを感じない。僕は立ちあがって崖の岩壁で体をささえた。男は色の薄い目で僕をしげしげとながめた。

「おまえさんは久しぶりの新入りだ。おまえさんの前に二人来てるが、やつらについちゃあ、口にしないことになってる。ジョンのやつ——こいつは鼻持ちならない気取り屋だが——が言うにゃあ、俺たちとは毛色が違うそうだ。ジャック翁にいたっては、ろくな連中じゃないの一点張りさ。まったくもって、ろくな連中じゃないってな」

僕は丸石の山と、つぶれた車の残骸を見つめて言った。「奇跡だ。かすり傷一つ負わないなんて」

男はくっくっと笑った。「奇跡どころの騒ぎじゃないさ。さあて、そろそろ行くとするか。ちょいと行ってちょいと登るだけだ」

「ここはどこなんだい?」僕は訊ねた。「ニューメキシコ? それともアリゾナ?」

「ここはここさ」

「メキシコからは遠いのかな?」

「さあな、どこからだっていっしょだろ、たぶん」

僕のもの問いたげな顔を見て男は言葉を継いだ。「おまえさんが誰だか知ってるよ。だから、俺も自己紹介しとこう。ジェシーって呼ばれてる。ジェシー・ジェイムズ（西部開拓時代のガンマン、無法者。当時富を独占していた銀行や鉄道を襲って大衆の人気を博したが、最後は仲間に裏切られ、射殺された）だ」

やれやれ、なんともふさわしい幕切れだな、と僕は思った。狂気の沙汰と言われるような凶行におよび、気ちがいじみた人外境の、地図にも載っていない道を狂ったように逃げまどったあげく、崖崩れの下敷きになり、ついには自分のことをジェシー・ジェイムズだと思いこんでいる狂人に救《たす》け出されるとは。

男は僕の表情に気づくと、薄い唇をゆがめて皮肉っぽい笑みを浮かべた。「わかるよ。初めはなかなか信じられないもんさ。すぐに呑みこめって言うほうが無理だろう。俺たちみんなそうだった。ジョンもジャックも俺もな。〝向こうのやつら〟だってたぶん同じだろう。ほら、例の禁句にしてる連中のことさ。さあ、ちょいと手を貸してくれ。運転席を取りはずさなきゃならん。

おまえさんの寝床はこいつだからな——もっとも、連中が寝かせてくれればの話だが。言っとくが、最初のうちはあきらめたほうがいいぜ。なにしろ禁句の二人組み——〝向こうのやつら〟——はぜんぜん寝ないからな。この先だって一睡もしないぜ、きっと」

「僕は眠れるさ。もう四十時間寝てないんだ」

「知ってるとも。ちょうど四十時間前だからな、ミシシッピ州の古い未舗装路でぺしゃんこにつぶれた車からおまえさんの死体が見つかったのは。それを思うと、ずいぶん早いご到着だ。俺は何週間、いや何カ月もかかったよ。昔々の話だがね。老いぼれ馬にまたがってはるばるやってきたのさ。ありがたいことに、馬は持たせといてくれたからな。まあ、ちょっとした情けってやつだろう。俺はさんざん悪事をはたらいたが、不思議と人気があるんだ」

「じゃあ、僕は死んでるって言うのか?」

「説明するのが難しいんだが」男はそう言いながら僕の車の運転席を馬の鞍に乗せ、前橋《ポメル》と腹帯《ガース》にくくりつけた。「おまえさんは死んでるが、死んでない——完全にはって意味だが。俺やジョンやジャック、それに〝向こうのやつら〟も同じさ。ともかく出発だ。道々、せいぜい説明してやろう。馬は引いていく。なあに、城はそんなに遠くない。ちょいと行ってちょいと登るだけだ」

男は痩せた年寄り馬の端綱《はづな》を引くと、チッチッと舌を鳴らした。僕たちは月明かりに照らされた砂漠をわたり始めた。動くものの姿はまったくない。夜は棺の底に敷くサテンのように柔らかく、静まりかえっていた。

ジェシーは言った。「なんともおかしなもんさ、死んでるのにまだちゃんとは死んでないっていうのは。夜眠れない人間がいるだろ？　あれと似てるかもしれん。人殺しってのはたいてい、刑場に引き出され、縛り首にされるか、銃殺刑に処されるか、さもなきゃギロチンとかいうやつで頭を切り落とされるかの末路をたどる。運良く捕まらなかったとしても、いずれベッドでくたばるのは普通の人間と変わらねえ。だが、なかには死なせてもらえない連中もいる。じっさい死んでるのに、だ。そういう人間が犯した罪や殺しは忘れてもらえないんだ。つまり、生きてる人間たちがそいつらを死なせないってことさ。生きてる人間たちがそいつは本当に死んだと確信するか、でなきゃそいつのことをすっかり忘れちまったとき、はじめてそいつは横になって目を閉じ、永久《とわ》の眠りにつくことができるってわけよ」

ジェシー・ジェイムズと名乗る男は年寄り馬を引いて、砂地にできたすり鉢状の穴をまわりこんだ。「たとえば俺の場合はこんな具合さ」男は続けた。「俺はあの日、ボブ・フォードに背中を撃たれて死んだ。俺はすぐに大いなる安らぎに包まれ、穏やかで満ち足りた気分になった。ちゃんとした葬式も出してもらったよ。頑丈な松材の棺おけに収められて花をたむけられたばかりか、牧師がお祈りまであげてくれたんだ。ところが何日かたつと、世間のやつらは口々に言いたてるようになった。土の下深く埋められたのはジェシー・ジェイムズなんかじゃない。あれはよく似た別人で、本物はまんまと逃げおおせてどこかの洞窟にでも隠れ、いまごろは盗んだカネを数えてるんだとな。それで俺は馬に鞍をつけて出発しなけりゃならなかった。馬の背に揺られてくるにはけっこうな距離だったぜ。ようやっと道しるべを見つけたときにはくたびれはててたよ」

「道しるべ？」

「俺たちがいまいるこの場所――どこだか知らないが――への道しるべさ。ぼろ縄からぶらさがった骸骨を見たろ？　あれを見るとすぐにでっけえ石がごろごろ降ってきて、ここに連れてこられる仕掛けさ。もっとも、ここがどこだかは説明しづらいがね」

ジェシーは年寄り馬に向かってチッチッと舌を鳴らしてから先を続けた。「ただ、俺たちはここを〝人殺しの卓状台地《メサ》〟って呼んでる」

「つまり、ここには人殺ししかいないと？」

「そういうことだ」ジェシーはうなずいた。「もっとも、くたばった連中ばかりだがな。死んでるのに、まだちゃんとは死んでない。わかるかい？　死んだと思われてないし、世間さまから忘れられてもいない連中だ。いまはそれほど大勢いない。俺とジョンとジャックと、それから〝向こうのやつら〟だけさ」

「だけど、あんたは人殺しじゃないじゃないか。強盗だろう？　列車や銀行を襲った」

「そういうときは死人も出る。保安官、警官、鉄道警備隊の隊員、ピンカートン探偵社の連中。襲撃のときにゃ通行人も巻き添えにしてるしな」ジェシーはかぶりを振った。「何も好きこのんで殺したわけじゃない。だが、言うまでもなく俺たちの稼業に殺しはつきものなのさ」

気づいてみると、ほんのわずかのあいだにずいぶん歩いたようだった。もう目の前に卓状台地がそびえ、その上には奇妙な、しかし堂々たる建物が、銀色の月明かりを浴びて白っぽく浮かびあがっていた。

「あれだ」とジェシーが言った。「あれが俺たちの住んでる〝城〟さ」

「〝象牙の塔〟なら聞いたことがある。でも本物を見るのは初めてだ」

ジェシーがくっくっと笑った。「たしかに象牙に似ちゃあいるな。だが、あれは骨でできてるんだ」

「骨？」

「なんでも、殺された連中の骨らしい」

近づくにつれ、卓状台地の上部は平らではなく、起伏に富んでいるのがわかった。不気味な城をとりかこむ小高い丘の一つに、奇妙な人影が二つ浮かびあがっている。一人は苛々とせわしなく歩きまわり、何やら抑えられない怒りを身振り手振りでぶちまけている様子だ。もう一人は不具なのか、びっこを引きながらそのあとをついて歩いている。

「あの連中は？」月明かりの下に突然あらわれた人影に驚いて僕は訊ねた。

「しーっ」ジェシーが人差し指を唇に当てた。「例の、禁句にしてる連中さ。〝向こうのやつら〟だよ。まともな神経の持ち主なら名前を口にするのもはばかられるんで、どうしても必要なときにゃ〈威張り屋〉に〈びっこ〉って呼んでる」

卓状台地をのぼる径《みち》は鋭いカーブを描き、二つの人影は骨でできた城に隠れて見えなくなった。扉らしきものをくぐってなかに入ると、なんと屋根も天井もないのがわかった。死人《しびと》の目が発するような冷たい月明かりが、骨でできた城の陰気な内部を照らしていたからだ。家具調度のたぐいは、控えめに言ってもまばらだった。天蓋《てんがい》のついた四柱式のベッドが一台、キルトのベッドカバーできちんと整えられている。床には藁《わら》布団が無造作に投げ出され、藁は大昔に乾いた血のような茶色の汚れで染まっていた。片隅の壁には額入りの色あせた銅版画が立てかけられ、すぐそばに釘とかなづちが転がっている。

二人の男が僕たちを待っていた。一人は青年だ。口ひげを生やした優男《やさおとこ》で、一世紀近く前の夜会服を優雅に着こなしている。肩にはケープ、首には糊のきいたひだ飾り。ただ、仕立てのいいブロードクロスの生地は所々が焼け焦げ、泥と汚物と乾いた血で汚れていた。おまけに、全身藁くずだらけだ。

もう一人はとても小柄で華奢な老人だった。くるぶしまで届くナイトシャツに道化師がかぶるようなナイトキャップというでたちは、小粋なだけになんとも場違いに思える。両目を狂人のようにらんらんと輝かせているが、冷酷な人間には見えなかった。

「おいみんな、新顔を連れてきたぞ」ジェシー・ジェイムズが言った。口ひげを生やした青年を示して「こいつはジョン・ウィルクス・ブース（リンカーン大統領を射殺した暗殺犯。職業は俳優で、当時はシェイクスピア役者として有名だった）だ」

ブースは僕に向かって慇懃《いんぎん》に会釈をすると、衣装の埃を払う仕草をしてみせた。こうひどく汚れていては意味がないだろうに。

「いつも初対面のかたにはこのひどいなりをお詫びすべきだと感じるのですよ」と彼は言った。「なにしろ身をひそめていた納屋に火をかけられて、それから撃たれたものですからね」ブースは興味深そうに僕を見た。「政治的暗殺犯がもう一人仲間に加わったのはいいことかもしれませんね。プリンチプ（一九一四年六月二十八日、ボスニアの首府サラエヴォでオーストリア皇太子を暗殺したテロリスト。この事件が引き金となって第一次世界大戦が勃発した）とかいうセルビア人青年以来ですよ。彼はたしかどこかの大公を殺したのじゃなかったかな。ただ長くはいませんでしたが。最初は脱獄したのじゃないかという噂もたったのですが、そのうち本当に死んだと認められるようになりました。と言うよりも、彼に対する関心が失われたのですね。どうも暗殺のすぐあとに戦争が始まったらしいのです。だからプリンチプはお役ごめんになって、それでわれわれの前から消えていったというわけです、文字どおりにね。ジェシーとジャックは私もこのところ若干姿が薄れてきていると言うのですが、本当でしょうか？　私はまずいことにとんでもない人気者を殺してしまいましてね。いま生きている人々からも愛され、これから生まれてくる人々からも愛されると決まっている人間ですよ。そうは言っても、もう一世紀近くも前のことです。ようやくみなさんは私が死んだと納得してくれたのでしょうか？　それで放免してくれる気になったのでしょうかね？　まったく、カーニバルや余興の寸劇で私を演じるのはもういいかげんやめていただきたいものですよ。なかには私のなきがらだと称して誰かのミイラを見世物にした詐欺師さえいるのですからね！」

「そんなこと言ったら俺はどうなる？」とジェシー。「いまだに俺の名をかたってアメリカじゅうを駆けめぐってるとんまな老いぼれがいるんだぞ」

ふとブースを見ると、一瞬彼の輪郭がぼやけ、すぐにまた元どおりになったように見えた。いやいや、まさか。きっと屋根のない城に射しこむ月明かりのいたずらだろう。

「おいおい、わしのことは一言もなしか」ナイトシャツを着た老人が口をとがらせた。「この世におさらばした夜、わしは七十五歳じゃった！　どれだけ昔か考えてみるがいい！」

「でも、誰もあなたの正体を知らないじゃないですか、あなたに殺された女たち以外は」ブースが分別臭く言った。「だとしたら、あなたが死んだことを、生きている人々がどうやって納得できるのです？」

ジェシー・ジェイムズが説明してくれた。「このご老人はその昔〈切り裂きジャック〉として名を馳せたおかたでね」

ナイトシャツを着た老人は舌打ちをした。「下品な呼び名じゃよ！」吐き捨てるようにそう言う。「むろん、その名がこれだけ定着したことについちゃあ、わしにも責任の一端はあるがね。なんせ新聞社に送りつけた手紙にそう署名したのはほかでもない、このわしなんじゃから。しかし、まさか本名を書くわけにもいかんじゃないか、そうじゃろう？　そんなことをすれば、わしはわしの〝善行〟を続けられなくなっとったろうよ」老人はここで僕にむかってお辞儀をした。「お近づきになれて光栄じゃ。ただし、あんたの犯した罪には関心せんな。わしは乱暴なやり口を好まんのでね」

ジェシー・ジェイムズは馬の鞍にくくりつけてあった車の運転席をおろした。それを床に置いて言う。「寝るときはこいつを使ってくれ。つまり、ここじゃあくたばった場所で眠るのが決まりなんだ――まあ、眠らせてもらえるときはってことだが。もっとも、いますぐには眠れないぜ。俺たちみんなそうだ」

ブースは舞台の上の俳優のように大股で歩きまわっている。「思うに」口ひげの先を指でひねりながら彼は言った。「われわれの新しいお仲間に一通り事情を説明してさしあげたほうがよろしいのじゃないでしょうかね？」

青年は僕に向きなおった。「では、よく聞いてください。なにぶん説明は込みいっているし、ほとんど形而上学的と言ってもいいぐらいですから。よろしいですか？　ある人殺しの犯した数々の罪が大衆の病的な想像力に大きく訴えかけるか、もしくは彼の死を取り巻く状況に奇妙で不可解な点が多い場合、その人殺しはふと気がつくとここにいて、依然として生きることの苦しみや不便に耐え忍ぶことを強いられるのです――それを埋め合わせる楽しみや慰めはいっさいなしで。理由は簡単、生きている人々に死んだと思われていないか、あるいはすっかり忘れられていないからです。でもそのうちに、生きている人々は彼が死んだのかもしれないと思い始めます。または、彼と彼が犯した罪のことをなかば忘れてしまいます。そのとき初めて――われわれ三人がいまそうなっているように――その人殺しはここで過ごす時間の半分を死んだように眠って過ごすことが許されのです。もちろん亡者ですから、夜はさまよい歩かなけりゃなりません。でも、日がのぼれば死人にふさわしく眠りにつくことができるし、太陽が空にかかってるあいだは死の安らぎを味わうことができるのです。

「ただし最初のうちは……」ブースは気の毒そうにかぶりを振った。「残念ながらまったく眠ることができません。なぜなら犯罪の記憶がまだ生々しいし、逃亡劇にまつわるあることないことが四六時中人々の口の端《は》にのぼり、かつ広く信じられているからです。人々の心のなかで生きているかぎり、ここで偽りの生を生き続けなければならないのです。しかも夜だけでなく、昼間もです。これがつらいところでしてね。

「ここに来る連中の一部は——いや、大半はと言うべきでしょうね——、ごくわずかのあいだとどまるだけです。生きている人間たちがその死をあっさり受けいれるか、もしくはたんにはやばやと彼らのことを忘れてしまうからです。そういう場合、彼らはだんだん姿が薄れていき、しまいには完全に消えてしまう。この友人二人に言わせると、ここ何年かで私の姿もだいぶ薄れてきているようです、ありがたいことにね。

「なあに、それほど心配することはありませんよ」ブースは励ますように言葉を継いだ。「あなたは政治的暗殺犯ですからね。その例に漏れずお若いし、こう言ってはなんですが、はなはだ思慮分別に欠けていらっしゃる。われわれ三人が死んでからというもの世の中を席巻してきたある途方もない〝力〟の操り人形にすぎないのです。その力はこれまでもずっと、無分別な若者を焚きつけては早まった行動に駆りたててきました。無政府主義者、虚無主義者、国粋主義者。政治的暗殺犯にはさまざまな呼び名が奉られてきましたが、いまはまた別の名で呼ばれているのでしょう。大丈夫、あなたはすぐに姿が薄れていきますとも。けっきょく大統領の暗殺にはしくじったわけだし、死んだ長官はほとんど知られていない人物で、しかも就任直後だったのですからね。彼の死もあなたが犯した罪も、もののひと晩で忘れられるでしょう。もちろん、もしあなたが大統領の暗殺に成功していたら、話はぜんぜん違っていたはずです。いわば、怪我の功名ですね。惜しむらくは、あなたが一般的な死にかたをしなかったことです。つまり、犯行直後に射殺されなかったという意味ですよ。そうしていれば、あなたが死んだことに疑問を差しはさむ余地はなくなる。けれどもあなたは自動車事故で死に、その遺体は損壊が激しくて顔の見分けもつかないときています。これは少しばかり不都合なことになるでしょうね、残念ながら」

「不都合じゃと！」ナイトシャツを着た小柄な老人が口から泡を飛ばした。「そんな生易しいもんじゃないわい！　悲惨の一語じゃよ！　あの叫び声！　あの影！」

「つまりですね」とブースは言った。「外にいる二人のことですよ。彼らは一睡もしません。強力な呪いをかけられていますからね。夜はまあおとなしいのですが、どうも日がのぼると手がつけられなくなるようです」

「頼む、やめてくれ！」切り裂きジャックは叫んだ。「連中のことを聞くだけでも胸がむかついてくる。やつらは人間じゃない。鬼畜に等しいやつらじゃ」

「ジャックのじいさんはしばらく前にちょいとばかり不眠症を患ってね」と、ジェシー・ジェイムズ。「イギリスのとあるキチガイ病院の患者が、われこそは切り裂きジャックその人だっていう内容の長い手記を書いて署名したんだ。ところが、これを真に受けた人間が大勢いた。少なくとも、ジャック翁の眠りを妨げるにはじゅうぶんなほどな。それで、このご老体は昼間ここで何が起きてるか、いやおうなく見聞きするはめになったってわけよ」

「勘弁してくれと言うとるじゃろう！」ナイトシャツを着た小柄な老人は苛立たしそうに叫んだ。「やつらのことを話題にされるだけで胃がむかむかしてくるんじゃ。ここに来たときにゃ、大黄《ルバーブ》（たで科の多年生植物。健胃剤やくだし薬に用いる）入りのソーダ水も持たされとらんかったしな。まったく連中には虫酸《むしず》が走る！　なんべんも言うが、虫酸が走るんじゃ！」

僕は大笑いした。「こいつは傑作だ。あんたたち三人は、人類史上に名だたる凶悪犯罪者じゃないか。ジェシー・ジェイムズといえば、強盗と破壊の代名詞さ。それからあんた――お上品なブース先生――、あんたが殺した男はその後、人間の優しさと尊厳を象徴する偉人として讃えられるようになったんだぜ。それと切り裂きジャックについていえば……」僕はやれやれという気持ちでかぶりを振った。「なあ、あんたはありとあらゆる恐怖の象徴なんだよ。あんたと、あんたの使った長くて薄いナイフはね。電灯の光で夜も明るい現代でさえ、あんたの名前は善良な市民を震えあがらせるんだ。外にいる気の触れた二人が誰かは知らないさ。だがあんたら全員、彼らのことを悪く言えた義理かい？　あんたらが義憤に駆られるなんて、それこそちゃんちゃらおかしいじゃないか！」

「そうじゃないんだよ」ジェシーが諭《さと》すように言う。「あの二人は呪われてるんだ。俺たちは呪われてない。連中は永遠にこの場所をさまよわなきゃならない。夜となく昼となく。いっときも休まずにだ。俺たちは違う。やつらに比べたら、俺たちの犯した罪なぞ屁みたいなもんさ。ほんとだぜ。そりゃあ殺しもやったさ、前にも言ったとおりな。だが、なにも好きこのんで殺したわけじゃあない。面白半分に殺したこともない。俺たちの稼業に殺しはつきものってだけのことさ。それに、死んだやつらの大半は正々堂々の撃ち合いに負けて死んだんだ。まあたしかに罪もない通行人を巻き添えにしたこともあったが、そいつらは運がなかったのさ」

ブースは芝居がかったポーズを決めると、細く青白い人差し指を僕にむかって突きつけた。「私を非難しようというのですか、新参者の分際で！」あたりに響きわたる大音声だ。「たしかに私は怒りに駆られて一人の男を殺しました。しかしそれは、相手が南部の敵だと信じればこそです。よくお聞きなさい！　南部の人々はみな、善良で勇敢で親切でした。歴史は私のしたことを狂気の所業、取りかえしのつかない過ちと断じています。だが私に言わせれば、あれこそ良心の命じるところに従った人間らしい行動だったのです。私は戦争に負けた哀れな南部人たちになりかわって鉄槌《てっつい》をくだすのだと信じていました。血のかよった、生きた人間たちのために正義をなすのだと！　人間一人ひとりの違いを無視したゆがんだイデオロギーに操られ、ただ命令に従っただけのあなたとは違うのですよ！」

切り裂きジャックは就寝用の長靴下をはいた小さな足で地団駄を踏んでいる。顔を真っ赤にして怒っているさまは、まるで癇癪をおこした子供のようだ。

「わしを怪物だというのか？」彼は声を荒らげた。「わしは優しく思いやり深い人間で、誰かを憎んだことさえ、生涯を通じていっぺんもないわい。わしはこの手で殺《あや》めた人間を愛していたんじゃ。一人残らずな！　わしが女たちを殺したのは愛していればこそじゃ。それがわからんのか？　彼女たちは自暴自棄になった哀れな身の上で、すえは地獄の業火に焼かれる運命だったんじゃ。それを、わしが血で清めてやった。いうなれば神の御意思で、わしの意思じゃあない。でなけりゃ、とっくに捕まっていたとは思わんかね？　わざわざ新聞社に手紙まで書き送っとるんだぞ、わしは。次にいつどこでわが浄化のナイフが閃《ひらめ》くかを知らせるために！　にもかかわらず、神になりかわってその御業をなすわしを、警察はとめることができなんだ。研ぎ澄まされたわしのナイフは切れ味鋭く、ほとんど苦痛を与えなかった。わしは女たちの魂を清め、永久《とこしえ》の平安を与えたんじゃ。それなのに生きとる連中がこんなにも長いあいだわしを引きとめ、わしにふさわしかるべき安らかな眠りから遠ざけとるのはどだい間尺《ましゃく》に合わん話じゃないか！」
ブースが僕にむかって言った。「あなたの時代の医者たちは人間の心をあつかうと聞いていま
す。彼らならおそらくジャック翁を凶悪な犯罪者とは見なさず、病人と考えるでしょうね」
切り裂きジャックは憤懣やるかたないといった様子でふたたび小さな足を踏み鳴らした。「わ
しは病人じゃない！　ただわしにふさわしい安らかな眠りが必要なだけじゃ。生きとるあいだも
病気とは無縁じゃった。ちょっと気管支が弱かったのを除けばな。ロンドンの霧がよくなかった
んじゃろう。なにしろわしは悪名高いロンドンの霧のなかで使命をはたさにゃならんかったのじ
ゃからな」
僕はかぶりを振って、三人の仲間と、いつのまにか放りこまれていた見知らぬ世界を見まわし
た。「とても信じられないな」と僕は言った。「これは何かの芝居で、あんたたちは演技をしてる
だけだ。でなきゃ、僕の頭がまだふらついてるか。崖崩れのときの打ちどころが悪かったのかも
しれない」
すると、切り裂きジャックが何か面白い冗談でも聞いたように笑いをこらえながら言った。
「自分がまだ死んでないと思うんなら――もっとも、わしら同様、まだちゃんとは死んでないわ
けじゃが――、そこの鏡をのぞいてみるといい」
彼が指さした先には、骨の壁から突き出した鎖骨にかけられた古めかしいひげ剃り用の鏡があ
った。いまのいままで、そんなものには気づかなかったが……。
「ここに来る連中が持ちこんだがらくたはたいてい捨てちまうんだ。持ち主がいなくなったあ

とはな」と、ジェシー・ジェイムズ。「でもそいつは残しておいた。鏡に向かってひげを剃ってるとこを殺された野郎のもんでね。なにもかも夢じゃないかって気がしてきたときや、新入りに現実を受けいれさせなきゃならないときに役立つんだ」

僕は鏡に歩み寄り、のぞきこんでみた。骨の城の内部と、奇妙な家具調度が映っているのが見える。だが、自分の姿はどこにもなかった。ジェシー、ジョン、ジャックの三人は、すぐ後ろに立ってどうだと言うようにニヤニヤしているはずだが、鏡には誰も映っていない。

「これでもまだ信じられないかい?」ジェシー・ジェイムズが訊ねた。

僕はかぶりを振った。「でも、なんであんたたちだけなんだい? 人々の記憶に残ってる殺人者なんて、あんたら以外にも大勢いるじゃないか」

「いまでも生きていると思われているのはわれわれだけです」とジョン・ウィルクス・ブースが応じた。「いつまでも忘れられないのはわれわれと、それから外にいる〝向こうのやつら〟だけなのですよ」

「昔は大勢やってきたよ」とジェシー・ジェイムズが言った。「やってきちゃあ、一日かひと月か、長くても一年かそこらいて、消えていなくなっちまった」

「ああ、そうともさ」切り裂きジャックが老人らしいしわがれ声でうらみがましく言った。「ことに二十年代にゃあ、大賑わいじゃったて。大半はシカゴとかいう土地から来た連中じゃったがな」

「つまりな」とジェシー・ジェイムズが引き取る。「あの時代、ギャングが殺されると必ず新聞が書きたてたんだ——そいつはまだ死んじゃいなくてどこかに身をひそめてるんだって。だから、そういう連中はみんなここにやってきた。ただしほんのちょっとのあいだしかいなかったがね。つまり、ずっと長く記憶に残ったやつや、いつまでも生きてるって信じられてたやつはいなかったってことさ」

「どいつもこいつも異国風の名前じゃったよ」と、切り裂きジャック。「つづりどころか、どんな名前だったかもろくすっぽ思い出せんがね」老人はぴしゃりとひざを打つと、腹をかかえて笑った。「じゃが、セメント詰めにされてやってきたあの哀れな御仁だけは、忘れようにも忘れられんて」

ふと気づくと銀色の月明かりはすでに弱まり始め、骨でできた城の内側はにわかに古代エジプトの墓を思わせるビロードの闇に閉ざされつつあった。

「夜が明ける前の、いちばん深い闇です」ジョン・ウィルクス・ブースが朗々と響く俳優の声で言った。

「こりゃいかん、枕もとのろうそくをともさにゃあ！」切り裂きジャックが素っ頓狂な声をあげて大きな四柱式のベッドに急いだ。やがてゆらめく炎がともり、この奇妙で異界めいた場所を覆っていた暗闇を照らした。と、そのとき、真っ暗な外のどこかから、細くて甲高い、神経を引き裂くような叫び声が聞こえてきた。まるで赤剝けの傷にやすりをかけられたような気がして、僕は飛びあがった。

「あれはなんだ？」

「〝向こうのやつら〟さ」ジェシー・ジェイムズが答えた。「〈威張り屋〉に〈びっこ〉だよ。連中は陽の光が大の苦手でね。もうすぐ夜が明けるんで悲鳴をあげてるんだ」

「あんなのは序の口じゃよ」切り裂きジャックは身震いしながら言った。「日がのぼれば、それこそ悲惨なことになる。叫び声と影がの。お若いの、同情するよ。これから長い長い一日を起きて過ごさにゃならんのじゃから。言うとくが、〝向こうのやつら〟はいっしょに過ごすのにいい仲間じゃないぞ。ぜんぜんいい仲間じゃない」

「やれやれ、ようやくひと眠りできるぞ」ジェシーが伸びとあくびをしながら言った。「なんせ、この新入りさんを石の山から掘り出すのは骨だったからな」

まるで死人の指のように青白い曙光《しょこう》が、屋根のない建物のなかに射しこんできた。甲高い叫び声はいまや耳をつんざくほどに大きくなっている。僕はまた訊いた。「これが一日じゅう続くのか?」

「いや、もっとひどくなる」切り裂きジャックが請け合った。「耐えられんほどにな。気の毒じゃが」

「だが、なぜなんだ? 彼らもあんたたち三人と同じようになかに入って眠ればいいじゃないか」

「あの二人をなかに入れるわけにはいかん」切り裂きジャックが間髪を入れず答えた。

「それに連中はけっして眠らないのですよ」とジョン・ウィルクス・ブースが補う。「呪いをかけられていますからね、それも強力な呪いを」

「しかし、すぐ外でああわめかれちゃあ、あんたたちだって眠れないだろう?」

「いいえ、どういたしまして」ジョン・ウィルクス・ブースが皮肉な笑みとともに答えた。「心臓が脈打つのをやめれば、眠るのはそんなに難しいことじゃありませんよ」

鶏が時をつくる声を聞いて、三人の仲間はいっせいに安堵と満足のため息をもらした。

「不思議なことです。鶏なぞいるはずもないのに」とブース。「ではそろそろ床《とこ》につかせていただきましょう。こうしてまた眠れぬ夜が明けたからには、つかのまの夢路をたどるに如《し》くはありません……」

ジェシー・ジェイムズがあらたまった口調で言った。「これから俺たちがすることは奇妙に見えるかもしれないが、どうか気にしないでくれ。決まってるんだ。眠りにつく前は、死んだときときっちり同じ姿勢《ポーズ》をとらなきゃならないって。知ってると思うが、俺の場合は壁に絵をかけようとしているとき、ボブ・フォードに後ろからズドンとやられたんだ」

彼は銅版画が立てかけられ、かなづちと釘が転がっている隅に歩いていった。それから左の脇に絵をたばさみ、釘の先を壁にあてがって、かなづちで一度だけ打った。その瞬間、急な激痛に襲われたように身をこわばらせると、力なく床にくずおれた。絵とかなづちと釘が、そのかたわらに音を立てて落ちる。彼はもうぴくりとも動かず、その顔は死そのもののように青ざめていたが、口もとはほころんでいた。

ブースは古い血のしみで汚れた藁布団に近づいた。「やれやれ、夜具に欠かさず香水をまくほど趣味にうるさかった男の臨終の床《とこ》がこれとは」彼はそう言うと藁布団に横たわり、ひとしきりあえいでからすぐに動かなくなった。

「ベッドで死んだのはわしだけじゃ」切り裂きジャックは誇らしげにそう言うと、ろうそくを吹き消して四柱式ベッドにかかったキルトのベッドカバーを折り返した。「わしは七十五で気管支炎をこじらせて死んだんじゃ。もうとっくに現役はしりぞいてたがね」しなびた体にナイトシャツをまといつかせながら丈の高いベッドによじ登る老人の姿は、本人こそ大真面目なのだろうが、滑稽としか言いようがなかった。彼はかぶりを振って言った。「まったくロンドンの霧ときたら！」それっきり老人も死の眠りに落ちてしまった。

僕は床に置かれた運転席に近づき、ひょっとしたら自分もそのうちに眠れるかもしれないと思って身を横たえた。なにしろ、これほどまでにひどい疲れを覚えたのは初めてだった。渇きに苦しむ人間が水を欲しがるように、また飢えに苦しむ人間が食べものを欲しがるように、僕はとにかく眠りたくてしかたがなかった。けれども日が高くなるにつれて外にいる〝向こうのやつら〟のあげる叫び声はどんどん大きくなり、とうとう鼓膜が破れるほどになった。このままじゃ気が変になる。僕は革張りの運転席の上で耳をふさいで身もだえ、ともすれば自分まで叫びだしそうになるのをこらえるために歯を食いしばった。

それは聞いたこともないような声だった。中世スペインの異端審問官トルケマダによって拷問台に据えられた人々の張り裂けるような悲鳴。杭に縛りつけられて火にあぶられる殉教者の狂おしい叫び。十字架にかけられた者の苦悶のすすり泣き。業病にむしばまれる者の哀れなむせび泣き。物狂いが口にする支離滅裂なたわごと。それら一切合財がないまぜになったような声だった。断末魔の苦しみに悶えながらなお死にきれずにいる者だけが出せる声だ。

とうとう狂気が僕の急所にとりついた。僕は膝立ちになって天を仰ぎ、ひっきりなしに聞こえてくる耐えがたい声をかき消そうと手負いの獣のようにうなり始めた。だが、〝向こうのやつら〟の叫び声はそれこそ切り裂きジャックのナイフのように研ぎ澄まされて鋭く、僕のうなり声の壁などやすやすと切り裂いてなかに入ってきた。僕はたまらずに骨の城からよろめき出ると、声もかぎりにわめいた。「やめろ！　やめるんだ！　後生だからやめてくれ！」

　そのとき初めて、〝向こうのやつら〟をさえぎるもののない砂漠の陽光の下で見た。僕は身の毛もよだつような恐怖にとらわれ、凍りついたように立ちすくんだ。

　自分はいま、悪魔の心の最も暗い深淵をのぞきこんでいるのだ。これこそが、泡立つ狂気の核心に違いない。

　彼らの見せるわずかな動きも、彼らのたてるわずかな音も、それ自体が禍々しかった。そして彼らはけっしてじっとしていないし、静かになりはしなかった。

　外科医なら、人体の組織をメスで切り開き、胸の悪くなるような病巣を暴き出すときにこれと同じ感覚を味わうに違いない。

　二人とも、ただの小男に過ぎなかった。〈威張り屋〉に〈びっこ〉。たしかに片方は不具で脚を引きずっている。だが、おぞましいのはそのことじゃなかった。砂漠のぎらつく太陽が容赦なく照りつけるなか、身構え、叫び声をあげる彼らの体には、なにやらいまわしいオーラと臭気がまといついているように見えたのだ。

　それだけじゃない。彼らは原初の不定形生物《アメーバ》を思わせる黒々とした影を引いていた。しかもその影には終わりがなく、卓状台地の縁を這いおりると、荒れ果てた砂漠の上をどこまでも伸びていき、ついには地平線の彼方に消えていた。動物の姿がないこの土地にも、花を咲かせたサボテンやこんもりと茂る灌木《かんぼく》はちらほら見られたが、彼らの影が触れたとたん、それらはしなび、たちまち枯れてしまうのだった。なぜならこの二人の小男の影は、死に神の息吹にほかならないからだ。

彼らが何を叫んでいるかなど僕にはまるでわからなかったが、それでもこの恐るべき影の主たちがこれまで人類のあがめてきたすべての神々を冒瀆し、人類の積み重ねてきたあらゆる美徳や善行をあざ笑っていることだけははっきりとわかった。

僕はどうにかその日をしのいだ。ようやく夕闇がおとずれると、二人の影は消え、叫び声もやんだ。すでにがっくりと膝をついていた僕は、そのまま骨の城に這いもどり、ごろりと大の字になってぜいぜいとあえいだ。力いっぱいこぶしを握りしめていたせいでてのひらの皮と肉は破れ、嚙みしめていた唇は肉屋に並ぶ牛肉の塊のように血がにじみ、ひりひりと痛んだ。

月が空にかかるころ、ほかの三人が目を覚ました。ふと気づくと、切り裂きジャックがベッドのはしにちょこんと腰かけて僕を見おろしていた。

「おやまあ、お若いの、そこに寝転んどるのはあんたかね?」と彼は言った。「少しばかりやつれたようじゃの。……ん? おお、こりゃあ――おまえさん、もう影が薄くなり始めとるぞ! 早くも忘れられつつあるんじゃよ。おめでとう! あと一日かそこらでここでおさらばできるぞい」

「もう一日だって耐えられるもんか」立ちあがりながら僕は答えた。

「そんなにひどかったかい？」声の主はジェシー・ジェイムズだった。「さいわい俺は、あいつらが来てから昼間眠れなかったことがないんだ」

「あの二人は誰なんだ？　頼むから教えてくれ」僕は泣きついていた。

「そうはいかんのじゃよ、お若いの」切り裂きジャックが立てた人差し指を左右に揺らしながら言った。「連中の名は禁句なんじゃ」

「われわれとは毛色が違うのですよ」いつのまに起きだしていたのか、ジョン・ウィルクス・ブースが話に加わった。

「ろくでもない連中じゃ。本当にろくでもない連中なんじゃ」切り裂きジャックが繰りかえした。

ジェシー・ジェイムズが戸口にあごをしゃくった。僕は彼のあとについて骨の城を出た。〝向こうのやつら〟はまだ丘の上にいたが、夜のとばりがおりたいまはいたって静かなものだった。

「俺はなかの二人ほど繊細じゃないんでね」とジェシーが言った。「〈威張り屋〉と〈びっこ〉が誰だか教えてやろう。脚の悪いほうはヨゼフ・ゲッベルス（ナチス・ドイツの宣伝担当相）。もう一人の本名はシックルグルーバーだが、偽名のほうが圧倒的によく知られてる——アドルフ・ヒトラーさ（シックルグルーバーは父方の祖母の姓。アドルフの父アロイスは、私生児である己の出自を隠すためにヒトラー姓を名乗った）」

ジェシー・ジェイムズはかぶりを振った。「あの二人は眠らない。強力な呪いをかけられてるせいだ。なにしろ、あの〝さまよえるユダヤ人〟（刑場に引かれるキリストをあざけり、その罰としてキリスト再臨の日まで流浪する運命を背負わされたと伝えられるユダヤ人。中世の民間伝承）から呪われてるんだからな」

かかし

郵便配達夫のアンディ・テヴィスはクレイヴィル郡庁舎の正面にジープスターを乗りつけた。斜めのまま、縁石に寄せようともしない。おまけに駐停車禁止標識のまん前だ。アンディは小柄な年寄りだが、うぬぼれ屋のリスを思わせる身ごなしで年代ものの車からひらりと跳びおりたところは、まるで頑丈なワイヤーとサドルレザーでできているかのようだった。その日は月の第一土曜日、つまり裁判所が開廷する日とあって、近在の農家から詰めかけた人々で町はごったがえしていた。庁舎の前にたむろしていた与太者たち――大半はつなぎにマッキノーコートといういでたち――が、人込みをかきわけてくるアンディに好奇の目をそそいだ。そのなかの何人かが郵便配達夫の背中に声をかけた。「よおアンディ！　そんなにあわててどうした？　大統領から手紙でも届いたのかい？」

テヴィスは相手にしなかった。凶報をもたらす者がいつもそうであるように、まなじりを決したただならぬ様子で、庁舎の地下に通じる入口を目指す。南北戦争以前に建てられた新古典主義様式《ネオクラシシズム》のビル。黴臭《かび》いその内部《なか》に入ると、狭く薄暗い廊下を急いだ。天井の裸電球はどれもワット数が小さく、おまけに蝿の糞で汚れている。やがて「保安官事務所」の文字が並ぶどっしりとしたドアを見つけ、それを押しあけた。

部屋のなかでは保安官のチャーリー・エステスと助手のコーツ・ウィリアムズが専用ボードとカードの上に身を乗り出し、クリベッジ（トランプゲームの一つ）に興じていた。アンディは声を張りあげた。

「チャーリー、ジェフ・パーディのじいさんがくたばったぞ！」

エステス――細身で、浅黒く日に焼けたほう――は、自分の点数を慎重に計算してから口を開いた。「つまり、マーサがとうとうあの偏屈じいさんを殺したってことかね、アンディ？」

「そうは言ってない。ただ、くたばったって言っただけだ。もう五日から一週間になるらしい。〝かかし〟もたしかにゃ憶えてないみたいだ」

「すると、もう相当に腐敗が進んでますね」コーツ・ウィリアムズが言った。「僕の知るかぎり、ロッキー農場の近くに死体防腐処理師はいないはずだから」

「〝かかし〟が言うにゃあ、やっこさん、酔っぱらって崖から〈くねり川《ワインディング・リバー》〉に落ちたんだと。いまごろはもうミシシッピ川に流れついてるよ。雪解けの時分にゃ、流れが速いからな」

「マーサを〝かかし〟なんて呼ぶな」保安官がテヴィスをたしなめた。

「亭主がそう呼んでたんだよ！」小男は口をとがらせた。「それにな、ぱっと見、それこそぼろぼろのかかしそのままだったぜ。ほうきにまたがって飛ぶ魔女《あれ》みたいにな。どうせあんた、長いこと会ってないんだろ。おれはこの目で見てきたばっかりなんだ」

「私はマーサの若いころを知っている」保安官は答えた。「当時はマーサ・パーソンズといって、ジャロッド郡一の美人だった。そのころつきあってた私が言うんだから間違いない。まだせいぜい四十五かそこらだろう。ジェフのほうは少なくとも六十五にはなってたはずだ。二人が結婚したのは二十五年前だが、あんな偏屈な飲んだくれに娘をやるなんて、彼女の親父さんも酷な仕打ちをしたものさ。それ以来マーサはあの荒れはてた農場にこもって誰とも会わず、町にも出てこない。もし本当に〝かかし〟みたいになってるんだとしたら、それは彼女のせいじゃない。ジェフ・パーディのせいだ」

アンディ・テヴィスが言う。「へたしたらジェフのじいさんが死んだことだって、わからずじまいだったかもしれないんだ。〝かかし〟が――いや、マーサが毎年あの園芸カタログをとってなかったらな。なんたって、あの農場に届ける郵便物といったらそれっきりなんだから。納税用紙一枚配達されないところを見ると、お役所もあそこに人が住んでるって知らなかったんじゃないか。それにしても、なんで園芸カタログなんかとってたのかわからんがね。あんな岩だらけ《ロッキー》の土地に花なんか咲くもんか。採れるものといったら、雑草と豚に、せいぜいがヤマゴボウってとこだ」

「で、ジェフが死んだって、どうしてわかったんだい?」コーツが訊ねた。

「今年のカタログが送られてきたんで、ロッキー農場まで届けにいったのよ。ダニエル・ブーン(アメリカの開拓史に名をとどめる英雄)が熊を撃ってたころからこっち誰も使ってないような古い道を走ってな。あやうく車をお釈迦にするとこだったよ。それでもまあ、ようやく着いたんで、カタログを郵便受けに押しこんでやったのさ。いいや、わざわざ車を降りるもんか。なにしろあそこは薄気味が悪いからな。煙突から煙は出てないわ、窓にも灯りはともってないわ、外壁にはペンキどころか水しっくいだって塗られちゃいない。まるでシャーマン（南北戦争当時の北軍の将軍）がこのあたりを焼き払ったころからそのまんまみたいだ。普請《ふしん》からしてひどくてな、土曜の夜に町で見かける酔っぱらいさながら風に吹かれて傾いでる始末さ。わび住まいってのは、まさにああいうのを言うんだろうよ」

アンディ・テヴィスは嚙み煙草をかじると、唾液になじませてからクチャクチャやり始めた。たまった唾を真鍮の痰壺めがけて飛ばしてから――これは的をはずした――先を続ける。「で、車をUターンさせて帰ろうと思ったちょうどそのときだ、血も凍るような叫び声ってやつが聞こえたのは。何かと思えば、〝かかし〟がおれを呼んでんだな。家の戸口で枯れ枝みたいな腕を振って、寄ってけって言ってるんだ。正直ごめんこうむりたかったが、けっきょくお呼ばれにあずかったよ」

と、ここで郵便配達夫はふたたび茶色の唾を吐き飛ばし、こんどは的に命中させた。痰壺は小さな鈴のような音を鳴らした。アンディはかぶりを振って話を続けた。「なかに入ったのは初めてだが、あんなのは生まれてこのかた見たことがないよ。家具はぶっ壊れてるし、なんもかんも埃だらけだし、ウィスキーの空瓶がそこらじゅうに転がってるしでな。おまけに頭が痛くなるようなひどい臭いが充満してるときてる。あの女、ぜったいいかれてるって。間違いないね。どうぞくつろいでちょうだい、なんて抜かしやがったが、とっくに死んでるはずの亭主のことは一言も口にしないのさ。ちょうどお茶を淹れようと思ってたの、なんて言いだしてな。どうぞおかまいなくって言っても聞きやしない。正直なとこ、見てるだけで気分が悪くなったよ。着てるもんからして、どう見ても古びたズダ袋をつぎあわせたようなしろものでな。それに、ここ一年はまともに体を洗ってないのがまるわかりなのさ。なのに、まるで白亜のお屋敷に住んでるどっかの貴婦人みたいにお茶をたててくれてるんだ。おまけに、わざわざ古いトランクからティーカップを出してきて、結婚祝いにもらった上等の焼き物だって言うじゃないか。まあ、少なくとも洗ってはくれたし、ほかのなんもかんもとは違って欠けたり割れたりしてなかっただけましかもしらんがね。ともかく彼女はそのカップにお茶をそそいでおれに渡すと、こんどはなんて言ったと思う？　ブランデーでも垂らしたらいかが、だとさ！　はっ、ブランデーとはね！　親父さんの酒蔵《セラー》から取ってきたもんなんだと。よく言うよ。パーソンズがおっ死《ち》んだときにゃ、それこそベッドの下のおまる以外なんも残ってなかったってのに」

アンディはまた唾を吐き、痰壺が鳴るのを聞いて満足そうにうなずいた。「あの女の言う〝ブランデー〟ってのは、なんのこたあない、ジェフじいさんが自前の蒸留所でこしらえたウィスキーだったのさ。それから彼女はこう言ったんだ。亭主が死んだからにゃ、せいぜい羽を伸ばそうと思ってるって。しまいにゃ、お友だちをみんな招待したいから、町に戻ったら触れてまわってくれないかなんてぬかすのさ。保安官、あんたにゃ特にご執心みたいだったよ、まあどうでもいいがね。で、そのあと彼女はようやく事の次第を話してくれた。それによるとだな、亭主は酔っぱらって彼女をぶん殴ると、ふらふら崖っぷちまで歩いていって、そっから〈くねり川〉に落っこちたそうだ。五日か六日か、それとも一週間前か、そのあたりははっきり憶えてないらしい。なんで保安官なり誰なりに知らせなかったのかって訊いたら、町まで十四マイルも歩いていけないし、かといってポンコツのフォードは動かないし、よしんば動いたとしても自分は運転の仕方を知らないからだとこう言うんだな。だからおれはウィスキー入りのお茶を一息に飲み干して、残りの配達を片づけてからこうしてご注進にあがったってわけよ」

チャーリー・エステスは言った。「マーサも気の毒にな。若いころの私は彼女に惚れてたんだが、結婚はできなかった。貸し馬屋で働きながら通信教育で学ぶ身の上ではね。なにしろ、替えのズボン一つ買えないありさまだった。ジェフ・パーディはというと親の身代を受け継いだばかりで多少の金があったから、パーソンズはそっちにマーサを嫁がせたんだ。たしか彼女はまだ二十歳《はたち》前、ジェフのほうは四十の坂を越してたはずだ。しばらくはジャロッド郡の東部でそれなりの農場を経営してたんだが、ジェフが酒におぼれて何もかも失くしてしまってな。あの川沿いのロッキー農場に移ったんだ。なにしろ瘦せた土地で、この五十年、どんな貧乏白人《レッドネック》も居つかなかったような場所さ。とてもじゃないが食っていけないからな。それなのに、あの二人はあそこを動かなかったんだ。ところで、ろくでなしの亭主が死んでから、彼女何か食べものを口にしたようだったかね?」

「燻製《くんせい》小屋に塩漬け肉のたくわえがいくらかあるそうだ。それと蕪《かぶ》の葉で食いつないでるらしい」

「気の毒にな」チャーリー・エステスは嘆息すると、カードを取りあげ手札をあらためた。

「足を運んでみないのかね?」アンディ・テヴィスが訊ねた。

「もちろん行くとも」と保安官。「マーサを町に連れ帰り、どこか居場所を見つけてやらなきゃならん。あんたの言うとおりだとすると、そんな状態の彼女をあんなところで一人にしておくわけにはいかないからな。だが、何もあわてる必要はないさ。ジェフのじいさんが一週間前に死んでるなら、この勝負にけりをつけても生き返ることはあるまいよ。いま七十五セント負けてるんだ」

コーツも自分のカードを手に取り、二人はクリベッジの続きを始めた。小柄な郵便配達夫はしばらくその場に突っ立ったままためらっていたが、やがておずおずと訊ねた。「なあチャーリー、彼女が亭主を殺したんだと思うかね?」

チャーリー・エステスはカードを一枚切ってにやりと笑った。「どうだ、コーツ?」それからアンディ・テヴィスを振り返って答える。「それは向こうで本人に直接訊いてみるさ」

テヴィスは痰壺めがけて最後にもう一度唾を飛ばすと、トランプに興じる二人にくるりと背を向け、くさくさした気分で保安官事務所をあとにした。裁判所の開廷日なのがせめてもの救いだった。ダン・スクワイアーズの酒場《みせ》に行けば貧乏白人がわんさといる。この一件を話して聞かせる相手には事欠くまい。

保安官と助手は特に急ぐわけでもなくゲームを終え、巻き返しに成功したチャーリー・エステスがけっきょく十ドルの勝ちを収めた。二人はマッキノーコートをはおった。春先とはいえまだ肌寒く、おまけにもう午後も遅い時間だったからだ。事務所を出て、建物の外に駐《と》めてある一九五二年式ビュイックのセダンに乗りこむ。

コーツが訊く。「検死医を拾っていきますか?」

チャーリー・エステスはかぶりを振った。「ジェフが川に落ちたのなら、死体はまず見つからない。死体が見つからなければ、検死医は必要ないだろう」

車は町の東を出ると、古い屋根つき橋の床板をごとごと鳴らしながら〈澄み川《クリア・クリーク》〉を渡り、ルート16と呼ばれる山越えの街道に入った。車内はしばらくのあいだ静かだった。二人とも、南部の赤土がつくりだすひなびた風景に憩《いこ》いを感じているようだった。やがて、コーツ・ウィリアムズが口を開いた。

「チャーリー、本当に殺したと思いますか?」

エステスは肩をすくめた。「さあな。ただ、マーサにはジェフを殺すじゅうぶんな動機があった。なにしろひどい扱いを受けていたからな。ロッキー農場に移ってきてまもなく、彼女は産気づいた。だがジェフは医者を呼ばず、自分で赤ん坊を取りあげたと聞いている。それが死産でな。マーサもあやうく死にかけたらしい。それだけじゃない。亭主が暴力をふるうんで、たいてい目のまわりに真っ黒なあざをつくり、折れた腕を吊るしていた。あるとき釣り人が〈くねり川〉からの帰りに通りかかると、悲鳴が聞こえてきたそうだ。なんと、マーサが犬みたいに杭につながれ、へべれけに酔っぱらったジェフ・パーディがそれを鞭打っていたというじゃないか。マーサの服はずたずたに破れ、半裸同然の姿だったらしい。それから、もうずいぶん昔になるが、ジェフは郡の孤児院から少女をもらいうけて家政婦にしていた。まだ十五歳の子供さ。それをあの人でなしは……。土曜日になるとスクワイアーズの店にやってきては得意げに吹聴《ふいちょう》していたよ。マーサ――そのころにはもう〝かかし〟と呼んでたが――をベッドから追い出して、少女に代わりをつとめさせてるんだって。マーサを〝かかし〟呼ばわりするのが許せなくて、一度ぶちのめしてやったことがある。やつは彼女にろくすっぽ食べさせてもいなかった。痩せこけて昔の面影をなくしてるとしても、無理はないんだ」

「僕はジェフを見たことがないかもしれません」

「おまえは若いからな。店でツケがきかなくなると、やつは町に来なくなった。それからは自前の蒸留所でこっそり酒をつくる以外、ほとんど何もしなくなった。つくった酒のいくらかは売ったが、大半は自分で飲んじまったらしい。食肉用の豚が何頭かいたし、蕪や雑草が採れたから、ちょっとしたサラダくらいは作れたんだろう。憂さ晴らしの相手もいたしな。例の家政婦が逃げ出したあとは、かわいそうなマーサがさんざん慰み者にされた。やつほど性根の腐った男は知らんよ」

「なるほど。そうすると、やっぱり殺しに間違いないようですね」コーツが決めつけるように言った。

「おそらくな」チャーリーは厳しい面持ちで言った。「だが、それを立証するとなると厄介だぞ」街道を十マイルも走ると、やがてわだちの刻まれた赤土の道が見えてきた。人間の頭ほども大きい丸石がごろごろ転がっている悪路だ。チャーリーは北へと伸びるその未舗装路に車を乗り入れた。

「ひどいな！」コーツは呆れた声を出した。「戦車でなけりゃ通れませんよ」

車は盛大に揺れ、ときに横転しそうになりながら未舗装路を進んだ。一度などごろた石をよけそこね、あやうく溝にはまりかけた。狐が一匹、車の前をさっと横切ったほかは生き物を見かけない。この道を四マイル走るほうが、さっきの街道を十マイル走るよりもよほど長くかかった。

ようやくロッキー農場が見えてくるころには、もう黄昏どきだった。

朽ちかけた木造のあばら家を見てコーツ・ウィリアムズは驚きの声をあげた。「こりゃすごい！　よくぺしゃんこにならないもんだ」

ロッキー農場は藪と、からまりもつれあう雑草と、それにごろた石とで覆われた土地だった。ちょうど高い崖の足もとにあたり、切りたった断崖絶壁が流れの速い〈くねり川〉を圧するようにそびえていた。南部の赤土に濁る川は、夕陽に照らされて血のように赤く見える。

アンディ・テヴィスの話と違い、いまは煙突から細い煙が立ちのぼり、窓の一つにほのかな灯りがともっている。チャーリー・エステスは錆びて所々破れた有刺鉄線の囲いの外に車を停めると、雑草の生い茂る小径をたどってあばら家に向かった。

ある程度は覚悟していたものの、薄暗い戸口に立つその女を見たとき、チャーリーは胸が悪くなるのをどうすることもできなかった。くたびれた袋のように垂れさがる不潔でシミの浮いた皮膚が、ぼろ着にできたいくつもの綻びからのぞいている。白髪のまじった髪はぼさぼさに乱れ、口にはほとんど歯が残っていない。おそらく亭主に折られたのだろう。さらにおぞましかったのは、このみすぼらしい女のゆがんだ口もとが、チャーリーを心待ちにしていたと言わんばかりにほころんでいることだった。

チャーリーは咳払いをして言った。「マーサかい？　私はチャーリー・エステス。憶えているかな？」

彼女の声は、めったに口をきかない人間のそれのようにしわがれていた。「まあ、もちろんよ！　だってあなた、ピュティアス騎士団主催のバーンダンス（カントリーダンスのパーティー）に連れていってくれたじゃないの！　それに教会の親睦会じゃいっしょに苺《いちご》味のアイスクリームを食べたわ。おかげであたしったらせっかくの黄色いドレスを台無しにしちゃって。お待ちしてたのよ。いつも花を届けてくれる男の人に頼んだの。あなたをお茶にお招きしたいから、そう伝えてくれるようにって。さあ、なかに入って。お友だちもごいっしょにどうぞ。さっそくお湯を沸かさなくちゃ。お花でもながめながら、楽しくすごしましょう。あたし、おもてなしをするのが大好きなのよ」

　保安官と助手は、散らかり放題で掃除もされていない、壊れた家具の並ぶ部屋に招き入れられた。どうやらそこは、キッチンと居間をつなげた部屋のようだった。マーサは二人にぐらついた椅子を勧めてから、いそいそと手押しポンプで薬缶《やかん》に水を満たし、それを火にかけた。「あいにく古いお茶の葉だから少しパサついてるかもしれないけど、でも大丈夫。ブリキの缶に入れて、しっかり蓋を閉めておいたから。美味しいお茶よ。実家で出してたのと同じものなの」

　薬缶が温まり始めたのを見届けてから、彼女は戻ってきた。テーブルの上には園芸カタログの切り抜きが散乱している。薔薇、アフリカ菫《すみれ》、ダリアといった花の写真を切り抜いたもので、どうやら二人がやってきたときにはそれらをせっせと裸の壁に貼りつけていたらしい。「あたし、昔からお花が大好きでね。毎年送られてくるのよ。誰か、ひそかにあたしのことを想ってくれてる男性から。どのお花もとっても綺麗で、なかにはすごく珍しい品種もまじってるの。ただ、主人はお花が好きじゃなかったから……。でもいまはその主人も亡くなって、好きなだけお花を飾れるし、パーティーもうんと開けるわ。こうしてお茶やブランデーを用意して。ただ、あいにく今日はケーキを切らしてるのよ」

「ご主人はいつ亡くなったのかな？」保安官は訊ねた。

「そうねえ」そんなことはまるで重要じゃないとでもいうように、女はあっけらかんと答えた。「かれこれ一週間になるかしら。あんまりよく憶えてないの。お花を飾るのとおもてなしでおおわらわだったから。ほら、今日の午後だけでもお客さまを迎えるのはこれが二度目でしょう⁉」

「ご主人が亡くなったときの状況を聞かせてくれないか、マーサ？」

彼女は肉の落ちた背中を向けて、コンロに歩み寄った。「お湯が沸いたわ。すぐにお茶を淹れるわね」

マーサは缶を揺すり、くずれて粉のようになった茶葉を古びた花柄のティーポットに入れた。お茶がたつのを待つあいだ、彼女は言った。「事故だったの」。

「詳しく聞かせてくれ、マーサ」エステスは辛抱強く、優しい口調でうながした。

「お茶は淹れたてをいただかなくちゃ」彼女は言って、ティーカップを並べた。花柄の、上等な焼き物だ。部屋の薄汚さに似合わず、よく磨かれて光沢を放っている。「とっておきのティーセットなの。結婚祝いにいただいたものでね。めったに使ったことないわ。主人はお茶会なんか好きじゃなかったから」

いかにもはかなげなティーカップを持つ彼女の両手は紙やすりのようにきめが粗く、節くれだって黒い埃の筋が縦横に走っている。汚れの詰まった爪は、小さな貝殻のように細かい畝を刻んでいた。エステスは遠い昔、二人がつきあっていたころ、マーサ・パーソンズの手を握って教会の親睦会やバーンダンスに出かけたときのことを思い出した。そのころの彼女の手は小さく真っ白で、庭に咲く花の花びらのように柔らかかったものだ。

エステスは言った。「じつはねマーサ、私はいま保安官をやっているんだ。この若いのはコーツ・ウィリアムズといって、助手を務めてくれている。これがどういうことかわかるかい、マーサ？」

カップにお茶をそそぎながら〝かかし〟は答えた。「あら、もちろんわかるわよ、チャーリー！　つまりあなたは大出世したってことでしょう？　あたしにはわかってたわ、あなたならきっと成功するって。だって仕事も勉強もがんばってたもの。そうだ、お二人ともブランデーを少々垂らしたらいかが？　父さんのものがあるの。あなたの出世を祝いましょうよ、チャーリー」

保安官は二クォート瓶に入った濁り気味のコーンウィスキーを胡乱《うろん》そうに見てから首を振った。「いや、遠慮しとくよ。いまは勤務時間中だから、お茶だけでじゅうぶんだ。それでね、マーサ。ジェフ・パーディのように、いわゆる〝不審な状況〟で人が死んだ場合、現場を調べたり関係者に話を聴いたりするのが保安官の務めなんだ。それはわかるね？」

あてどなく泳いでいたマーサの視線がいっときエステスに向けられた。そのまなざしには戸惑いがにじんでいる。「それなら、どうぞなんでも訊いてちょうだい、チャーリー。でもせっかくのお茶会がしらけちゃうと思うわ。主人の死には、何も不審なところなんかないのよ。あの日主人はお酒を飲んで崖の上に通じる径《みち》をたどっていったわ。そうしたら足を踏みはずしたのか〈くねり川〉に落ちて、そのまま流されただけなんだから」

「ご主人が落ちるところを見たんですか?」コーツ・ウィリアムズが訊ねた。

「ええ、もちろん見ましたとも。つまり、あの日は相当に飲んでたから、なんだか心配になって捜しに出たの。そうしたらあの人は崖の上に立ってて、よろけたと思ったらもう〈くねり川〉に落ちてたわ。これが一部始終よ」

コーツは続きをお願いしますというような目でエステスを見やった。けれども保安官はしぶいお茶をどうにか飲みくだそうと努めるだけで、何も言おうとしなかった。

「それは何時ごろのことですか?」仕方なくコーツが質問を続けた。

「そうね、遅い時間だったわ。つまり、夕方ってことだけど。何しろ暗かったから」

「暗かった?」

女がうなずく。

「でも、ご主人が崖から落ちるのを見たとおっしゃいましたよね。もし日が落ちていたなら、どうしてそれが見えたんでしょう? お宅から崖の上までは相当な距離があります。百ヤード、いやそれ以上かもしれません」

女は訴えるような目でチャーリー・エステスを見た。保安官は目を合わさず、ことさらに音をたててお茶をすすった。

マーサ・パーディはようやく答えた。「ああ、忘れてたわ! あの日は大きくて明るいお月さまが出てたのよ!」

コーツ・ウィリアムズは椅子から立ちあがると、部屋のすみに歩いていった。古い散弾銃《ショットガン》が壁に立てかけてある。床には埃がたまっていたが、銃は綺麗だった。保安官助手はそれに歩み寄りながら言った。「ご主人が亡くなったのは約一週間前だそうですが、少なくともここ一週間は雨か曇りのどっちかで、月は見えなかったはずですよ」

「ここでは見えたのよ！」女は言い張った。「大きな、明るいお月さまが毎晩見えたわ。窓から射しこむ月明かりがまぶしくて眠れなかったくらいよ」

コーツはショットガンを取りあげると、銃口のにおいを嗅ぎ、それから銃身を二つに折って薬室を調べた。エステスに向かって言う。「一発撃たれてますね。おそらく最近です。もう一発は残ってますが、安全装置ははずしてあります」

「物騒だな。安全装置はかけておいたほうがいいぞ、コーツ。何かの拍子に暴発しないともかぎらん」

女は乾いてひび割れた唇を舐め、もう一度エステスに訴えるような目を向けた。こんどは彼もつかのまそれを受けとめ、カップに残っていたお茶を飲み干してから言った。「マーサ、じつに美味しかったよ。おかわりをもらえるかな？」

「ええ、もちろん！」女はぱっと顔を輝かせ、甲高い声をあげた。「これ、舶来のお茶でね、とっても値が張るの。ケーキを切らしてるのが残念だわ。でもあんまりお客さまが大勢来るもんだから、全部売れちゃったのよ。明日は忘れずに焼くようにしないと。パーソンズ家秘伝のレシピがあるのよ。そうそう、母さんの焼いたケーキが郡の共進会で優勝したの憶えてるかしら、チャーリー？」

不気味に濁った液体が自分のカップにあらためてそそがれるのを見ながら、チャーリーは無言でうなずいた。

コーツが口を開く。「奥さん、ご主人が崖から足を踏みはずして川に落ちる前に何があったか、聞かせてもらえませんか?」

「死んだ人のことを悪くは言いたくないけど、主人は酔うと乱暴する癖があったわ。あの日もあたし殴られて、気を失って床に倒れてたの。だから、正直何があったかなんてよく知らないのよ」

コーツの両目がすっと細くなった。「いま、気を失っていたとおっしゃいましたか?」

「ええ、そうよ。目のまわりにあざができるほど殴られて。倒れた拍子に頭をぶつけたのね、きっと」

「でも、あなたはご主人が崖から落ちるのを見たと言いましたよ。気を失って倒れていたのに?」

マーサ・パーディははっと息を呑んで、手で口を覆った。それからしどろもどろになってこう言った。「そ、それはつまりこういうことよ。あたしは床の上でほんのちょっとのあいだ気を失ってた。すぐに気がついたんだけど、主人のことがなんだか心配になって、それで捜しに出てみたら、ちょうど崖から〈くねり川〉に落ちるあの人の姿が見えたのよ」

「つまり、あなたは酒に酔ったご主人から乱暴され、気絶するほど殴られたのに、それでもご主人のことが心配になって捜しに出た」コーツが疑わしげにまとめた。「ところで、あの古いシヨットガンが最後に使われたのはいつですか？」

「お茶のお味はいかが、チャーリー？　お若いかたも少しつぎ足しましょうか？　きっと冷めてしまったわ。まだ口もつけてくださらないんですもの」

コーツはかぶりを振って質問の答えを待った。チャーリー・エステスはごくりとお茶を飲みくだした。

「主人は狩りに目がなかったの。つまりその……生き物を殺すのが好きで、兎やリスみたいな小動物を好んで狩ってたわ。そのくせ皮を剝いだりとか肉をとったりとか、そういうことはしないのよ。そういえば、崖から落ちた日も狩りに出かけてたわ。だから最後に使われたのはそのときね」

コーツが提案した。「ちょっと外に出てみませんか。ご主人が崖から落ちるのを目撃した場所を教えてほしいんです」

「そう急がなくてもいいだろう」チャーリー・エステスは異を唱えた。「まだお茶が済んでない」

「なにもとっぷり暮れるまで待つことはないですよ」コーツは引きさがらなかった。「もう外は暗いですから」

三人はいまにも倒れそうなあばら家の外に出た。女は入口の敷居に立った。そこからでは古木にさえぎられてそびえる崖は見通せないが、それでも彼女は言った。「ここに立ってたの。ちょうど戸口のところ」

コーツが言う。「でも奥さん、そこからじゃあ崖の上は見えませんよ」

「じゃあ、もう少し前のほうだったかもしれないわ。なにしろ気を失ってたせいで、頭がぼーっとしてたのよ。はっきりとは憶えてないの」

三人は雑草のからまりもつれあう土の上をもう少し進んだ。いまや陽はつるべ落としに沈みつつあり、夕闇が迫るなか、川べりにそびえる崖はなにやら奇怪な柱石《モノリス》のように見える。と、コーツが身をこわばらせて叫んだ。「ありゃいったいなんです？」

崖の真下にはごつごつした岩場があった。その真ん中に、両腕を広げた人間の姿に似た何かが立っている。

チャーリー・エステスが言った。「なんでもないさ、コーツ。ずいぶん前に落雷した古木だろう。人間の腕みたいに見えるのは突き出した枝だ。きっと下のほうの二本だけ燃え残ったんだ」

女があわてた様子で説明した。「あれはかかしなのよ。主人が木にくくりつけたものなの。鳥が嫌いで、追い払おうとしたのね。あたしは鳥が飛んでるのを見たり囀《さえず》る声を聴いたりするのが好きだったけど、主人は苛々するからと言ってよく銃で撃ってたわ。それでも足りずに、とうとうあんなものまでこしらえたのよ」ここでエステスのほうを向く。「主人はお酒を飲むと、あたしを〝かかし〟って呼んだわ。たぶん、昔ほど器量よしじゃなくなったからでしょうけど」

コーツはすでに岩場と立ち枯れた木に向かって歩いていた。チャーリー・エステスがそれを呼びとめる。「待て。どこへ行くつもりだ？」

「かかしを見てみたいんです」

「やめておけ！」チャーリーはぴしゃりと言った。「もう暗いし、あのあたりは足場が悪い。かかしなんかほっとけ。それとも頭がどうかしたのか?」

「一応見といたほうがいいと思いますが」

エステスはかぶりを振った。「戻ってこいと言ってるんだ。これは命令だぞ、コーツ」

コーツはしぶしぶ引きあげてきた。それから三人は家のなかに戻った。

「ちょっと見るぐらい別にかまわないと思うんですがね……」コーツ・ウィリアムズはまだぶつぶつ言っている。

「この暗さだ。おまえまで川に落ちたらどうする」

女は灯油のランプをもう一つともした。「お二人とも、ぜひディナーを召しあがっていってちょうだいな。お客さまをもてなすのは大好きなの。主人は人付き合いをしなかったけど、これからはうんとパーティーを開くつもり。結婚祝いにもらったきり埃をかぶってる食器類を使わなくちゃ。じゃないと、宝の持ち腐れでしょ? いま燻製小屋からお肉を取ってきて、それから――」

チャーリーがさえぎった。「悪いがマーサ、今夜は駄目なんだ。私もコーツも所帯持ちなんでね。女房が夕食の支度をして待ってる。でも、ここに君を一人残していくわけにはいかない。しばらく入院して医者に診てもらう必要があるよ。まともな食事をして、少し肉をつけないとね。そうしたら、何か君にできる仕事がないか探してみよう。庁舎で働くとか、誰かの家を掃除するとか。さあ、必要なものをまとめるといい。いっしょに行こう」

「駄目よ!」女は叫んで後ずさりをした。「いっしょには行けないわ!」

「なぜです?」コーツ・ウィリアムズが訊ねる。「なぜいっしょに行けないんです?」

「だって、ここを出る前にすることがあるからよ」

「たとえば?」コーツが畳みかける。

「たとえば……結婚祝いの食器類や嫁ぐときに買いそろえたお洋服――まだ一度も袖をとおしてないの――を荷造りしなくちゃならないし、それに……とにかく、いろいろとあるのよ」

「わかったよ、マーサ」チャーリー・エステスが優しく言った。「荷造りでもなんでもやるといい。私たちは夕飯を食べにいったん帰る。二、三時間後にまた迎えにくるから、それまでに準備をしておいてほしい」

彼はコーツを追いたてるようにして玄関に向かった。保安官助手は納得いかぬげだ。「荷造りが済むまで待ちましょうよ。わざわざまた引き返してくるなんて馬鹿げてる。最後の四マイルでさんざんな目に遭ったのを忘れたんですか?」

「おまえは来なくていい。私一人で迎えに戻る」

二人は車に乗りこんだ。ごろた石の転がる未舗装路を走っているあいだ、どちらもむっつりと押し黙っていた。

ようやくルート16にたどりついたとき、コーツのほうが根負けした。「チャーリー、パーディは狩猟が趣味だったんです。若いころからずっとそうだったと聞いてます。そういう人間は、弾の込めてある銃を部屋のすみに立てかけるとき、安全装置をはずしたままにはしないはずです」

「パーディは飲んだくれだった。飲んだくれってやつは、普通じゃ考えられないことをするものさ」

車は山越えの街道を疾駆《しっく》し、夜は弔旗の旗ざおに結ぶ黒いリボンのようにはためいている。

コーツが言った。「あんなところにかかしを置くなんて変ですよ。崖の下の岩場、それも川のほとりときてる。鳥がついばもうにも、ブタクサ一本生えてなかったし」

チャーリー・エステスは答えなかった。

コーツが続ける。「亭主はマーサを〝かかし〟呼ばわりしてたんですよ、チャーリー。彼女はそのことをうらんでたに違いありません。つまり、雷が落ちたあの木のそばで、彼女は亭主を撃ち殺したんですよ。両手を広げてる人間みたいに見えるあの木です。こうは考えられませんか？彼女は亭主の死体をかつぎあげて、あの木にくくりつけた――それこそ、かかしみたいに。道路からは見えません。家から、つまり彼女だけにしか見えない場所です。チャーリー、川から風が吹いたときのあの臭いに気づきませんでしたか？」

「さあな。川べには魚の死骸があがるし、このあたりにはスカンクも多い」

コーツは取りあわなかった。「仮に僕の推理が正しいとしましょう。一週間かそこら、それがあそこにあるのを想像してみてください。木にくくりつけられた亭主のなきがら。あの女は戸口のすぐ外に立ってそれを見ながら、酔っぱらいの亭主から受けた仕打ちの数々を思い出している。そして、こう叫ぶんです。『いいきみだわ！　あんたこそ〝かかし〟じゃないの！』」

「たいした想像力だな、コーツ」チャーリー・エステスは言った。「私の助手なんかやめて小説でも書いたらどうだ？」

それっきり、クレイヴィルのまたたく灯火と古い屋根つき橋の影が見えてくるまで、二人とも口をきかなかった。

やがてコーツが沈黙を破った。「本音を聞かせてください、チャーリー。ジェフ・パーディがどこかの川底に沈んでると、本気で考えてるんですか？」

チャーリー・エステスはこの問いを聞いていなかったように言った。「なあ、じつに哀れだと思わないか？　結婚以来いっぺんも使ったことのない品々をまとめるために、一人で残りたいなんて」

「たしかに。……そうだ、忘れてました。彼女、す、る、こ、と、が、あると言ってましたよね。たぶんあのかかし、明日にはなくなってますよ」

見知らぬ男

世界でいちばんきらびやかで、いちばん騒々しく、いちばん大きな都市《まち》のまっただなかに彼女はいた。ふと気づいてみれば夜はまだ明けず、あたりはひっそりと静まりかえっている。彼女はわけもなく怖くなった。

気のせいよ。体が震えはじめるのを感じながらも、彼女は自分にそう言い聞かせた。当然じゃない。これまで暮らしてきた安全で心地のいい、秩序立った小さな世界に、気の滅入るような出来事がどやどやとたて続けに入りこんできたんですもの。きっと、いまようやくショックから醒めようとしているんだわ。

彼女はマンハッタンのダウンタウンにある、たいそう古い地下鉄の駅のホームにたたずんでいた。壁のタイルは黄ばみ、その上に描かれた文字は何十年ものあいだにこびりついた煤《すす》でぼやけている。午前四時半のこの場所は、まるで地下洞窟だった。洞窟は線路がのびる左右にどこまでも果てしなく続いているようで、低くとも執拗に聞こえてくるかすかな音は、地下に広がる闇の世界を連想させた。

マーシャ・アレンは身震いすると、小柄でほっそりした体にまとったスプリングコートの襟もとをいっそうきつくかきあわせた。怖いのは独りきりだからよ。またも彼女は自分に言い聞かせる。なにしろ、生まれて初めて本当に独りぼっちになってしまったんだもの。

料金受けにトークン（地下鉄乗車用のコイン型チケット）が落ちる小さな音に、彼女は飛びあがった。次いでカチリ、ブーンという、改札口のバーが回る音が聞こえる。誰か他の乗客がやってきたのだ。マーシャは期待をこめて顔をあげた。誰かがそばにいるだけで、温もりと安らぎを感じることができる。たとえそれが赤の他人だとしても。

次の瞬間、彼女ははっと息を呑んだ。金縛りにあったように体が動かない。恐怖の呪縛が解けるや、マーシャはその見知らぬ闖入者から逃れるようにホームの奥へと急いでいた。ハイヒールが床を打つカツカツという せわしない音だけが、静まりかえった駅の構内に響きわたる。

改札口から現れたその男を見て思わず恐怖をおぼえたのはなぜか、彼女は自分でも説明がつかなかった。

男は見たところ中年で、ずんぐりとした体つきをしていた。マーシャは男の外見におびえたわけではなかった。怖かったのは、酔っぱらいや麻薬中毒患者に見られるようなおぼつかない足どりで、男がノロノロとこちらに向かってきたことだった。

男はあいかわらず近づいてくる。特に急ぐでもなく、むしろ引きずるような足どりで、彼女のヒールの音がやむのに合わせては立ち止まり、小刻みで切迫したその靴音が再び響きだすやまた歩みを進めるという具合に。マーシャは自分が外の世界からすっかりへだてられてしまったことに気づいて愕然とした。券売所には年老いた駅員が一人いただけだ。悲鳴をあげたところで、あの老駅員が気づいてくれるかどうかさえ怪しいものだった。

見知らぬ男はなおもあとを追ってくる。ゆっくりとしたその動きには、なんだか動物的な用心深さが感じられた。まるで、すぐに逃げ場がなくなるのを見越して、獲物をもてあそんでいるようにも見える。げんに、もう十五フィートから二十フィート先で地下鉄のホームは途切れていた。見るからに固そうな石壁が、無慈悲に行く手を阻《はば》んでいる。

マーシャは足をとめた。体が激しく震えるのをどうすることもできない。駄目だ。これ以上は逃げられない。

見知らぬ男も立ち止まったが、どうせすぐにまた歩きだし、ゆっくりと慎重に近づいてくるだろう。ホームの床にのびる男の影。彼女はそれから目をそむけ、あえて別なことを考えようとした……。

サラ叔母さんが心臓発作で倒れたのは真夜中ごろだから、ほんの数時間前のはずだ。それなのに、もうあれから何日、いや何週間もたったような気がする。芝居がはねたあと、二人でサラ叔母さんのアパートメントに戻って人心地ついたところだった。マーシャはこの三日間で数え切れないほどそうしたように、ジムとの結婚生活を終わらせることにした経緯《いきさつ》をくどくどと言いたてていた。いっしょになって五年。女友だちからは理想の旦那さまだと羨《うらや》まれるジム……。「些細なことの積み重ねなのよ」もう何度目になるだろう、サラ叔母さんに説明しようとするよりも、むしろ自分自身に納得させるように彼女は言ったものだ。そして、これまた何度目になるだろう、サラ叔母さんは諭すように言った。「ねえ、考えなおしたほうがいいわ……」

そこで急にサラ叔母さんは青ざめ、気分が悪いと訴えたのだ。マーシャは主治医のハートリー先生を呼ぼうとしたが、あいにく留守で、電話取次サービスも本人の所在を突きとめることができなかった。結局、代わりに送られてきた快活で有能そうな青年医師がひと目見て心臓発作との診断をくだし、ダウンタウンの病院に電話をかけて救急車を呼んでくれた。すっかり狼狽したマーシャは、鰐皮のハンドバッグを手に取るのが精一杯だった。ジムから誕生日のプレゼントに贈られたとても高価な品だが、その晩劇場に出かける際、札入れも小銭入れもビーズのイブニングバッグに移し変えたことなど綺麗さっぱり忘れていた。そのまま救急車に同乗して病院に向かい、午前四時過ぎに病院を出てタクシーを拾おうとする段になって、ようやく持ち合わせがまるでないことに気づいたのだった。それでもコートのポケットを探ると、地下鉄のトークンが一枚だけ出てきた。

そんな時間に地下鉄を利用するのが怖いとは思わなかった。そのときは露ほども想像しなかったのだ。長くのびる人気《ひとけ》のないホームで、よもや見知らぬ男に襲われようとは……。

線路が消えてゆくほの暗いトンネルの彼方にすがるような思いで目をやるが、近づいてくる電車の親しげにまたたく灯りは見えない。ホームのへりにあまり近づきたくない彼女はその場に立ちすくみ、給電用レールから聞こえてくるシューシューという音に耳を傾けていた。案の定、見知らぬ男は足をひきずりながらの歩みを再開した。その頭は何かを聞き取ろうとしているかのように、奇妙な角度にかしげられている。男の動きは獲物に音もなく忍び寄る捕食獣を思わせた。見知らぬ男とマーシャとをへだてる距離は、もう十フィートしかなかった。男は一歩、また一歩と近づいてくる。こうなったら声の限りに叫ぶしかない。

けれども、唇から漏れたのは、聞こえるか聞こえないかの囁き声にすぎなかった。「ジム。お願い、たすけてちょうだい……」

そのジムは、ここから五十マイル以上離れたところにいる。郊外の並木道に面した白塗りレンガの住まい。あの頑丈で暖かい家のなかで、おそらくは安眠をむさぼっているに違いない。いまこの瞬間、世界に存在するのはマーシャ・アレンと見知らぬ男の二人きりだった。

不意に男が足をとめた。マーシャからほんの数フィート、いやおそらく数インチの場所だ。首《こうべ》をめぐらして何やら聞き耳を立てている。そのとき、遠くの轟音が彼女にも聞こえてきた。ようやく地下鉄の電車がやってきたのだ。

電車はマーシャが立っているところからずっと手前で停まった。だから、先頭車両に乗りこむためには、男が待ちかまえているほうへ走って戻らなければならなかった。その間、男は身じろぎもしなかったが、彼女が脇をすり抜けたとたん、すぐ後ろから追いすがってきた。男の息づかいが首筋に感じられるほどの距離だ。最初の乗降口にたどり着くなり、彼女はさっと身をひるがえして車内に駆けこんだ。男はバランスを崩し、つんのめりそうになりながらも、電車から引きずり降ろそうというのか、彼女の腕をつかんできた。それを必死に振りほどく。

そして、もう一度身も凍るような恐怖にとらわれた。先頭車両には、自分とその見知らぬ男以外に誰も乗っていなかったのだ。

電車の揺れにさからい、マーシャは隣の車両を目指して進行方向と逆に走った。連結部のドアを抜けたところでぶざまによろけ、倒れこんだのは車掌の腕のなかだった。「どうかされましたか、お客さん？」

「あの男が！」彼女は息も絶え絶えに訴えた。「あの男がわたしにつかみかかってきたの！」

車掌は彼女をそっと脇にのけると、首を伸ばして先頭車両をのぞきこんだ。「心配いりませんよ、お客さん」なだめるように言う。「彼なら大丈夫。虫も殺せないほどおとなしい男ですから」

「嘘じゃないわ！　駅のホームで迫ってきて、ようやく電車が来たら、こんどはわたしを乗せまいと……」

「誤解ですよ、お客さん。あれはトムといって、ほとんど毎日この電車に乗る男です。駅を出たところで新聞の売店をやってましてね。酒場から帰る客を当てこんで遅くまで店をあけとくんですよ。ほとんど目が見えないんですが、たいていのことには不自由してません。ただ、地下鉄の乗降口を見つけるのだけは難儀なんでしょう。ああいう人たちは目の代わりに耳を使うんですよ。年とった犬がそうするみたいにね。だからホームに誰かいるときには必ずそばに寄って、音を頼りにあとから続くようにしてるんです」

先頭車両に戻ってみると、男は乗降口わきの座席にぽつんと腰かけていた。

マーシャは自分のコートのポケットを探った。二つのものが指に触れる。それらが何か、見なくてもちゃんとわかっていた。一つは夫が待つコネチカットの住まいまでの定期券。もう一つは時刻表。たしか、グランドセントラル駅を五時ごろに出る始発電車があったはずだ。うまくすれば、一時間かそこらで家に帰りつけるだろう。

地下鉄は大きな弧を描いてグランドセントラル駅に入ってゆく。マーシャは座席から立ちあがると、向かいの席におとなしく座っている男におずおずと近づいた。男の様子は穏やかで、満ち足りているように見える。彼女はその肩にそっと手を置いて言った。「ありがとう。本当にありがとう」

男は彼女を見あげた。ほとんど見えないというそのどんよりとした両目に驚きの色が浮かぶ。

「なんですって？　ええと、どなたでしたか。あたしは目がよく見えないんですよ」

「通りすがりの者です。なんのことやらとお思いでしょうけれど、それでもお礼が言いたかったんです」

「お礼？　あたしが何をしてさしあげたと？」

乗降口のドアが開こうとしている。マーシャは男の問いに答えたが、そのつぶやくような声を、相手は聞き取ることができなかった。「独りになるのがどういうことか、あなたが教えてくれたのよ」

愛に不可能はない

雪崩《なだれ》が轟音をたてて山肌を滑り落ちるのを目の当たりにすれば、誰しも神の存在を信じずにはいられない。

それも、安らぎと慈《いつく》しみと赦《ゆる》しを与える新しい神ではなく、怒りと復讐をつかさどる古来の荒ぶる神だ。稲光を放つ目と雷鳴のようにとどろく声を持つそうした神だけが、山一つを粉砕することができるのである。

天変地異を知らせるその低い地鳴りが聞こえてきたのは、地元スイス人から〝神の階段《きざはし》〟と呼ばれる孤峰《こほう》のてっぺんにある岩だなで、丸太づくりの山小屋を背にして立っているときだった。最初は小石が岩だなから岩だなへと跳ね落ちる、パラパラというかすかな音だった。それが雹《ひょう》の降りそそぐような鋭いスタッカートに変わり、ついには耳を聾《ろう》さんばかりの轟音になった。そのときにはもう、みっしりと凝縮した何千トンもの雪がはじけて破壊的な奔流と化していたのである。恐竜が地上をのし歩いていたころから存在するような巨石がいくつも宙に踊り、花崗岩の山肌を削りながら猛スピードで転がり落ちていった。

永遠とも思える半時間が過ぎるあいだ、私と妻のリンダにスイス人ガイドのケラーを加えた三人は、はるかな高みに宙ぶらりんの状態で、足もとから百フィート足らずのところをすさまじい雪の津波が通りすぎてゆくのを見ながら立ちすくんでいた。岩のかけらや、氷のように固い雪片が飛んできては顔に当たったが、誰一人身じろぎもしなかった。私たちはただそこに立ち尽くし、信じられない光景に目を奪われていた。旧《ふる》き神が忘却の淵からよみがえってその大いなる力を示そうというとき、どうして目をそらすことなどできるだろう？

ようやく雪崩がやんだとき、私たちがかろうじて取りついていた岩だなの半分が、まるで切り取られたようになくなっていた。ほかの岩だなが一つ残らず消失しているのを見て、私たちはすぐに悟った――山を下りる径路《ルート》がどこにもないことを。つまり私たちは、地上一マイルの高みにちょこんと載った小さな丸太小屋で死ぬことになる可能性がきわめて高かった。

私たちは雲の下にあるのどかな村と、そこに住むほがらかで血色の良い人々を思い浮かべた。その何もかもが、土砂でできた新しい山の下に永遠に埋もれてしまったのだ。

〝神の階段〟はスイスで最も風変わりな峰である――いや、最も風変わりな峰だった、と言うべきだろう――雪崩がその半分を削ぎとってしまったいまとなっては。他の山々から離れてぽつんとそびえるそれは、遠くから見るとほっそりした錘《つむ》が雲を突いて屹立《きつりつ》しているようにも、節くれだった指が無窮の彼方を指し示しているようにも見えた。三方は切りたった崖で、のっぺりとした岩壁には手や足をひっかけることができるわずかな凹凸もなかった。いかに無謀で豪胆な登山家でも、この三つの絶壁から登攀《とうはん》を試みようとは思わなかっただろう。それとは対照的に、第四の斜面はヨーロッパでいちばん易しい登攀ルートだった。肥った体をコルセットでぎゅうぎゅうに締めつけた中年女性でさえ、たいして苦労もせずに登りきることができたはずだ。ふもとの村人が〝階段《きざはし》〟と呼ぶゆえんだった。

はるかな昔、ゆっくりと浸食する氷河が山の一斜面にギザギザの刻み目をつけたため、そこだけ鋸《のこぎり》の歯に似た形状を呈するようになった。斜面に畝をなす岩だなには狭いものもあれば広々としたものもあり、それらがふもとから頂上まで途切れなく続く。この〝神の階段〟を登るのは、いつの時代にも挑戦というよりは娯楽だった。岩だなから岩だなへと伝いながら登る――あるいは下りる――行程に、難所はほとんどなかったからだ。それがいまの雪崩のせいで、もはや登ることも下りることもできなくなってしまった。

私たち三人は制御を失ったロケットに乗っている宇宙飛行士さながら、時の流れから置き去りにされたも同然だった。

われわれが〝神の階段〟に登ると聞いて、肥った宿屋の主人シュヴェーダーがなんと言って反対したか、いまさらのように思い出された。春先は山が咳払いをする、と主人は言ったのだ。いつか本格的に咳きこんで、村をぺしゃんこにするだろう、と。ガイドのケラーはそれを笑い飛ばし、迷信深い婆さんじゃあるまいに、つまらないことを言うなとたしなめた。

「村いちばんの古老だって雪崩なんぞ経験しちゃいない。あんたんとこの腐りかけた階段をのぼるほうがよっぽど危ないさ」

私はもともと気が進まなかった。元来が肉体派ではないし、子供の時分からほとんど運動らしい運動をしたことがないのだ。どうやら大統領がたしなむスポーツらしいとは知っていても、小さなボールを棒でひっぱたいて何エーカーも飛ばすことに何か意味があるとは思えない。銃弾で動物の体にむごたらしい穴をあけたり、釣り針で魚の口を引き裂いたりするのは残酷きわまりない仕打ちに見える。私は小説家だ。また、詩人でもある。静かな古い屋敷の、本が並んだ書斎で独り過ごすときほど満ち足りた気持ちになることはないし、紙に言葉を書き連ねているときだけ、心の底から幸せを感じることができる。だからこそ、いまもこうして日記をしたためているのだ。耐えがたい痛みにもめげず、胃を締めつけるようなひもじさにもめげず、死神が青白い顔をした看護婦のように付き添い、私が死ぬのを待っているという現実にもめげず。要するに、物書きというのはどんなときでも書かずにはいられないものなのである。

　スイスにやってきたとき、まさか山登りをすることになろうとは夢にも思わなかった。〝神の階段〟に登ろうと言って譲らなかったのはリンダだ。リンダは気が強く、一度言いだしたら聞かない女だ。また、非常に活動的な女でもある。思い通りに物事が運ばないと気がすまないたちで、これまでも必ずと言っていいほど我《が》を通してきた。

　リンダと私の仲は、ここ数年というもの冷えてゆくいっぽうだった。私たちはもしかしたら結婚生活の破綻を回避できるのではないかという淡い期待を胸に、いわば二度目の新婚旅行のつもりでヨーロッパにやってきたのである。私が思うに、こうなってしまった原因は、要するにお互いの無関心にある。リンダは私の著作こそ努力して読もうとしてくれるものの、それ以外はめったに本など手に取らない。戸外を愛し、スポーツを得意とするタイプなのだ。テニスにゴルフに狐狩り。夏ともなると、乾いた地面の上を歩いているより水のなかにいる時間のほうが長いのではないかと思えるほど、泳ぎに熱中する。

　私の書斎の壁は、広重、写楽、北斎その他、日本の巨匠たちの手になる繊細で魅力にあふれる浮世絵で飾られている。そうした膨大なコレクションのなかで、リンダがいいわねと言ったのはたった二点にすぎない。棹《さお》立ちになった馬を描いた晴信の作品と、春章の相撲絵だ。書斎を除いたわが家のすべてはリンダのものだ。少なくとも、彼女はそのつもりでいる。それが証拠に、居間や食堂はおろか廊下にいたるまでの壁という壁が、跳ね馬にまたがり、真紅の装束に負けないほど紅い顔をした筋骨たくましい男たちの肖像画でごてごてと飾りたてられている。

　もっともリンダによれば、お互いの趣味や嗜好がかけ離れていることは、たいした問題ではないという。それよりもむしろ私の病的なまでの嫉妬心が、二人のあいだにわだかまりを生んだ根本的な原因なのだ、と。たしかに、リンダがほかの男を褒めそやせば、私は嫉妬を覚えずにいられない。彼女がこれまでに不貞をはたらいたという証拠はどこにもないが、それでも、男友だちととかくの噂が絶えなかった。カントリークラブでゴルフのレッスンプロをしているベンソン。テニスの混合ダブルスでいつもパートナーを務めるオールドリッチとかいう青二才。さらにはあのでっぷりと肥った猟犬管理者《MFH》――なんのことやら――のゲインズまでもが、そうした艶聞《えんぶん》の相手に名を連ねているのである。

　リンダに言わせると、私はあら捜しの度が過ぎるらしい。たしかに彼女の食生活が、その活動的な生きかたに負けないくらい私の癇《かん》にさわるのは事実だ。リンダほどの健啖家《けんたんか》がどうしたらあれほど美しいプロポーションを保っていられるのか、不思議でならない。肉とジャガイモをふんだんに使ったボリュームたっぷりの料理に、仕上げはこってりと甘いデザート。それらをぺろりと平らげてしまう。私自身はいたって食が細いほうで、ラムチョップ一切れに野菜サラダ、甘味としてライスプディングでもあれば、もうじゅうぶんすぎるほどだった。

ところが、である。正直に言おう。こうして餓死の淵に立たされてみると、私はリンダが好むようなボリュームたっぷりの食事を夢にまで見るようになった。また奇妙なことに、肉欲を満たせる可能性がないというこの状況で、私はかえってそうした罪深い欲望に身を焦がすようになった。書かずじまいになりそうな本や詩については、さほど気にならない。それよりもむしろ、肉体の飢えを満たす機会がいくらでもあったときに、自分が大食漢でも好色の徒でもなかったことが悔やまれるのだ。人間というものはこう考えたがる。臨終のときには神と向き合い、不滅の霊魂に関することだけを考えて過ごすのだと。だが、それは間違いだ。死が近づき、もはや避けられないとわかったとき、人は動物になる。最も原始的な肉体的快楽を求める欲望が、心を占領してしまうのである。

回を追って少なくなる割り当て食料をもらうたびに、私はそれをリンダが昔飼っていたいじきたないマスチフ犬が生肉を与えられたときのようにがつがつとむさぼった。そういえば、夫婦仲がぎくしゃくしだしたのも、もとはといえばあの犬が原因だった。あの胸が悪くなるような生きものに毒を与えたのが私だと知ったリンダは、すぐにも離婚すると息巻いたものだ。ともかく、いまの私はあの犬と大差なかった。リンダとケラーが持ってきてくれるわずかな食事が待ち遠しくてしかたがない。時には、もっとくれと哀れっぽくせがむことさえある。また、リンダがそばにいるときには、しだいにやつれてきたその体に触れようと、鉤爪《かぎづめ》のように指を折り曲げた手を伸ばし、圧倒的な、それでいてけっして満たされることのない欲望に身悶える。そうとも。私はすでに一匹の動物だった。だがリンダとケラーは、このような極限状態にあってなお、人間としての尊厳のいくばくかをかろうじて保っている。二人ともまだ希望を失っていないからだろうが、こちらは希望などとっくになくしていた。この折れた脚のせいで、文字通りおんぶに抱っこのありさまなのだ。何ひとつ自分ではできない体《てい》たらく。二人が自分たちの分を減らしても多めに食べものをまわしてくれていることも知っている。こういう非常時にそなえて山小屋に蓄えられていた缶詰類は、ごくわずかだった。そしてとうとう、それらも底をついた。いまから三十分前に、最後の配給があったのだ。

事ここに至っても、リンダはまだ絶望していない。半べそをかきながらあとスプーン一杯だけでももらえないかとせがむ私に、彼女は食料の蓄えが尽きたこと、自分とケラーが我慢して最後の分を私にまわしたことを告げなければならなかった。私がそれを平らげてしまうと、リンダは痩せた腕を私の肩にまわして慰めようとした。

「心配ないわ、あなた」と彼女は言った。「山を下りる手だてはあるはずよ。手遅れになる前にそれを見つけるわ。約束する」彼女はほとんど陽気なと言ってもいい小さな笑い声をもらした。そして、「愛に不可能はないのよ」とつけ加えた。

手垢にまみれた常套句をさも自前の軽妙な言い回しででもあるかのように口にするリンダの癖には辟易《へきえき》させられたものだ。

けれどもいま、私はかろうじて聞き取れるほどの弱々しい声でこう訊ねていた。「本当に僕を愛しているのかい、リンダ？　これまでもずっと、僕を愛していたと？」

彼女は私の肩をぎゅっとつかんで言った。「あたりまえじゃないの、おばかさんね。それにわたしは人生も愛してる。死んでたまるもんですか。必ず生き延びる方法を見つけてみせるわ」

ここまで書いたところで瞼が重くなり、またいつもの途切れがちなまどろみに落ちてしまった。目が覚めてから読み返してみると、われながら散漫な記述だ。もっと理路整然と書かなければ。いずれこの日記が発見される可能性もなくはないのだから。おそらく痛みと飢えとが、頭のはたらきになんらかの影響をおよぼしているに違いない。明晰に考え、順を追ってものごとを記述するのが難しくなってきている。だがそれでも、やるだけはやってみよう。

前にも書いたが、〝神の階段〟を登ろうと言って譲らなかったのはリンダだ。それを私がにべもなく撥《は》ねつけたものだから、例によって結婚以来ことあるごとに繰り返してきた不毛な言い争いに発展した。それならあなたは残りなさいよ、とリンダは言った。自分だけで登ってくるから、と。むろん、そんなことを許すわけにはいかなかった。山頂でガイドのケラーと二人きりにさせる？　とんでもない。ケラーこそは私が常々心の底から嫌悪を抱いている〝肉体派〟の典型だった。筋骨たくましい体。血色の良い健康そうな肌。明るい色の髪。青く輝く瞳。

このスイス人の男をリンダがひそかに見つめているところを、私は目撃していた。魅力を感じる雄《オス》に対して彼女がいつもそうするように、熱っぽい視線をそそいでいたのである。

だから、宿屋の主人のぶつぶつつぶやくような忠告には耳を貸さず、われわれ三人はこうしてここまで登ってきたのだった。

登攀そのものは、ケラーが言ったように易しかったと思う。だが私に限って言えば、五合目に届くころには息も絶え絶えで、汗だくになっていた。妻やケラーはというと、なかなか気持ちの良い運動くらいにしか感じていないようで、どちらも息一つ乱れていない。二人とも、もたもたしている私に対する苛立ちを面《おもて》に出さないよう努めていた。それも当然だ。私は足手まとい以外のなにものでもなかったのだから。ようやく低い雪雲の上に顔を出し、てっぺんの岩だなにたどり着いたとき、私はへなへなと座りこんでしまうありさまだった。

宿屋の主人シュヴェーダーの言ったように山が〝咳払い〟をしだしたのは、それからすぐのことだった。そして数秒のうちには、雪と岩の流れ落ちる雷のような轟音が始まったのだ。

ようやく雪崩がおさまっても、私はしばらくのあいだ呆然と立ち尽くしていた。それからケラーに向かって叫んだ。「おいっ、どうやって下りればいい⁉　なあ、どうやって山を下りるつもりなんだ⁉」

ケラーは答える前に眼下の惨状をつぶさに眺めた。やがて彼はかぶりを振ってこう言った。

「どこからも下りられませんね」

これには理性のたがが吹き飛んだ。気がつくと、私は女のように金切り声をあげていた。「ふざけるな！　こんなところで死ぬわけにはいかないぞ！」

ケラーは私に蔑みの一瞥をくれると、両腕を広げ、雪雲の下に隠れたふもとの村を示した。

「下の連中よりはましでしょう」と彼は言った。「あっというまもなく雪崩の下敷きです。俺の親父もお袋も妹も。村の人間は全員生き埋めになっちまったんですよ」

家族を亡くしたケラーに同情している余裕はなかった。いまは自分たちの生命が危機にさらされているのだ。

「だがわれわれは生きてるんだぞ!」私は叫んだ。「なんとか下りる方法を見つけてくれ。君はわれわれのガイドだろう? 無事に下山させる義務があるはずだ!」

そのときリンダが口をはさんだ。彼女の声は独りごとをつぶやいているように静かだった。

「何か手だてがあるはずよ。いつだって、八方ふさがりなんてことはないわ」

ケラーは憎らしいほどに落ち着いていた。

「雪が降りだしました。雲はえらく低いし、谷には霧が立ちこめてます。下りるルートは見当たらず、登ってくるルートもありません。救助隊もお手上げでしょう。でも一縷《いちる》の望みはあります。近くの基地に小さな飛行機があるんですよ。てっぺんにおかしなプロペラがついてるやつです。あれならこの岩だなに降りて、俺たちを救《たす》け出すことできるかもしれません。もっとも、今日明日の話じゃない。天候が回復するまでは駄目です。いつになるかはわかりませんがね。このあたりの山じゃあ、雪や霧がいつ晴れるかは誰にもわからないんですよ。数日後かもしれないし、ひょっとしたら数カ月先かもしれません」

「なんとかしてこちらから合図を送ろう。そうすれば――」

「無駄です」ケラーが途中でさえぎった。「雲と霧と雪に邪魔されて、誰にも見えませんよ。だいいち、下じゃあ当分のあいだ遺体を掘りおこすのにかかりきりでしょう。そんな顔をしないでください。さいわい山小屋で雨露をしのぐことができます。なかにはベッドも毛布もある。ストーブも薪もそろってますし、缶詰の食料だってあるんです。俺たちガイドが観光客相手に稼ぐわずかな手間賃から身銭を切って買い置きしといたものです。少しずつ食べればしばらくはもつでしょう。水は雪を融かして使えばいい。俺たちが今日この峰に登ることはガイド仲間のヤン・ブルッカーに教えてあります。あいつはここから何マイルか離れた雷《サンダー・リッジ》岳に登る一行の案内をしてるはずですから、おそらく難を逃れたはずです。きっと俺たちが〝神の階段〟にいることを基地に知らせてくれるでしょう。そうなれば、おかしなプロペラをつけた例の飛行機が飛べるようになりしだい、捜しにきてくれると思います」

「それはいつだ⁉」私はまた叫んでいた。「答えたまえ！　い、い、い、いつなんだ⁉」

スイス人はあいかわらず落ち着きはらっていた。「わかりません。飛行機は間に合うかもしれないし、間に合わないかもしれない。すべては天候しだいです。だからせいぜいうまく食いつながないと。ところで、小屋のなかにはシュナップスもあります。その震えようだ、一杯やったほうがいいですよ」

賢しらな口調が腹に据えかねたが、もっと頭にきたのはリンダだ。私の腕に手を添えながら、まるでむずかる子供を辛抱強くなだめる母親のような口調でこう言ったのだ。「何か手だてがあるはずよ。それを見つければいい。ケラーは長年この峰を登りおりしてるわ。それこそ自分の庭みたいに知り尽くしてるの。あなたが浮世絵のコレクションのことを知り尽くしてるみたいにね」

なんという言い草か。私は怒りに身を震わせた。生きるか死ぬかのこの瀬戸際に、妻は筋骨たくましい体とブロンドの髪をしたこの赤の他人の強さと才覚に全幅の信頼を寄せているのだ。そして自分の夫を女々しい意気地なしだと思っている。浮世絵蒐集などという気どった道楽以外にこれといった取りえもない情けない男だと。

リンダの言葉が、私を愚かしい蛮行へと駆りたてた。「僕がルートを見つけてやる！」

二人に向かってそう叫ぶと、私は駆けだし、つるつる滑る岩を越えて、先ほどたどってきた登山径《みち》——今は雪崩で跡形もなくなっている——を目指した。岩だなの端まで来ると、下をのぞきこんだ。一瞬、雲に切れ間が生じ、目もくらむような断崖絶壁があらわになった。だが、せめて恰好だけでもつけなくてはならない。おびえた声で戻ってきてと叫んでいるリンダをあっと言わせてやらなければ。それには、あの冷静沈着なスイス人が試そうともしなかったことをやって見せる必要がある。

私たちがいる岩だなのすぐ下、絶壁がほぼ垂直に落ちこむ手前にかすかな岩の隆起があり、崩れた土砂に覆われているのが目に入った。私は吐き気とめまいを覚えながらも岩だなの端からそろそろと片脚を伸ばし、砕けた岩と雪の堆積物に足場を探した。じつのところ、そんな危険をおかす意味は何もなかった。たとえ足場が見つかったとしても、そこから先に進める見込みなどまるでないのだから。

伸ばした左足が何か固いものに触れた。と思う間もなくそれは流砂のように崩れ、私の左脚は雪と岩の堆積のなかに腿《もも》の付け根まで沈んでしまった。続いて岩のこぶ自体が剝がれ、絶壁を真っ逆さまに落ちてゆく。私は膝を固い岩肌に打ちつけたあげく、気づいてみれば指先だけでかろうじて岩だなの端からぶらさがっていた。鋭い痛みが足首から腰のあたりまで突きぬけ、私は悲鳴をあげた。

ケラーが私を引きあげてくれた。どうやら脚は折れているという。小柄で華奢な私を抱きかかえて丸太小屋のなかに運び入れることなど、ケラーにとっては造作のない仕事だったろう。ごつごつと固いベッドに横たえられても、私はまだ苦痛に叫んでいた。さいわい、小屋には食料や薪とともに薬品類が少々蓄えてあった。スイス人はそのなかからモルヒネの皮下注射器《シレット》を見つけ、私の腕に打ってくれた。それから薪をいくつか見つくろうと、腰からはずしたロープで折れた脚にくくりつけ、添え木のかわりにしてくれた。

これらがどれくらい前のことなのか、私には定かでない。リンダとケラーはわかっているはずだが、それでも自分たちがここに来てからどれくらいになるのか、私は怖くて訊けずにいる。ただ、二人が言うには、雪と霧があいかわらずこの峰を下界の視線から隠しているらしい。私は横たわったまま死を待つばかりなのか……。

小さな丸太小屋は二部屋に分かれていた。リンダは私といっしょに寝《やす》むか、時々はベッドのかたわらにかけて私の手を握り、必ず助かる手だてを見つけるからと請け合うのだった。しかし、彼女もケラーの部屋で過ごす時間がしだいに増えつつある。おそらく衰弱がひどくて私がろくに口をきけないからだろう。

……リンダの足音が聞こえる。この部屋のドアに近づいてくるようだ。もしかしたらまだ食料が残っていたのかもしれない。ああ、神さま、お願いです！　どうかそうでありますように！

リンダが食べものを持ってきてくれますように！

リンダは食べものを運んできたわけではなかった。そのことをなじると、もう食べものは残っていないとあらためて言われた。そのかわりにモルヒネを注射してくれた。それが最後の一本だという。効き目が薄れれば、耐えがたい痛みが襲ってくるだろう。だが、どうすることもできない。私は激痛と飢えに苦しみながら死んでいくのだ……。

……しばらく間をおいてから、続きを書いている。あのあと眠ろうとしてみたが、どうやらモルヒネに耐性ができてきたようで眠気を催さない。それでも、リンダを安心させるために目を閉じ、ゆっくりと深い呼吸をして見せた。私が寝入ったと思ったのだろう、彼女は忍び足でケラーの部屋に戻った。ドアをしまいまで閉めていかなかったので、私はわずかな隙間から漏れてくる二人の話し声を聞くことができた。あるいは、痛みと飢えが聴覚を研ぎ澄ましたのかもしれない。私を起こすまいと低い声で囁きかわしているのに、それがはっきりと聞き取れたのだ。

「ケラー、ヘリは間に合うかしら？」

「ヘリ……？」ケラーが物憂げに訊きかえす。

「ヘリコプターよ。てっぺんにプロペラがついた小さな飛行機」

長い沈黙のあと、ケラーが答えた。「この際正直に言いますが、飛行機はいずれ来るでしょう。でも間に合うとは思えません。三人ともひどく弱ってる。ここに来てからずいぶんになるし、食料も底をついた。それだって大半はご主人にまわしたんです。とてもじゃないが、飛行機を寄せつけないこの霧と雪が晴れるまで持ちこたえられるとは思えませんね」

リンダはいっそう声をひそめた。「わたし、手だてを見つけたのよ、ケラー。こんなところで死ぬわけにはいかないわ。助かるための計画があるの」

彼女はケラーにその〝計画〟とやらを話して聞かせた。私は驚きを禁じえなかった。言われてみれば、なんと単純で理にかなったアイデアだろう。彼女がもっと早く気づかなかったのがむしろ不思議なくらいだ。なにしろ、どんな窮地も切り抜けることができる賢い女なのだ。リンダの計画を知った今、焼けつくような脚の痛みも胃を締めつけるような飢えもほとんど感じなくなった。それどころか、おのずと口もとがほころびさえする。もはや、ただ待つ以外に何もする必要はないのだ……。

……それほど長く待たずにすんだ。リンダが私の部屋のドアに近づいてくるのが聞こえる。彼女は計画を打ち明けてくれるだろうか？　ついに見つけた〝手だて〟を教えてくれるだろうか？　いや、もちろんそんなことはすまい。利口な妻のことだ、私にはいよいよというときまで知らせずにおくに越したことはないと考えるはずだ。

もっとも、わざわざ教えてもらうまでもない。私は二人の密談を聞き、彼らが何をするつもりなのかちゃんと知っているからだ。

あの二人は、私を食べるつもりなのだ。

蛇どもがやってくる

そこには四人の男女がいた。

睡魔に襲われている若い母親。

ぽっちゃりと肉づきのいい脚をした、何かいたずらをたくらんでいる天使のように見える幼女。

厚ぼったいまぶたをして、宦官《かんがん》のように薄気味の悪い柔和さを身にまとわせた、はげ頭の男。

そして震えをとめようと片手でもういっぽうの手を押さえつけている、カーニーという名の浮浪者。

四人はワシントン・スクエア公園のベンチに腰かけていた。すぐそばの小さな円形広場にはアイスクリームの屋台がとまっている。暗緑色に塗られたバスがやってきてはしばらく停車し、また凱旋門《アーチ》をくぐってアップタウンにかえってゆく。

三月のとある午後。日差しはまだ冬のように淡いが、それでも今日は暖かく、どことなく春めいていた。

眠たげな若い母親とはげ頭の男は同じベンチの両端に腰かけている。ぽっちゃりと肉づきのいい脚をした幼女はベンチの前でゴムまりをついて遊んでいる。セメント舗装された小径をはさんだ真向かいのベンチには浮浪者が一人でかけ、自分の手を握りしめて荒い息をついている。

母親は目を開けているのがつらかった。このうららかな日差しは本当に油断がならない。五感を鈍らせ、さっきから兆《きざ》している睡魔にすっかり身を任せてしまいたいという気にさせる。体のふしぶしに感じるかすかな痛み。それは少しも不快でない、どこか温かい痛みで、尻の辺りから始まって液体のように脚を伝いおり、やがて爪先に達して彼女をうっとりさせた。このところ、以前にも増して頻繁に眠気をもよおすようになった。日に何度かは、思わず知らずうつらうつらしてしまう。でも医者は心配いらないと言う。高血糖によるものだが、食餌《しょくじ》療法によって抑えることができるからと。さいわい糖尿病というほどではないらしい。検査したところ彼女の血糖値は百二十五前後で、高めだが正常の範囲内だそうだ。今日はブドウ糖負荷試験の結果が出るので、三時に予約を取ってある。たぶん食餌療法をすすめられるだろう。日常生活の障りになるならと、何か眠気覚ましの薬も出してくれるはずだ。病気には違いないけれど、それにしてもなんて気持ちのいい病気だろう、と彼女は思った。ああ、まぶたが重くてたまらない。三時まで、まだ間がある。このまま陽だまりのなかで少しぐらいお昼寝をしても、どうということはないだろう。娘なら大丈夫。勝手にどこかへ行ってしまうような子じゃないもの。とてもいい子なのだ。もちろん、お昼寝といってもほんのちょっとうとうとするだけ。

ふと、ハンドバッグに入っている錠剤のことを思い出した。デキセドリン。試験の結果が出るまでの間に合わせだと言って、医者が処方してくれたものだ。あれを飲めば、多少は目が冴えるだろう。でも、飲むには水がいる。水飲み場は遠いし、それにコップもない。彼女は両のまぶたがぴくぴくと震えるに任せた。それにしても、ぽかぽかと本当に気持ちがいい。ようやく春が来たんだわ。

　幼女は近くにとまっているアイスクリームの屋台の、派手な縞模様のパラソルに見惚れていた。ゴムまりが手を離れ、小径を転がっていくのにも気づかない。彼女は母親の前に立つと、甲高い声で言った。「アイチュ食べたい」

　母親はまどろみ半分で答える。「だめよ、アイスクリームなんて。お昼を食べたばっかりでしょ。忘れちゃったの？」

　ベンチの反対端に腰かけているつるっとした柔和そうな男は、厚ぼったいまぶたに覆われた目の端で、幼女をじっと見ていた。そのぽってりと厚く湿った唇が、かすかにほころんでいる。と、そよ風が吹き、汚い新聞の切れ端が男の足もとを舞っていった。その切れ端には、大きな黒い活字でこんな見出しが躍っている。

変質殺人者《セックス・キラー》いまだ捕まらず
また子供が行方不明に

　カーニーという名の浮浪者も、幼女をながめていた。四つかそこらだろう、と彼は思った。ヴァイが荷物をまとめてイリノイの実家に帰っていったとき、息子のパットはちょうど四つだった。あれからどれくらいになるだろう？　五年だ。何百日。何千時間。何百万分。そのすべてが、どや街の異臭と、安ワインはおろか缶入り燃料や消毒用アルコールまで飲んで吐いたへどの味で満たされている。いや、満たされていたのだ――ほんの二十七時間前までは。カーニーは腕時計を持っていなかったが、近くの時計台が一時の鐘を鳴らしたばかりだった。最後に酒を飲んだのは、おとといの朝十時だ。そのとき彼はバワリー街で一パイント瓶から安ワインをがぶ飲みしたあと、にわかに――五年ぶりに――悟ったのだ。ここが人生の分かれ目だと。きっぱり酒をやめることができなければ、あとは自殺するしかない。もっとも、最初はどうでもいいことのように思えた。死にたくはないが、かといって一生しらふのままでいるというのも同じくらい気が進まなかったからだ。

けれども彼はまだ若く、体格にも恵まれていて、これまで体といわず心といわず魂の燃え残りといわず、さんざん侮辱を加えてきたにもかかわらず、それでもなお身のうちには活力の小さな源が燃え尽きずにいた。だから、彼は生きる努力をしてみることにした。〈十二段目の家〉（アルコール中毒者の自助団体においては、アルコール依存症を克服するには十二の段階を踏まなければならないと考えられている）と呼ばれる場所を訪ねたのだ。それはアル中から立ち直った人々の手で運営されている団体で、彼らは自分たちをアルコール中毒者匿名会《アルコホリック・アナニマス》（ＡＡ）と呼んでいた。そこでカーニーは最初の二十四時間が山だと言われた。それを越せばまず大丈夫だからと。その言葉の真偽はともかくとして、いまのところ彼がいちばん恐れていることはまだ起きていなかった。そう、幻覚というやつだ。〈十二段目の家〉の人たちによれば、初日に蛇どもがあらわれなかったら、その後もあらわれることはないそうだ。カーニーは蛇どもにとりつかれるのだけはごめんだった。木賃宿や貧民街で、そういう男たちの末路をさんざん見てきた。だから、ポケットに蛇よけのお守りを忍ばせてある。それは小さく丸めた一ドル札だった。

蛇どもはなにも突然襲ってくるわけじゃない。必ず前触れがある。風邪をひいたときに熱が少しずつ上がるように、じわじわと迫ってくるのだ。〈十二段目の家〉でボランティアとして働いているある職員――清潔な白いシャツにこざっぱりとした上着を着た男だった――が、カーニーの蛇に対する恐れを理解してくれた。丸めた一ドル札をくれたのもその職員だ。

「恐れが、蛇どもを呼ぶんだ」と、その男は言った。「君はやつらが這い出してきたとき酒《クスリ》を買うことができないのを恐れてるんだろう。クスリが飲めなきゃどんどんおかしくなり、じきに幻覚が出て泣きわめくようになるんじゃないかって。わかるよ。僕も同じ苦しみを経験してるからね。だから、この一ドル札をポケットに忍ばせとくといい。これを触ってれば、気分が落ち着く。もし蛇どもが這い寄ってくるのを感じたら、このカネでワインの一パイント瓶を買い、さっさと飲んでしまうだけだ。そうすればやつらはくたばる。簡単に殺せることがわかっていれば、蛇なんか怖くない。怖がらなければ、蛇どもはやってこない。だからその一ドル札を肌身離さず持って、ずっと触ってるといい。そうすれば二度と幻覚に襲われる心配はないよ」

このまじないは、いまのところ効いている。もっとも、一度か二度、なけなしの札をあやうく使ってしまいそうになった。十時間を越したころのことだ。体の震えはがまんできないほどひどくなり、それこそ靴から足の指の爪がぜんぶ突き出すんじゃないかとさえ思った。目は涙でかすみ、そのまま失明してしまうような気がした。そんなとき〈十二段目の家〉の仲間たちが、舌が焼けるほど熱いブラックコーヒーを次から次に注いでくれた。カーニーが、飲んだコーヒーをもどしてしまうようになってもやめなかった。そのうちに見かねた一人がどこからか鎮静剤を手に入れてきて、そっと手渡してくれた。これがてきめんに効いて、カーニーは楽になった。ともかく、それ以来蛇どもはあらわれていないし、だから一ドル札はまだポケットに入ったままだ。

カーニーは身ぎれいにしていた。風呂につかり、十五セントもらって理容学校で顔をあたりもした。手が震えて自分じゃひげを剃れないからだ。新しい洋服もあてがわれた。野暮ったいが、清潔できちんと繕《つくろ》われたものだ。デニムのズボンにフランネルのシャツ。それに陸軍放出品のフィールドジャケット。頭にぴったり合うフェルト帽までかぶっていた。

本当に峠を越したんだろうか――カーニーはいぶかしんだ。「一度に二十四時間ずつやろう」AAからはそう言われている。「最初の二十四時間を乗り切ることができたら、まずは上出来だよ」と。それがもう二十七時間も持ちこたえているのだから、たいしたものだ。ただ、気分は最悪だった。いまだに体は汗でべとついている。もっとも、以前のように全身の毛穴という毛穴から大粒の汗が吹き出しては流れ落ちるというほどじゃない。しばらくはAAから紹介された宿泊所に泊まり、眠れぬ幾晩かを過ごしもした。AAの集会に参加し、始めから終《しま》いまでじっと座って、断酒に成功した元アル中患者たちの体験談に耳を傾けることさえできた。〈十二段目の家〉でふるまわれるスープとサンドイッチも、残さずに平らげた。蛇どもを恐れる気持ちも、しだいに薄れつつある。いくぶんかはポケットに忍ばせた心強いお守りのおかげだ。もちろん、この一ドル札が永久に蛇どもを遠ざけておいてくれるわけじゃないことは、百も承知だった。でも、いざというときに自分で命を絶つだけの時間は稼ぐことができる。カーニーにとっては、それさえできれば御の字だった。

しかし、なにより彼を勇気づけたのは、最初の二十四時間をとにもかくにも乗り切ったというおぼろげな自信だった。いまや次の二十四時間に突入している。こうして陽だまりに座り、酒びたりのときに比べてどれだけましになってきているかを考えていれば、そのうちに手の震えはとまり、そうなれば一日か二日でテレビを修理する仕事にありつけるかもしれない。夫の飲兵衛ぶりに愛想を尽かしたヴァイが息子を連れてイリノイの実家に帰ってしまう前は、それが彼の生業《なりわい》だったのだ。涙でかすんでいた目も、いまははっきりと見えるようになっている。自分のまわりの世界が、遠くの高層ビル群に切り取られた空の輪郭も含め、春の澄んだ空気のなかで驚くほどくっきりと見えた。憶えているかぎり、これほどものがはっきり見えたことはもう何年もない。アル中っていうのは盲《めくら》も同じなんだな、と彼はあらためて思った。すぐ目の前のもの以外は何も見えやしないんだ。

とは言うものの、小径をはさんだ向かい側のベンチに腰かけている人物は、立ち直りかけているアル中患者の心をかき乱すにはじゅうぶんだった。カーニーは何かいたずらをたくらんでいる天使のような丸ぽちゃの幼女に注意を集中させようとしたが、ついついベンチの端に座っている男に目がいってしまうのをどうすることもできなかった。男はどや街にいたファンという名の浮浪者を思い出させた。ファンは仲間からメキシカンヘアレスと呼ばれていた。頭髪や体毛がなく、肌のきめがこまかいうえになよなよしているところが、その無毛の犬によく似ていたからだ。と、そのとき、例の汚い新聞の切れ端が、小径をわたってカーニーのほうに舞い飛んできた。「変質殺人者」の見出しを見て彼は思った。なんてこった、あいつはいかにもそれっぽいじゃないか。

若い母親はすっかり眠りこけている。まぶたは閉じ、頭は自分の右肩にもたれかかっていた。半開きの口からは寝息がもれている。その前に立っている幼女は、なにやら思案げに母親をながめていたが、そのうちに小さな声でおずおずと言った。「アイチュ食べたい」

母親は目を覚まさない。

幼女は肩越しに母親を振り返りながら、ベンチの反対端、厚ぼったいまぶたをした男が座っているほうにとことこ歩いていった。見れば、幼女のゴムまりが男の足もとに転がっている。

幼女が近づいてくるのを見て、男は身をかがめて色鮮やかなまりを拾いあげ、さあどうぞというように差し出した。男の湿った厚ぼったい唇が、幼女に向かってほころぶ。男は幼女の頭に手をやり、柔らかい巻き毛をぽんぽんとたたいてやった。

「ママのそばから離れちゃいけないよ、お嬢ちゃん」柔和そうな男は猫撫で声を出した。「ママはお昼寝してるだけだからね」

幼女はゴムまりを受けとると、さっそく地面に弾ませた。まりは小径と芝生をへだてる金網の柵を飛び越えていった。幼女はぽっちゃりと肉づきのいい脚を順番に上げて低い柵をまたぎ越した。ゴムまりはアイスクリームの屋台めざして新しい芝生の上を転がっていく。

幼女が柵を越えるのを見て、はげ頭の男は立ちあがった。カーニーの体を緊張が走る。男は幼女を追って芝生には入らなかった。そのかわり、カーブを描く小径を歩いてアイスクリームの屋台に近づいていてゆく。

カーニーは男と幼女から目が離せなかった。まずい、うたた寝をしている母親に知らせないと。が、彼ははたと気づいた。自分はまっとうな人間じゃない。五年前に身を持ち崩して以来、どや街をねぐらにする浮浪者なのだ。おまけにアル中ときている——たとえこの二十七時間は一滴も飲んでいないとしてもだ。もし自分のような風体《ふうてい》の男が近寄れば、あの母親は恐れをなすだろう。叫び声をあげるかもしれない。だいいち、男は幼女に近づいているわけじゃない。そちらを見ようともしていないじゃないか。

カーニーがなおも注視していると、はげ頭の男はアイスクリームの屋台にたどりついた。白い上下を着た売り子が冷凍ボックスに手をつっこんで、オレンジ色のアイスキャンディーを取り出す。はげ頭の男は屋台のへりに硬貨を置き、アイスキャンディーを受けとった。

幼女はかがんでゴムまりを拾いあげた。それをまたアイスクリームの屋台に向かって跳ねさせる。男は低い金網の柵をまたいで芝生に足を踏み入れた。こんどはまっすぐ幼女に近づいてゆく。

カーニーは思わず立ちあがっていた。緊張に身がこわばる。あいかわらず船をこいでいる母親を見やり、思わずそちらに歩み出した。と、近くにいた取り澄ました感じの女がこちらをじっと見ているのに気がついた。カーニーはかまわず母親に話しかけたが、その声はほとんど聞き取れないほど小さかった。

「奥さん。起きてください、奥さん」

母親は目を覚まさない。

はげ頭の男は幼女にアイスキャンディーを手渡している。

ここから十ヤードは離れた場所だ。

そのときちょうど大きなバスがやってきて停まり、乗客を吐き出し始めた。

カーニーはもどかしくてたまらなかった。ここは眠りこけている母親を揺り起こしてでも娘のことを知らせる必要がある。でもあの取り澄ました感じの女がこちらを見つめている。彼女からすれば、自分は浮浪者にしか見えないだろう。もしこの母親に指でも触れようものなら、きっと大声で警官を呼ぶに違いない。カーニーは言い知れない苛立ちを覚えた。この五年間というもの、警官にはなるべく近寄らないようにしてきたのだ。よりによっていま、面倒はごめんだった。警官に問いただされて、あれこれ申し開きをするなんてまっぴらだ。

それに、考えてみればあの男はこの母親と同じベンチに腰をおろしていた。幼女の父親というには歳をとりすぎているが、伯父や祖父でないとは言い切れまい。もしそうなら、カーニーがおせっかいを焼くようなことじゃなかった。

ふと見ると、はげ頭の男は幼女の手を取り、エンジンをかけたまま停車しているバスに向かって歩いていた。幼女はアイスキャンディーを舐めている。それでも少しは母親のことが気になるのか、ときおり肩越しに後ろを振り返ってはベンチのほうに目をやっている。

カーニーはかすれた声でもう一度母親に呼びかけた。「奥さん、お願いです、起きてください！」

だが、母親はやはり目を覚まさなかった。

男と幼女はバスに乗りこもうとしている。

バスの発車係が周囲に目を配り、それから運転手に向って発車オーライの合図を送った。

カーニーは駆けだしていた。

彼の鼻先でドアがばたんと閉まり、バスは身を震わせながら前に進み始めた。カーニーはバスと並走しながらドアを拳で叩いた。

バスは停まり、ドアがひらいた。

運転手は腹立たしそうに言った。「ドアを壊さないでくれよ。次のを待てばいいじゃないか」

カーニーはどうにかバスに乗りこみ、肩で息をした。バスに追いすがって停めさせるなんていうのは馬鹿もいいところだ。おかげで注目のまとじゃないか。カーニーはポケットをまさぐって丸めた一ドル札を取り出すと、ためらいながらもそれを運転手に差し出した。俺はいちばん恐ろしいものから自分を守ってくれる頼みの綱を手放そうとしている。いまいましい蛇どもめ。酒を断ってから一日が過ぎたとはいえ、やつらはいつ這い寄ってくるかわからない。手がひどく震えるせいで、両替してもらった硬貨から十五セント分を乗車賃の投入口に入れるのにも苦労する。二十五セント硬貨を一枚、あやまって床に落としてしまう。カーニーは毒づきながら床にひざをつき、硬貨を拾った。いまや毛穴という毛穴から噴き出した汗が全身を濡らしている。揺れるバスの後部めざしてよろよろと歩きながら、彼は気持ちを落ち着かせようとした。もし蛇どもが這い出してきても、まだワインの一パイント瓶を買うだけの小銭は残っている。そうなったら、幼女もはげ頭の男のことも忘れてしまえばいい。どのみち、自分には関係のないことだ。そもそも、こんなことに掛かりあうなんて馬鹿げている。あの母親がちゃんと目を覚まして娘を見ていなかったからといって、なんでまた俺が気を揉まなきゃならん？

幼女とはげ頭の男、それにカーニーを除いて、バスには二人しか乗っていなかった。一人はベレー帽をかぶって大きな紙ばさみ式の画帳を抱えた色の薄い黒人少年。もう一人は花飾りのついた帽子をかぶった肥満体のイタリア系女性だった。

はげ頭の男は前後の乗降口のちょうど真ん中あたりの座席に腰をおろしていた。窓際に座り、幼女を膝に抱いている。女の子はまだアイスキャンディーをぺろぺろやっていた。アイスキャンディーの棒を握っていないほうの手はゴムまりをつかんでいる。うきうきと、じつに楽しそうだ。溶け始めたアイスキャンディーからオレンジ色の滴《しずく》がしたたって、はげ頭の男のコートにぽたぽたと落ちているが、男は気にもとめていないようだった。

通路を歩くカーニーがかたわらを通りすぎるとき、はげ頭の男はとかげのようなまぶたの下から彼に好奇の視線を投げてきた。

カーニーは男と幼女の席の斜め後ろ、つまり通路をはさんだ反対側の席に陣取った。ちょうど後部乗降口の真横だ。

苛立ちはさっきよりもひどくなっている。バスのなかがひどく息苦しく、まるで閉じこめられているように感じるからだ。歯の根が合わず、とめどなく汗が噴き出してくる。汗にはまだアルコールの酸っぱいにおいが残っていた。カーニーは自分の馬鹿さかげんをひそかに呪った。せっかく身も心も落ち着きかけていたところだったのに、突然こんな追跡劇に乗り出したせいで元の木阿弥もいいところだ。いまや酒が飲みたくてしかたがなかった。バスを降りよう。目についた酒屋に飛びこんで安ワインを買い、ぐっと飲《や》ってしまうんだ。もうがまんできない。

そのとき、男が膝に乗せた幼女の体を撫でまわしているのが目に入った。その手や腕の動きにはどこか爬虫類を思わせるいやらしさがあり、それがカーニーの怒りに火をつけた。彼はもう少しだけバスに乗っていようと決めた。あと数分だけがまんしてみよう。なあに、ほんの少しさ。息が整うまでのあいだだけだ。彼は自分にそう言い聞かせた。

八丁目の停留所で数人の乗客が乗ってきた。十四丁目では大勢乗りこんできて、座席がぜんぶ埋まってしまった。二十三丁目を過ぎるころには立っている乗客で込み合い、通路の向こうに座っている男と幼女が見えなくなった。

三十四丁目の停留所では、また大勢の人々がバスを待っていた。

カーニーは席を立つと、後ろの乗降口脇にある金属のつかまり棒を握った。そこからなら男と幼女の姿が見える。後ろの乗降口はもちろん、もし二人が前から降りても見逃す心配はない。揺れるバスのなかで脚の震えをなんとかとめようと懸命にしがみついていると、金属の棒が手のひらの汗でぬるぬるしてきた。と、〈ロード・アンド・テイラー〉のショッピングバッグを持って上等な身なりをした女性が、混雑でカーニーのほうに押しやられてきた。アルコールの混じった汗のにおいに、その女性は眉をひそめる。

「バスってこれだからいやなの」女性はカーニーをにらみつけながらそばにいた連れにそう言った。

幼女はアイスキャンディーを食べ終えていた。男は彼女の小さな口についたオレンジアイスの汚れをハンカチで拭いてやっている。それを終えると、男の手はふたたびあの爬虫類じみた愛撫の動きに戻った。

ふと窓の外を見ると、酒屋の看板が目に入った。

またまた、飲みたくてたまらなくなる。

カーニーはつかまり棒を放すと、停車ベルを鳴らす紐に手をのばした。とにかく一杯やらなければ。あの女の子がどうなろうと知ったことか。これ以上混雑に揉まれ、人いきれにあえいでいたら、それこそ頭がおかしくなってしまう。さっきから胃はでんぐり返り、いまにも吐いてしまうのじゃないかと気が気でない。

けれども彼は停車ベルの紐を引かなかった。そのかわり、座っている老人の膝にあやうく倒れこみそうになる。老人は公共の交通機関にアル中を乗せるなとかなんとか、そういった心ない言葉をぶつぶつつぶやいた。

彼のにおいに顔をしかめたあの女といい、人がちょっとよろけただけで目くじらを立てるこの老人といい、カーニーは無性に腹が立った。しかし、そのおかげで踏みとどまることができた。つかのま、肉体的な苦痛も酒を飲みたいという欲求も消えうせ、最後まで見届けてやろうという決意が生まれた。もちろん、何か具体的な考えがあるわけじゃない。警官に知らせるなど論外だ。警官に近づくと思っただけでぞっとする。警官は自分みたいな浮浪者の言うことには取りあわない。ましてや、それが体じゅうから酒のにおいをぷんぷんさせているアル中ときたらなおさらだろう。俺はあいつがあの女の子をどこに連れていくのか、ただそれを見届けるだけだ。カーニーは自分に言い聞かせた。そうしたら、断酒なんかやめちまおう。残っているカネで飲めるだけ飲んでやる。

五十九丁目で、男は幼女を抱いたまま前の乗降口に向かった。

カーニーも後ろの乗降口からバスを降りる。

少女を抱いた男は通りをわたってセントラルパークに通じる小径に入っていった。カーニーもあとを追う。

俺にいったい何ができる？　公園に入りながらカーニーは苦々しい思いで自問した。いくら綺麗に洗濯してあるといっても、このいでたちは浮浪者そのものだ。それに引き換え、あの男は薄気味悪いやつだが、なりはちゃんとしている。少なくともおまわりはそう見る。そしておまわりって連中は、なりのちゃんとしているほうの言うことに耳をかたむけるもんだ。俺がおまわりに言えるのは、あいつが母親の寝ているすきに女の子をアイスキャンディーで手なずけ、バスでアップタウンまで連れてきたということだけだ。あいつは少女の伯父さんだとか祖父《じい》さまだとか、いくらでも言い逃れることができる。おまわりはそれを鵜呑みにし、俺を追いはらうだろう。そうなったら、二度とふたりの足どりはわからなくなる。

男は広い通りをわたったところで、抱きかかえていた幼女をおろしていた。いま、幼女は男に手を引かれながら、公園への小径を嬉しそうにスキップしている。カーニーは幼女に対する怒りをかきたてようとした。そもそも、こんな面倒に巻きこまれたのはあの子のせいだ。考えてみれば、なんて足りない子なんだろう。見ず知らずの男に誘われるままのこのこついていくなんて。

そんな馬鹿なガキのために、どうして俺が骨を折らなきゃならない？　だいたい、母親も母親だ。公園のベンチで居眠りして、娘が連れ去られるのに気づかない。そんな母親がどこにいる？　そうとも、俺には関係のないことだ。それより酒が欲しい。まあ二人がどこへ行くか見届けるまでの辛抱だ。そうしたら酒を飲んで、二人のことは綺麗さっぱり忘れちまおう。

そのとき、生まれ育ったケンタッキーの農場を思い出させるにおいがカーニーの鼻孔をくすぐった。廏舎《きゅうしゃ》の糞尿が放つ強烈なにおいだ。三人は公園内の動物園に近づいているのだった。

カーニーはまた胸がむかついてきた。このにおいのせいだ。彼は水飲み場を見つけてよろよろと近づいた。長々と口もとを濡らし、それから汗みずくの顔に水しぶきを浴びせた。

男は幼女にポップコーンの袋を買ってやっている。

三人は動物園に入っていった。男と幼女は檻《おり》の前に立っている。檻のなかには大きくてみすぼらしい駱駝《らくだ》が一頭入れられていて、ひどい悪臭を放っていた。カーニーはもどさずにいられないと思った。さっき飲んだ水といっしょに酸っぱいものがこみあげてくる。

男と幼女は別の檻の前に移動し、小鹿が跳ねまわっているのをながめた。幼女は手を打ち合わせ、ぴょんぴょん跳びあがって大喜びしている。

神さまお願いです、とカーニーは祈った。どうか蛇の檻だけはありませんように。そんなものがあったら耐えられない。こっちはもう二十八時間も蛇どもから逃げてるんだ。

カーニーは粘り強く二人のあとをついていったが、脚は萎《な》えていくいっぽうだった。鳥小屋のなかを通ったときには派手な色の大きな翼が頭のなかで羽ばたき、ずきずきと疼くこめかみを内側から乱打しているのではないかと思えたほどだ。三人はまだら模様の豹がうろつく檻の前を横切り、鼻を刺すような肉食獣の体臭が漂ってくるライオンの檻の前を通りすぎた。何匹もの猿が棒から棒へと飛び伝っている檻の前で、幼女はきゃっきゃと笑った。

　もう駄目だ、ぶったおれる——カーニーがそう観念するころ、一行はようやく空気のきれいな場所に出た。男と幼女はアシカがラッパのような鳴き声をあげている円形水槽《プール》の脇のベンチに腰をおろした。

　カーニーは別のベンチにぐったりと腰をおろした。肩で息をしながら、自分に言い聞かせる。いいかげん手を引くべきだ。あいつはじっさい女の子の伯父さんかもしれないじゃないか。伯父さんがほんの思いつきで幼い姪っ子を動物園に連れてきただけだ。そう納得して立ちあがり、公園の出口を探しかけたとたん、ふと疑問が浮かんだ。だが、それならなぜあいつは母親が眠りこけてしまうまで待っていたんだ?

　納得のいく答えが見つからず、カーニーはまた腰をおろした。

　しかし、これ以上はついていけない。自分でもそれはわかっていた。もうくたくたに疲れていたし、それに気分もひどく悪い。体の震えはほとんど痙攣に近い。助けが要る。くそっ、と彼は思った。俺の言うことを真に受けてくれるおまわりさえ見つけられれば。ちょうど公園を巡回している警備員がいたので思わず声をかけようとしたが、さも胡乱そうに見返され、あわてて目をそらす。

　そのとき、いい考えが浮かんだ。すぐそばのベンチに、一人の老婦人が腰かけていたのだ。いかにも優しげで、こんな母親がいたらいいだろうなと、誰もが思うようなタイプ。

カーニーは帽子を取ると、萎えかけていた勇気を奮い起こしてその女性に近づいた。おずおずと声をかける。「すみません、奥さん。向こうにいる男が見えますか、小さな女の子を連れた?」

老婦人は彼から身を遠ざけるようにして、邪険に問い返した。「それがどうかしたの?」

「あの男は女の子の保護者じゃないんです。ワシントン・スクエア公園でさらってきたんですよ、母親のもとから。俺――いや、私は見てたんです。それで、女の子の身になんかあっちゃあまずいってんで、ずっとあとをつけてきたんです。どうか奥さんからあそこにいる警備員に――」

老婦人は立ちあがった。その目にはおびえの表情が浮かんでいる。「いったい何を言ってるの⁉ わたしに近寄らないで! あっちへ行かないとおまわりさんを呼ぶわよ!」

カーニーは急いでその場を離れた。もうどうしようもない。なんとかあの幼女を救《たす》けようとしてみたが、いかんせん自分は浮浪者、それも見下げはてたアル中の浮浪者だ。誰も俺の言うことなんか真に受けやしない。もうやめだ。それより酒を飲もう。公園の出口に通じる道を行こうとしたそのとき、男と幼女が目の前を歩いているのに気づいた。どうやらカーニーがあの老婦人と話しているあいだにベンチを立ったようだ。いやいや、と彼は自分に言い聞かせた。もうあとをつけたりなぞするもんか。馬鹿なガキも、子供を見ているあいだ目を覚ましていることさえできない馬鹿な母親も、あの一見優しそうな老婦人も、みんなまとめてクソ喰らえだ。とにかく俺には酒が要る。

男はまた幼女を抱きかかえていた。池をまわりこみ、公園の外、さっきわたった広い通りへと通じる階段をのぼり始める。

カーニーは大きく安堵のため息をついた。男は歩道のへりに立って、左右を見ている。きっとタクシーを拾うつもりなのだろう。これであきらめがつく。タクシーに乗られてしまったら最後、カーニーは完全に二人の行方を見失うが、少なくとも良心の呵責《かしゃく》に苦しむことはない。なにしろポケットには八十五セントしかないのだ。これでは自分もタクシーをつかまえてあとを追うなどという無茶はできない。

ところが、気が変わったのか、男は西に向かって歩きだした。あいかわらず幼女を抱きかかえたままだ。六番街でダウンタウン方面に折れる。もうやめようと決めたのに、カーニーはまた二人のあとを追い始めた。

男は短編映画がかかっている映画館の前で立ちどまった。まさかあんな小さな子を連れて映画館には入らないだろう、とカーニーは思った。しかし、男は入場券を購入している。カーニーがぎりぎりまで近づくと、幼女の眠たげな声が聞こえてきた。「ミッキーマウス?」

入場券は五十セントだった。

カーニーも一枚購入する。

映画館の闇のなかで、カーニーは二人を見失ってしまった。

薄暗い館内に入った彼は、めまいと戦いながらしばらく呆然と立ち尽くしていた。それから暗がりをよろよろと歩き、通路の先に目をこらすが何も見えない。席に案内しようとする係員の手を振りほどいたところで、幼女の甲高い声が聞こえてきた。「ミッキーマウス?」続いて、男がしーっとたしなめる声。二人は後ろのほうの席を占めていた。彼が立っている場所のすぐ近くだ。カーニーは通路をはさんで一列後ろの席に陣取った。

バスで襲われた閉所恐怖症の発作がぶり返し、彼は激しく身を震わせ始めた。隣の席の若い女がカーニーのほうを向き、しばらく見つめてから席を移った。暗闇がずっしりと重いカーテンのようにまとわりついて息苦しい。ほとんど呼吸ができないほどだ。彼の息づかいがあまりにも耳障りなので、まわりの観客が次々に彼のほうを向いてしーっと言った。

また喉がからからに渇いてきた。水が飲みたい。館内には水飲み場があるだろうが、探しにいく気にはなれなかった。そのあいだに男と幼女にいなくなられては目も当てられない。カーニーはいまや二人のこと以外考えられなくなっていた。ばらばらに壊れてしまいそうな彼をどうにか一つにつなぎとめている唯一のもの――それがあの男と幼女の二人連れだった。スクリーンには紀行映画が映し出されている。いまは大瀑布のシーンだ。泡立つ青い水の映像。ごぼごぼ、ばしゃばしゃという音。それらがカーニーの喉の渇きをいっそう耐えがたいものにした。

彼はそうやって、ずいぶん長いあいだ座っていた。スクリーンには次から次へと映像が映し出されていく。短編映画、ニュース映画、教育映画、アニメ。カーニーの右脚は痙攣するようにがくがくと上下している。もうあと一分だって、こんなふうにおとなしく座っていることはできそうもなかった。

叫びだしたいのをこらえるために、彼は男と幼女に意識を集中しようとした。通路の向こうに目をこらす。薄闇を透かして、かろうじて二人の姿が見える。二人とも、身じろぎひとつせずに座っている。どうやら幼女のほうは寝入ってしまったようだ。

あいつ、あの子に何をしてるんだろう？　カーニーはいぶかしんだ。

バワリー街には二十四時間営業の映画館があって、そこは浮浪者たちが飲んだくれたり寝泊まりしたりする溜《た》まり場になっていた。ここも、その手の小屋なのかもしれない。そういう映画館ではおぞましい行為が横行していた。カーニーもいくつか具体的に聞いたことがある。まさかあの男は、幼女を相手にそういう口に出すのもはばかられるような行為におよんでいるんだろうか？　この暗闇をいいことに？

カーニーは鳥肌が立った。

幻覚の前触れだ、と彼は思った。

それなのに、蛇よけのお守りはもうない。残り三十五セント。どんな酒だろうと、この界隈じゃ一パイントも買えやしない。バワリー街なら買えるだろうが、いま蛇どもが這い出してきたら、とてもあそこまでたどりつけない。ここはアップタウンだ。三十五セントぽっちじゃ一杯ひっかけることもできないが、どのみち一杯足らずで蛇どもを押しとどめることはできないのだ。

そのとき、カーニーは蛇どもを見て、すんでのところで悲鳴を押し殺した。大きくて黒々とした、胴回りが木の幹ほどもあるような大蛇たちが、彼の目の前でのたくっていたのだ。

カーニーは席を立って映画館の外に逃げ出そうとした。男と幼女のことは完全に頭から消え飛んでいた。いまはただ、都会の真ん中で蛇どもを見るなどという救いがたい狂気から逃れることしか頭にない。それなのに、彼は席を立つことができなかった。まるで金縛りにあったように身動きができないのだ。声をあげようとしても、しわがれ声しか出てこない。

ようやく、蛇はスクリーンに映っているだけだとわかった。それはジャングルの様子を撮ったフィルムで、カメラは密林に棲む大蛇の姿を追っていたのだ。となれば、目さえ閉じれば蛇どもを締め出すことができる。最初、彼は目を閉じることもできなかった。筋肉が脳の言うことを聞こうとしないのだ。ほぼ完全なショック状態だった。けれども、ぴくぴく震えながらもようやくまぶたがおり、ひんやりとした暗闇が訪れると、カーニーは大きく安堵のため息をついた。

そうやって目を閉じていると、だんだん気分が落ち着いてきて、そのうちにこのまま眠れるような気さえしてきた。恐ろしい蛇どもに対する反応が尋常じゃなかったせいだ。ようやく目をひらくと、やけにけばけばしい色のアヒルがガーガー鳴きながらよちよちとスクリーンを横切っていった。カーニーは声をあげて笑った。

それから男と幼女のほうに目をやった。

二人はいなくなっていた。

カーニーは席を立ったと思うまもなく、次の瞬間にはもう外に飛び出していた。

映画館の前に立ち、狂ったようにあたりを見まわす。

二人の姿はどこにもない。

しかたなく歩きだすが、もちろんあてなどない。ほかにどうしたらいいか見当もつかないから、ただ歩いているだけだ。

すると、二人が見つかった。ちょうど目の前のソーダ水売り場から出てくるところだった。カーニーはまた彼らのあとに続いた。

気がつくと、七番街にやってきていた。男と幼女はカーニーの半ブロック先を歩いていく。と、だしぬけに男は幼女を抱えあげ、地下鉄の駅に通じる階段をおり始めた。

カーニーもあわててあとを追った。蹴つまずきそうになりながら、階段をおりる。そこはダウンタウン行き地下鉄の駅だった。ホームにたたずんでいる男と幼女の姿が見える。彼はポケットの硬貨を探りながら改札に急いだ。しかし、トークンを買わなければならないことに気づいた。ちょうどそのとき、電車が轟音をあげて駅に入ってきた。

カーニーはポケットの小銭をまさぐった。券売所まで来たとき、手の震えのせいで硬貨をセメントの床にばらまいてしまう。それを拾いあげるのに、貴重な数秒が失われる。焦るあまり、彼は有り金全部——五セント硬貨二枚に二十五セント硬貨が一枚——を券売所の窓口の向こうに押しやった。地下鉄の駅員は五セント硬貨一枚にトークン二枚を添えて返してきた。それを引っつかむなり、カーニーは改札にとって返した。

男と幼女はすでにどれかの車両に乗りこんでいた。いままさに乗降口のドアがゆっくりと閉まりつつある。

手が震えて、なかなかトークンを投入口に入れられない。なんとか押しこんで改札を抜けたときには、地下鉄のドアは閉ざされる寸前だった。カーニーは猛然と電車に駆け寄り、ドアを縁取る絶縁ゴムにかろうじて片手をかけると、その大きな手に全体重を乗せてこじあけようとした。

加圧バルブの圧力とのあいだで板ばさみになったドアはぶるぶると震えたが、やがてわずかに開き、カーニーはその隙間から電車のなかに身を滑りこませた。

彼は座席にへたりこんで荒い息を吐いた。汗が噴き出してくる。車両の前後を見渡してみるが、男と幼女の姿はない。カーニーは立ちあがると、よろめくように隣の車両に移った。そこからまた隣の車両へ。また次へ。六両目で、ようやく二人を見つけた。

彼は姿を見られないよう乗降口付近に立って、男と幼女の様子をうかがった。

ふと、いやな考えが頭をよぎった。最初に一ドル持っていたのが、いまは五セント硬貨と地下鉄のトークン一枚ずつしかない。男が別の地下鉄に乗り換えた場合はついていける。が、もしバスや市電に乗り継がれたら終わりだ。五セント硬貨一枚で乗れるバスや市電はもうニューヨーク市から姿を消している。そして、一枚余っているトークンは、地下鉄の改札でしか使えないのだ。

眠たげな幼女を連れた男は、けっきょく終点のバッテリーパークまで地下鉄を降りなかった。あとに続いて地下鉄を降りたカーニーは、海にほど近いボウリング・グリーン地区まで導かれていった。

男は幼女を抱きかかえたまま、すすけた古い建物に入っていった。ゲートをくぐって料金を払っているのが見える。男が地下鉄以外の乗り物を利用しようとしている以上、カーニーにとってはここが〝終点〟だった。

と、カーニーは狂ったように笑い始めた。

なんと男はスタッテン島行きのフェリーに乗ろうとしているのだ。スタッテン島行きのフェリーは全ニューヨーク市で唯一、いまだに五セント硬貨一枚で利用できる交通機関だった。

カーニーは停泊しているフェリーに乗りこんだ。

男と幼女は上甲板にいた。男は幼女を抱きかかえて、手すりのそばに佇《たたず》んでいる。幼女はついさっきまでの眠たげな表情はどこへやら、海の水面《みなも》や、空に弧を描くカモメや、間延びした汽笛と鋭い警笛が鳴り交わす港の喧騒に目を輝かせている。

カーニーは二人からじゅうぶんに距離を置いていたが、目だけは離さなかった。まあ、どのみちスタッテン島に着くまではどこにも行きようがないんだ、と彼は自分に言い聞かせた。

スタッテン島には大きく真新しいフェリー埠頭《ターミナル》があった。カーニーはなんの土地勘もなかったが、ただ、バワリー街の浮浪者たちが大勢、この島にある結核患者の療養所に送られていることだけは聞いていた。療養所は島のはずれのどこかにあるらしい。

男と幼女はターミナルのすぐ外で数珠《じゅず》つなぎになっているバスに向かって歩いていく。

またた。こんどこそ万事休すかもしれない。

バスに乗るカネは残っていない。あるのは地下鉄のトークンだけだ。

埠頭はマンハッタン行きのフェリーへと急ぐ人波で洗われている。

カーニーはりゅうとした身なりの紳士を呼びとめ、地下鉄のトークンを差し出した。「すんません旦那、地下鉄のトークンを買いとってくれませんか？　療養所までバスに乗らなきゃならないんですが、乗車賃が足りないんですよ。どっちみち地下鉄お乗りになるんじゃ？」

紳士はさげすみに満ちた一瞥をくれると、カーニーの手を振りほどいて行ってしまった。すぐに埠頭の警備員がやってきてカーニーをつかまえる。「ここで物乞いをしてもらっちゃ困るんだよ。なんなら警官を呼ぼうか?」

「地下鉄のトークンを買いとってもらおうとしただけだよ。バスの運賃が要るんだ」

「いいから行けって」警備員に押しやられ、仕方なくカーニーはその場を離れた。男と幼女は人込みにまぎれ、見えなくなりかけている。そのとき一人の娘が彼の腕に手を触れた。「あたしが買ったげるわよ」娘は十五セントを払ってくれた。

カーニーは急いで男と幼女のあとを追った。バスに乗りこもうとしている二人の姿が見えた。彼は走って、なんとかそのバスに乗ることができた。十五セントを渡すと、運転手は切符にパンチを入れてよこした。カーニーは男と幼女の数席後ろに腰をおろした。幼女はまた眠ってしまったようだ。

ザ・コーナーズという地区の停留所にバスが停まると、乗客の多くが下車した。男は幼女をひざに乗せたまま、立とうとしない。運転手がカーニーの切符を手に取って言った。「降りないんなら乗り越し料金が要るね。十五セントだとここまでだ」

カーニーは答えた。「カネがないんだ。もう少しだけ乗ってちゃ駄目かい?」

「カネを払えないなら降りるんだな」

カーニーはそれ以上粘らなかった。粘ったところで、どうせ駄目に決まっている。彼はおとなしくバスを降りた。

停留所の向こうにはいかにもひなびた風景が広がっていた。まばらな人家のかたわらを狭い歩道がいくつものびている。カーニーは遠ざかるバスを見送っていた。が、いくらもいかないうちにバスはまた停まった。幼女を抱きかかえた男が降りてくる。男はそのまま横道に入っていった。カーニーは小走りに駆けた。

カーニーがようやく角を曲がると、男はもうずいぶん先を歩いていた。数軒の家を通りすぎている。迫る夕闇のなか、男の背中はほとんど見えなくなりかけていた。ほかに人影はない。住宅地として開発されながら、完成を待たずに計画が頓挫したような区域だった。道の両側には鬱蒼《うっそう》とした木立が茂っている。

男はそうした木立に分け入る小径を取り、見えなくなった。カーニーは男の姿が消えた場所に注意深く近づいた。そこで少しのあいだためらう。この先はもっと暗いはずだ。

カーニーは思いきって木立のなかに足を踏み入れた。

男は空き地のなかにいた。地面に自分のコートを広げている。コートの上には幼女が横たわり、すやすやと寝息をたてている。男はそのかたわらにひざをついている。爬虫類を思わせる例の手と腕の動きがまた始まっていた。その手は、カーニーに蛇どもを連想させた。彼のようなアル中患者に取りついてやろうと四六時中待ち受けている蛇ども。カーニーは胸がむかついてきた。喉に酸っぱいものがこみあげてくる。その場でへたりこんでしまわないよう、しばらく木の幹に背中をあずけた。

ふと気づくと、はげ頭の男は幼女の体に覆いかぶさるようにしていた。せわしなく動く手は小さなスカートの裾をまさぐり、もう片方の手は幼女の顔の上にかざされている。あの子が悲鳴をあげたら、その手で口をふさぐつもりなのだ。

　カーニーは男に飛びかかった。胸はむかつき体はへばっていたが、それでも男の体を幼女から引きはがすことはできた。自分の体重を利用して男を地面に組み敷く。

　そのうちに幼女が目を覚まし、取っ組みあったまま転げまわる二人の男を見て悲鳴をあげ始めた。カーニーは男のひざが股間に食いこむのを感じた。まるで胃の腑にナイフを突き立てられたような激痛が襲う。彼は最後の力を振りしぼって男のあごに拳を叩きこんだ。

　そのあとカーニーは気をうしなった。

　柔和そうな男は地面に転がったままうめいている。幼女はぴょんぴょん飛びはねながら、金切り声をあげていた。カーニーには男のうめき声も幼女の悲鳴も聞こえなかった。彼は知らなかった——木立のあいだを縫う先ほどの道を、パトカーが定期的に巡回していることを。そして彼には聞こえなかった——幼女の悲鳴を聞きつけた二人の制服警官が、藪をかきわけてこちらに向かってくる音が。

　カーニーが意識を取りもどしたとき、二人の制服警官はもうその場にいて、拳銃を引き抜いていた。柔和そうな男は半身を起こしている。幼女は叫ぶのをやめ、いまはしくしくと泣いていた。

「……がこの子を連れてバスを降りるのを見たんです。変だなと思いましたよ、ああいう手合いが小さな女の子を連れてるなんてね」男は警官に語っていた。「それであとをつけたんです。そうしたらこの森のなかに入っていくじゃありませんか。あいにくバス停にはおまわりさんがいませんでした。いやあ、危ないところでしたよ」男はポケットのなかをさぐった。「名刺をどうぞ。私はジェイムズ・G・パートン。アクメ保険に勤めています。このシカモア・プレイスに小さな家を買いましてね。夕食の前にはよく森を散歩するんです――あ痛たたた、まったく、こっぴどくやられましたよ……」

カーニーは口をきこうとした。全身から汗が噴き出してくる。歯の根も合わないほど体が震え始める。とうとう蛇どもが這い出してきやがった、と彼は思った。森のなかから、それこそ何千、何百匹と。なのに、やつらをやっつけるための酒は一滴もない。

「嘘だ！　ぜんぶ嘘っぱちだ！」カーニーの声はしわがれていた。「子供をさらったのはそいつなんだ。俺はワシントン・スクエアからずっとつけてきたんだ」

片方の警官がふんと鼻で笑った。「そうかい。じゃあどっちの言い分が本当か、この子に聞いてみようじゃないか。もうそれぐらいはわかる歳だろう」警官はそう言うと、めそめそ泣いている幼女の体に腕をまわした。幼女は汚れたげんこつで涙をぬぐうと、泣くのをやめた。いまはただ、ぐすんぐすんと鼻をすすりあげている。

「ねえお嬢ちゃん、ワルものはどっちかな？」警官は幼女に訊ねた。「お嬢ちゃんをいじめようとしたのはどっち？　さあ、教えておくれよ。ワルものはどっちだい？」

幼女の表情が一変した。おいしいアイスキャンディーや楽しい動物園巡りを思い出したに違いない。幼女は大柄な警官にすがりつくと、涙で汚れた顔をゆがめて叫んだ。

「あのおじちゃんよ！」

幼女の丸まっちい人差し指は、まっすぐカーニーに向けられていた。

雨がやむとき

雨が降りだしたとき、シャーロットは悟った。ミスター・ティベッツはすぐにやってくるだろう。ミスター・ティベッツはきまって雨の日にやってくる。もちろん、雨だからといって必ず来るわけじゃない。どんよりと曇った、憂鬱《ゆううつ》な日にかぎる。なぜならミスター・ティベッツは、春や夏に降るけむるような霧雨や、お日さまがさんさんと照っているときに降りだすにわか雨が好きじゃないからだ。そういう雨は楽しい雨だ。花や葉っぱをからかうように叩き、舗道に跳ねては踊り、水銀の細い筋のようにきらきらと輝く。ミスター・ティベッツが好きなのは、雷のごろごろ鳴る真っ黒な雲から落ちてくる、冷たく重い、いつまでも降りやまない激しい雨だった。

ミスター・ティベッツはおよそ好ましい人物じゃなかった。それどころか、とても恐ろしい相手なのだ。シャーロットはもう二十八歳だし、一児の母でもあるが、それでもやはりミスター・ティベッツが怖かった。彼女は幼いころからずっと、ミスター・ティベッツを恐れて生きてきた。

ミスター・ティベッツのことを誰かに話したことはない。両親にも、夫にも、幼なじみの友だちにさえ黙っていた。実際にはいもしない小男が怖くてたまらないなどと打ち明ければ、それこそ頭がおかしいと思われるのがオチだ。奇妙なことに、ときおり彼女は、四歳になる一人娘のドリスなら、この世で唯一ミスター・ティベッツのことを信じてくれるのじゃないかと思うときがあった。ドリスは母親ゆずりなのか、暗闇をひどく怖がった。よく悪い夢にうなされ、夜中にめそめそ泣くこともある。

だからといって、ドリスにミスター・ティベッツのことを話して聞かせるなんてもってのほかだ。母親が自分の恐れを子供に押しつけていいはずがない。それでなくても気がかりなのだ。心理学の専門書を読みあさり、深層心理分析も受けたことがある友人のマーサによれば、ドリスには早くもいくつかの神経症――聞きなれない名前のものばかりだった――のきざしが見られるという。

この秋はずっと雨が降らない日が続いたので、ミスター・ティベッツのことはシャーロットの心の奥へ奥へとしりぞいてゆき、最近ではほとんど忘れかけてさえいたのだった。かわって彼女の心を占めたのは一人娘の世話と、越してきてまもない新居に腰を落ち着けるための、こまごまとした雑事だった。それが今日になって突然、思い知らされるはめになったのだ――ミスター・ティベッツがけっして消えてしまったわけではなかったことを。彼はずっとそこにいて、雨が降るのを待っていたのだ。ミスター・ティベッツから逃げおおすことなどできはしない。今日はまさに、あの男にとっておあつらえ向きの日だった。もちろんまだ姿をあらわしてはいなけれど、そういえば朝からいろいろと癇にさわる方法で、それとなく気配を漂わせていた。いつものやり口だ。ミスター・ティベッツがいきなりやってくることはない。かならずなにがしかの前触れがあるのだ。

たとえば今朝、目を覚ましたドリスが悪寒と発熱を訴えたので医者に電話をかけたが、往診を断られた。その医者は子供が熱を出すのはよくあることだからと、アスピリンとフルーツジュースを与えるように言ってそそくさと電話を切った。ものわかりの悪い母親をいちいち相手にしている暇はないと言わんばかりに。それから、パートで来てもらっているお手伝いのジュリアが、今日は休ませてほしいと電話をかけてきた。なんでも伯母さん——それともいとこだったかしら？——の葬儀に出なきゃならないとかで、本当かどうかわかったものじゃない。

そうこうするうちに、彼女にとって不吉のしるしである雨が激しく降りだし、昼だというのに空はまるで真夜中のように暗くなったのだった。ああ、ミスター・ティベッツがやってくる。間違いない。もういつ姿をあらわしてもおかしくないわ。

しばらく雨が降らなかったものだから、シャーロットはすっかり気がゆるんで、てっきりミスター・ティベッツとは縁が切れたのだと思いこんでいた。毎朝ネッドが通勤電車に間に合うよう家を飛び出すやいなや受話器を取りあげて天気予報のダイアルをまわすという、長年の習慣さえ忘れるほどに。でも、ミスター・ティベッツは去っていなかった。げんにもう、すぐそこまで来ていて、なお刻一刻と近づいてきているのだ。

彼女はミスター・ティベッツをじっさいに見たことはなかったけれど、それでも彼がどういう風貌をしているかは知っていた。ある意味、彼を怖がるのは馬鹿げていた。なにしろ、はげ頭にきらきらと輝く目をした、地の精《ノーム》のような小男にすぎないのだから。ただ、目が輝いていると言っても、ノームのようないたずらっぽい感じとは違う。それは夜空に妖《あや》しくまたたく凶星を思わせる輝きかただった。ミスター・ティベッツは大きな鼻を持ち、黒い、だぶだぶの服を着ている。年齢はわからない。見た目こそ老けているが、身ごなしは子供のように気まぐれで敏捷だ。

　ミスター・ティベッツが最初にあらわれたのはいつだったか、正確なところは憶えていない。ただ、その日が土砂降りだったことだけはたしかだ。たぶん、まだほんの幼いころ、隣に住んでいたポーリーン・ブラウンから目玉の飛び出た毛むくじゃらの蜘蛛を見せられて震えあがったときだ。それとも、いっしょに屋根裏部屋で遊んでいた兄のジョニーが階段から落ちて脚を折ったときかもしれない。あのときのジョニーの悲鳴は、いまも耳に残っている。シャーロットにはわかっていた。ミスター・ティベッツが邪悪なポルターガイストのように暗がりから飛び出してきて、かわいそうなジョニーを突き落としたのだと。なぜ自分だけしか知らないこの疫病神をミスター・ティベッツと呼ぶのか、彼女にはわからなかった。ただ、それが彼の名前だと知っているだけだ。憶えているかぎり、彼女はずっと彼をミスター・ティベッツと呼んできた。そう、それこそドリスと同じくらい小さいころから。

　シャーロットは新居の居間を行ったりきたりしながら、はたきをかけたり、灰皿を空にしたり、椅子を並べかえたりして気を紛らそうとした。市内のアパートメントから越してくるときに持ってきた古いカーテンを眺める。なんて不釣り合いなんだろう、と彼女は思った。注文しておいた新しいカーテンは、いったいいつになったら届くのかしら。それから強《し》いてネッドのことを考えた。彼が野心に目覚め、すでに五人の名前が並んでいる広告代理店のガラスドアに自分の名前を加える日が来るのはいったいいつのことだろう……。

こんなふうにあれこれと試したところで、それは避けられないことを先延ばしにしているにすぎなかった。ミスター・ティベッツは彼女のすぐ後ろで息をひそめ、舌を出しているに違いないのだから。もうじき姿をあらわすだろう。雨がやんでしまっては元も子もないからだ。雨がやめば、ミスター・ティベッツは消えうせてしまう。これまでもずっとそうだった。

そのとき、玄関の呼び鈴が鳴った。

ぎょっとはしたが、怖いとは思わなかった。ミスター・ティベッツならノックをしたり呼び鈴を鳴らしたりはしない。ただやってくるだけだ。たぶん、ジュリアの気が変わって出てきたのだろう。それとも、今朝電話した医者が思いなおしてドリスを診てあげようという気になったのかもしれない。でなければ、お隣さんがお砂糖を借りにきたか。とにかく、このさい誰でも歓迎だった。彼女が誰かといっしょにいるとき、ミスター・ティベッツはまず姿をあらわさないのだから。

シャーロットはいそいそと玄関に向かい、ドアをあけた。

玄関先に立っていたのはミスター・ティベッツだった。

黒い、不恰好な帽子をさっと取り、はげ頭をさらす。大きな赤鼻に雨のしずくが一滴光っている。男がにっと笑うと、その両目が小さな双子の凶星のようにきらめいた。

シャーロットは恐怖に凍りついたまま、目の前の小男を魅入られたように見つめた。一見したところ年齢不詳。前からわかっていたとおりだ。黒い、だぶだぶの服を着ている。それも前からわかっていたとおり。

シャーロットは後ろによろめいた。顔から血の気が引いてゆくのがわかる。一瞬、このまま気を失ってしまうのではないかとさえ思った。片手で口を覆い、しぼり出すような声で言う。「ミスター・ティベッツ！　本当にいたのね！」

「なんですって、奥さん？」小柄な男は言った。「あたしゃビリーってんでさあ。包丁砥《と》ぎのオールド・ビリー。ははあ、さてはおたく、まだ越してきたばかりだね？」

シャーロットは玄関先におかしなものが置かれているのにようやく気づいた。よく見るとそれはつくりの雑な木製の手押し車で、ぴかぴか光る恐ろしげな包丁や手斧が鈴なりになっている。それから砥石も乗っている。幌《ほろ》のかわりに大きなボロ傘が差しかけられていて、それが降りしきる雨を防いでいた。

ビリーですって？　ファーストネームがあるとは知らなかったわ。これまでずっと、ファーストネームが何かなんて、そんなこと考えもしなかった。ビリー。ビリー・ティベッツ……。

「オールド・ビリーでさ、奥さん。みんなにそう呼ばれてます。あたしをネタにした冗談があるんですよ」

男は重たげなまぶたでウィンクをし、節くれだった汚い人差し指でだんご鼻のわきをちょんちょんと叩いて見せた。

「オールド・ビリーのやつは、砥石に鼻を近づけすぎだって（「こつこつ働く」という意味の慣用句）」そう言って男はげらげらと笑った。シャーロットにはその笑い声がいかにも邪悪でいまわしいものに聞こえた。

「で、包丁砥ぎの御用はないですかい？　包丁以外でもなんでも砥ぎますぜ？」

「ないわ！」彼女は甲高い声で言った。「うちには砥いでほしいものなんて何もない。だから行ってちょうだい」

男の顔から笑みが消え、表情が険しくなった。

「そんなはずねえでしょう。どこの家にも包丁やらなんやらがあるはずだ。この雨んなか、わざわざ来たってのに！」

男はいきなり彼女を押しのけると、家のなかに踏みいった。

彼女は開いたドアに背をあずけたまま、声を出すこともできずにじっとしていた。とうとうこうなったわ。ミスター・ティベッツが家のなかにいる。おまけにこんどの彼は本物なのだ。

男は廊下を歩いていく。だぶだぶの黒い服からしたたり落ちる水が、真新しい絨毯を濡らしている。やせこけた首の上のはげ頭を、巣のなかであたりを警戒する鳥のようにめぐらしている。彼女のなかで、しだいに恐怖がつのってゆく。男の身ごなしはいかにもすばしこそうで、いつなんどき予想外のことをするかわからない小さな子供のそれにそっくりだった。

「出ていって！」彼女は金切り声をあげた。「あなたの相手をしてるひまはないわ。いま誰もいないし、それに娘の具合が悪いの」

言ってしまってから、すぐに後悔した。こうやって現実の世界にあらわれる前は悪夢のなかの住人だったミスター・ティベッツのことだ。ほかに大人がおらず、彼女を思いどおりにできるとわかれば喜ぶだけだろう。

「へえ、小さな女の子がいるんですかい。顔見たいもんだな。あたしゃ子供に好かれるたちでね。夏の天気がいい日なんかにゃぞろぞろついてきちゃあ、こっちが仕事を始めると寄ってきて、砥石から火花が散るのを面白そうに見つめるんでさ。オールド・ビリーのこと、〝ハーメルンの笛吹き男〟なんて呼ぶ連中もいるぐらいでね」

彼女は必死に気持ちを立てなおし、勇気を奮いおこして平静を保とうとした。こちらが意気地もなく怖がっているということを、ミスター・ティベッツに気取《けど》られてはならない。それがただ向こうを楽しませるだけだということを、彼女は知っていた。

「いいこと」できるだけ毅然《きぜん》とした態度で彼女は言った。「いますぐ出ていってちょうだい。小さな娘の具合がひどく悪いし、あなたにお願いする仕事はないの。お医者も呼んであって、もうじき来るはずなのよ」

男の顔がまた怒りにこわばり、目が険しくなった。

「そいつぁ、駄目だ!」男は声を荒らげた。「医者なんか呼んじゃいけねえ。お嬢ちゃんが病院に入れられちまう。そんな目に遭わせちゃなんねえ。いや、ホントだとも。あたしゃ病院に入れられてたからわかるんだ。うんと長いこと入れられてた。だから、あそこがどういうとこだかよおくわかってる。奥さんは、病院に入れられてるのがどんな連中か知ってるかね? キチガイどもさ! 手に負えねえやつらだぞ。ベッドに縛りつけられてるか、暴れてモノを壊すか、でなきゃあ人のことを穴があくほどじいっと見つめるかさ。だから医者なんか呼んじゃ駄目だ! 甘汞《かんこう》(塩化第一水銀の俗称。下剤や殺菌剤に用いられる)でもやっとけばいい。あたしが熱を出すと、母親はいつも甘汞をくれたもんさね」

男は急にくるりと身をひるがえして、居間に入りこんだ。シャーロットは無力感に打ちのめされそうになりながらもあとに続いた。ミスター・ティベッツはいちばん上等の椅子にかけて、雨のしずくをしたたらせていた。

何やら自分だけのひそかな思惑に納得するように、しきりとうなずいている。

「いやあ、落ち着くねえ！」と男は言った。「それに素敵な部屋だ。できたら、コーヒーを一杯もらえませんかね。こう濡れちゃあ、寒くてしょうがない。雨んなか、外に出るもんじゃないね。あたしゃ肺が弱いんでさ。病院の医者どもがそう言ってた。レントゲンを撮ったんだから間違いねえですとも」

「コーヒーなんて冗談じゃないわ。こんなことしてただですむと思ってるの？　すぐに出ていかないと警察を呼ぶわよ」

「まあまあ、奥さん。そんな口のききかたするもんじゃねえって。女房が聞き分けのないとき、あたしゃ言ってやるのさ。『さっさとやんな。言われたとおりにすりゃあいいんだ。オールド・ビリーが剃刀みてえに鋭い包丁を何本も持ってるの忘れたのかい？』ってね」

彼女は懸命に自分を抑えようとしたが、体はわなわなと震え、声はうわずって金切り声に近かった。

「出ていきなさい！　いますぐ！」

オールド・ビリーはチッチッと舌を鳴らした。

「まさか、この雨のなかを出ていけっていうんじゃねえでしょう？」まるで噛んでふくめるような口調だ。「胸が悪いのは話したでしょうが。雨がやむまでおいとまするつもりはねえでさ。

なんと言われようがね。さあ、行っておいしいコーヒーを淹れてきてくんなさい。それから火の気も欲しいな。そら、暖炉のそばに薪が積んであるじゃねえですか」

彼女はなんとか電話を使えないか考えた。電話はあいにく、廊下に出てすぐのところにある。そこからかけようとすれば、気づかれてしまうだろう。でも、二階に行けば親子電話の子機がある……。

「おっと、駄目駄目！」彼女の考えを見透かしたように男は言った。「電話なんかかけさせやしませんぜ。そんなことより、おとなしくコーヒーを淹れにいくんだ。それから火をおこすのも忘れずにね。そしたらいっしょにくつろいで、雨がやむまでおしゃべりでもしようじゃねえですか」

そのとき、消え入るように弱々しい声が聞こえてきた。ドリスが目を覚まし、母親を呼んでいるのだ。

「ママ、ママ！」

招かれざる客が異を唱える前に、シャーロットは居間を飛び出し、階段を駆けあがっていた。子供部屋に貼られたピンクの壁紙は切り絵で飾られている。人なつっこいライオン、ひょうきんなキリン、愛嬌たっぷりのゾウ。みんな「ノアの方舟《はこぶね》」の仲間たちだ。小さなベッドには巻き毛の女の子が横たわり、大きな青い目を見開いていた。熱のせいか、目の輝きが尋常じゃない。彼女はぽっちゃりと肉づきのいい脚で上掛けを蹴りのけていた。

「あちゅいよ、ママ」ドリスはむずかった。「あちゅくて汗びっちょり」

シャーロットはドリスの舌足らずなしゃべりかたが可愛くてしかたがなかったが、マーサ――

心理学を学んでいる例の友人――に言わせれば、良くない兆候だから手遅れになる前に直したほうがいいということだった。でもいまは、そんなことにまで気がまわらなかった。ドリスの顔は紅潮し、汗ばんでいる。

シャーロットは上掛けをなおしてやり、娘の額に手を当てた。熱く、じっとりと湿っている。計るまでもなく熱が上がっているのはわかったが、念のため体温計を使ってみた。案の定、小さな赤い矢印は高熱を示している。もう一度医者に電話しなければ。どんなに子供の熱を軽く見ていても、これは放っておけないはずだ。

彼女はドリスの額の汗を拭いてやり、なんとかあやしておいて、それから親子電話の子機が置いてある隣の寝室に向かった。受話器を取りあげて耳に当てるが、いつもの信号音は聞こえない。しばらく待っても変わらないので、受話器をかけるフックをカタカタと押してみた。何も起こらない。交換の番号をまわす。やはり受話器はウンともスンとも言わない。

シャーロットは階段を駆けおりた。

小柄な男は廊下の電話のそばに立っていた。手には肉切り包丁が光っている。男は彼女に向かってにやりと笑った。

「線を切ったのね！」彼女は叫んだ。

男は悪びれもせずにうなずく。

「台所でこいつを見つけたんでさ。いい包丁だけど、少しばかり砥いでやる必要があるね。電話線を切るのにもてこずるようじゃあ」

「お医者を呼ばなきゃならないのに！」彼女はわめいた。「娘の具合がかなり悪いのよ。熱が下がらないし。お隣で電話を借りなくちゃ。あなたは出ていって。さあ、早く！」

「まあまあ、奥さん」男は辛抱強く言い聞かせるように言った。「そんならなおさらお嬢ちゃんを一人っきりにゃできないんじゃないかね？　奥さんは電話をかけにいったらいいよ。そのあいだあたしがお嬢ちゃんの面倒を見ててあげるから。オールド・ビリーは子供に好かれるんでさ。わき腹をこちょこちょやって、愉快な話でも聞かせてやれば、すぐに笑いだすこと請け合いさね」

シャーロットは階段の手すりを片手でつかむと、もう片方の手で反対の壁を押さえ、行く手をふさいだ。細い体を精一杯使って男を二階に上げまいとする。

「お断りよ！　いますぐ出ていって、でないと大声で助けを呼ぶわ」

オールド・ビリーは汚れた親指を包丁の刃に当てて、上下に動かしている。

「包丁ってのは素晴らしいもんさ」何やら他人にはうかがい知れない自分だけの考えにふけるように言う。「切り刻むことはもちろん、突き刺すことも……」

そこで包丁の刃を自分の喉に軽く当てて、すっと引く。

「……切り裂くこともできる」

男は口を横に引いて、絹を切り裂く音を真似てみせた。

それからにっこり笑って、こう続ける。「大声なんか出しちゃ駄目だ、奥さん。ちっちゃなお嬢ちゃんが怖がるだけさね。だいいち、誰にも聞こえやしないよ。それがこの界隈のいいとこでね。一軒一軒が離れてるんだ。それに、こんな土砂降りの日にゃ、通りかかるもんもいやしないって」

彼女は急に気持ちが萎え、立っていられなくなった。へなへなと階段に座りこみ、腕に顔を埋めて泣きだした。

「なんてこと。娘をお医者に見せなきゃならないのに。どうして電話線を切ったりしたの？」

「包丁の切れ味を試すためさね、奥さん」さも当たり前のことだというように男は答えた。「そしたら案の定、ちょいとばかり砥いでやる必要があった。それに、奥さんに電話を使わせるわけにゃいかなかったんでね。誰かを呼んで、あたしを雨んなかに追い出させようっていうんだから。ことによると、病院に連れ戻されるかもしれない。病院だけは二度とごめんだ」

シャーロットは体を前後に揺すっている。顔は涙でぐしゃぐしゃだ。

「どうして娘が病気のときに来たの？　ねえミスター・ティベッツ、どうしてよりによってこんな日に来なきゃならないの？」

「ミスター・ティベッツ？　そりゃいったい誰のことかね？　あたしの名前はビリー。オールド・ビリーでさあ、包丁やらなんやらを砥いでる。忘れたんかね？」

「とぼけないで」彼女は哀れっぽくつぶやいた。「ずっと知ってるのよ。うんと小さいころから」

彼は珍しいものでも見るような目で彼女をながめ、何か言いかけたが、かぼそい泣き声にさえぎられた。

「ママ？　誰かいっしょなの？　パパが帰ってきたの？」

シャーロットが立ちあがる前に、男は脇をすり抜け、二階に駆けあがった。

その手にはまだ、大きな肉切り包丁がしっかりと握られている。

悲鳴を呑みこむ彼女に、男はこう叫んだ。「いいから！　あたしにまかせなって！　オールド・ビリーは子供のあやしかたぐらい心得てまさあ」

彼女はわれを忘れてあとを追った。が、踏み段に蹴つまずいてぶざまに腹ばいになってしまう。ストッキングが裂け、むこうずねを擦りむいたが、それでもドリスの悲鳴を聞いて懸命に残りを這いのぼった。

子供部屋に飛びこむと、男は小さなベッドのかたわらに立ち、肉切り包丁をくるくると器用に回して見せている。

「さあごらん。素敵な包丁が見えるかな？　お嬢ちゃん、素敵な包丁だよ。ピッカピカのキッラキラだ」

ドリスは泣き叫んだ。「ワルものよ！　ワルものにコロされちゃう！」

シャーロットは男とドリスのあいだに割って入った。

「ううん、だいじょうぶよ。これはただのショーなの。この人はあなたに何もしやしないわ。ママのお友だちだもの」

「ワルものよ！　ワルものよ！」ドリスは金切り声をあげ続けた。

自分でも驚くような力で、シャーロットはオールド・ビリーを入口のほうに押しやった。

「さあ、もういいでしょう」彼女は男に言う。「下でコーヒーを淹れてあげるわ」

「悪いお嬢ちゃんだ」男は腹を立てて言った。「良いお嬢ちゃんはオールド・ビリーを怖がったりしねえ」

男は包丁を固く握りしめている。目つきも普通じゃない。

男はそのうちに抵抗し始めた。彼女にさからって、ベッドの上で泣き叫んでいる幼女のもとに戻ろうとする。シャーロットは必死で男の腕にすがりつき、押しとどめようとするが、最後には力負けしてしまうのが目に見えていた。

「悪いお嬢ちゃんはお仕置きせにゃ」男は言う。「お仕置きのやりかたならオールド・ビリーはよく知ってるともさ」

男はとうとうシャーロットの腕をふりほどき、ドリスに近づいた。

と、突然チリンチリンというけたたましい音が鳴り響いた。

玄関の呼び鈴が鳴っているのだ。

オールド・ビリーは身をこわばらせた。用心深い鳥のように、小首をかしげている。

「ありゃ誰だ？　呼び鈴を鳴らしてるのは誰だ？」

「下におりて、出てみましょう」シャーロットが言った。

「駄目だ！」男は声を荒らげた。「雨んなか追ん出されちまう。また病院に連れ戻されちまう」

男は部屋を駆け出ていった。熱に浮かされた幼女はまだ泣き叫んでいる。

シャーロットはおそるおそる廊下に出てみた。男は階段のおり口に立って、階下《した》を見おろしている。シャーロットは駆け寄ると、その背中を思いきり突き飛ばした。男はもんどりうって階段を転げ落ちた。呼び鈴が再び鳴る。

オールド・ビリーは階段のなかほどでうずくまっている。シャーロットはばたばたと階段をおり、背を丸めて喘《あえ》いでいる男の体をなんとかまたぎ越した。

玄関のドアを開ける。

そこには、しわ深く優しげな顔をした小柄で肉づきのいい女が立っていた。すぼめて手に持った傘から水がしたたっている。きちんと梳《と》かしつけた灰色の髪は、ショールに覆われていた。

「すみません、奥さん」と女は言った。「もしかして、うちの宿六《やどろく》がおじゃましてないでしょうかね？　オールド・ビリーといって、包丁砥ぎをやってるんです。いえね、外に主人の手押し車が停めてあるもんですから。なにしろ降りだしてからずっと、このあたりのお宅を捜してまわってるんですよ」

シャーロットはドアの側柱によりかかり、片手を胸に押し当てて息を整えた。

それから脇にどいて、身振りで階段のほうを示した。

オールド・ビリーは手すりにつかまって、よろよろと立ちあがろうとしているところだった。息は荒く、まだ頭がふらついているようだ。例の肉切り包丁はかたわらの踏み段に転がっていた。

「あんた！　こんなところにいたのかい！」女は怒鳴った。「まったく、一時間以上も捜させて。雨が降り始めてからずっとだよ。また例の虫が騒ぎだしたんだろうと思ったら、案の定さ。おおかた、この親切な奥さんを死ぬほど怖がらせたんだろうよ。ちゃあんとわかってるんだよ」

女はシャーロットに向きなおった。

「奥さん、どうか主人を勘弁してやってくださいな。悪気はないんですよ。人を怖がらせるのが好きなだけなんです。ハロウィーンのときのちっちゃな男の子みたいにね。州の病院に入院してたんですけど、そこでは人畜無害だって太鼓判を押されてるんです。じっさい、虫も殺せない小心者でね。ただ、雨が降ると発作が起きるんです。ほら、満月の夜におかしくなる連中がいるでしょう？　あれとおんなじですよ。ビリーの場合は満月じゃなく雨っていうだけでね。それで、雨が降ってきたら目を離さないようにしてるんです。もっとも、このあたりの人たちは主人のことを知ってるし、誰も相手にしませんですけどね」

「わかるわ」シャーロットはつぶやくように言った。「雨のことなら、わたしにも」

「警察を呼ぶのだけは勘弁してやってもらえませんか、奥さん。また病院に送られちまう。ほんとに、虫も殺せない人なんですよ」

「ご主人をおとなしくさせておけますか？　娘の具合が悪くてお医者を呼ばなきゃならないのに、電話線を切られてしまったんです」

「おとなしくさせておけるか、ですって？　もちろんですとも。あたしにさからえばどうなるか、主人は身にしみてますからね。なあに、正体がわかっちまえば、ちっとも怖かない相手ですよ」

「じゃあ、少しのあいだ娘を見ていてくださる？　お向かいで電話を借りてお医者を呼びますから」

「ええ、ええ、お安い御用ですとも。これでも子供にはなつかれるんですよ。ビリーもそうなんです。もちろん、雨の日は発作が出るからあれですけどね。さあ、どうぞ。遠慮なく行ってきてくださいな」

もう夕方だった。

医者の手当てを受けて、ドリスの熱は下がった。いまはベッドで熊のぬいぐるみを抱きしめてすやすやと眠っている。

シャーロットは暖炉の火をおこした。この新しい家で暖炉を使うのは初めてだった。炉端に座ってコーヒーを飲む。そういえばあの小柄な男もコーヒーと火の気を所望していた。もしかしたら、と彼女は思う。自分が人間らしい思いやりをほんの少しでも示していれば、あんなことにはならなかったかもしれない。そういえばご近所の誰も、彼を怖がってはいないという。ただ風変わりな小男だと思っているだけだ。

ドアがひらいて、また閉まった。夫が帰ってきたらしい。コートをハンガーにかけながら、ため息をついているのが聞こえる。自分がどれほど懸命に働いてきたかを示すため、帰るなりそうすることにしているのだ。

居間に入ってきた夫は言った。「火を入れたんだね。ここはいたって静かでうらやましいよ。やれやれ、今日はさんざんだった。なにしろほとんど一日中最悪な小男の相手をしてたんだから。パワーズのじいさんだよ、オムツ屋《メーカー》の専制君主さ。得意先の一つだが、彼は変人でね。なんていうか、虫酸が走るんだ」

夫は自分でマティーニをこしらえにかかった。

「君のほうはどうだった?」

「いたって静かなものよ。ドリスもよくなったし」

電話線が切れていることについては、あとで説明しなければならないだろう。でもいまは、これでじゅうぶんだ。

「そりゃよかった」

彼は窓際の椅子に腰をおろした。外の暗くなりつつある芝生に目をやり、「雨もやんだようだね」と言う。

シャーロットは宵闇が迫る窓の外を見やった。窓々から漏れる黄色い灯りのなかで見ると、こんもり繁った常緑樹の木立は黒い衣に身を包んだノームの群れに似ている。そう、ミスター・ティベッツはあの暗闇のどこかにいるのだ。でも、もう二度と彼に会うことはないだろう。シャーロットにはなぜかそれがわかった。「正体がわかっちまえば、ちっとも怖かない相手ですよ」ビリーの細君はたしかそう言っていた。ずっと昔、ミスター・ティベッツは彼女を怖がらせるために暗がりから出てきた。そしていま、本来の住処に帰っていったのだ。不思議となつかしさに似た気持ちがこみあげてくる。自分はいずれ、彼のことを恋しく思うようになるだろう。なぜならミスター・ティベッツこそ、遠い子供時代を思い出す最後のよすがだったのだから。

シャーロットは夫にむかって微笑んだ。

「そうね」と彼女は言った。「ようやくあがったみたい」

デイヴィッド・アリグザンダーの世界

森　英俊（ミステリ評論家）

読者のみなさん、デイヴィッド・アリグザンダーの世界にようこそ。
とはいっても、どことなくいかめしい響きのするこのミステリ作家の名前を耳にしても、大半のかたにはぴんとこないかもしれない。散発的に紹介された中短編がアンソロジー等に再録された際にその名前が目にふれる機会はあったかもしれないが、それにしたところでけっして多くはなかったはずで、長編にいたっては、ポケミスで作者の第五長編にあたる『街を黒く塗りつぶせ』（一九五四）が刊行されてから早四十年以上の歳月が流れてしまっている。そんなしだいだから、本書の内容に言及する前に、まずは作者のプロフィールについて簡単にふれておく必要があるだろう。

生まれ（一九〇七年）はケンタッキー州のシェルビーヴィル。米国の三冠レースの最初を飾るケンタッキー・ダービーの行なわれるケンタッキー州に生まれたことが、のちに競馬関係のコラムを多数執筆することにつながったのかもしれない。地元の大学およびコロンビア大学を卒業後、ニューヨークの旅行代理店の広告係を経て、足かけ十年にわたってスポーツ芸能新聞〈ニューヨーク・モーニング・テレグラフ〉の編集局長兼コラムニストとして活躍。この間に一千万語もの原稿を執筆したという。一九四五年からはフリーのライターとなり、競馬関係のコラムを連載するかたわら犯罪学に関する講義を受講。そこで最優秀の成績をおさめ、数々の私立探偵事務所から誘われるが、本人はあくまでもミステリを執筆するための知識を習得するために犯罪学を学んだのだった。その結果生まれたのが『血のなかのペンギン』（一九五一）を皮切りにした十五冊のミステリ長編と数十編にのぼる中短編で、中短編のうちの最良のものは本書『絞首人の一ダース』（一九六二）に収録されている。一九七三年没。

　ビル・プロンジーニはかつてこのデイヴィッド・アリグザンダーにふれ、「過小評価されている作家」と評したが、筆者もそれに異論はない。第二次大戦後、雨後のたけのこのように現れてはまた消えていった、軽ハードボイルドや通俗ハードボイルドの書き手たちと十把《じっぱ》一《ひと》絡《から》げにされ、作風の多彩さ、文章のなかからにじみ出てくるノスタルジーや哀愁といった持ち味が、じゅうぶんに理解されているとはいいがたいからだ。軽ハードボイルドや通俗ハードボイルドのイメージが災いして、本格好きの手をとめさせている面もあるだろうが、本書収録のトリッキーな「悪の顔」を見てもわかるように、パズラー・マインドをも十二分に持ち合わせた作家なのである。
　たとえば、処女長編の『血のなかのペンギン』は、物語の語り手である新米私立探偵が全裸の女の死体をホテルの自室で発見するという、いかにも通俗ハードボイルド然とした出だし（ポケミスの裏表紙の紹介文にも「迫真のハードボイルド」とある）で始まりながらも、中盤以降、新たな人物が加わってくることによって、しだいしだいにパズラーの様相を呈してくる。終盤における事件関係者が一堂に会しての謎解き、そこで指摘される意外な犯人、ユーモアたっぷりの結末は、本格好きをにやりとさせること請け合いだ。

　その『血のなかのペンギン』の新米私立探偵を含めて、アリグザンダーの生んだシリーズ・キャラクターは何人かいるが、そのうちもっとも多くの長編で中心的な役割をはたす作者の等身大ともいうべき人物が、ニューヨークのスポーツ芸能新聞〈ブロードウェイ・タイムズ〉の主筆、バート・ハーディンである。ハーディンの活躍する事件で捜査にあたっているのがマンハッタン西署の殺人課に所属するロマーノ警部補で、先述の「悪の顔」では主役をつとめている。

　ハーディンが初登場したのは作者の第四長編『恐怖のブロードウェイ』（一九五四）で、ここでのハーディンは父親の跡を継いで主筆になったばかりの、三十代初めの青年である。ブロードウェイの粋どころの女性をナイフで滅多刺しにしてはピンで遺体に〈ウォルドウの挨拶〉なる名刺をとめていく連続殺人鬼《リッパー》に、ハーディンはロマーノともども挑むが、その正体をつかむまもなく、予告どおりにさらなる犯行が積み重ねられていく。やがて街全体が連続殺人によって恐怖に襲われていくありさまはサスペンスたっぷりで、意外性という点でも成功している。アガサ・クリスティの名作『ＡＢＣ殺人事件』（一九三六）やＤ・Ｍ・ディヴァインの傑作『五番目のコード』（一九六七）の域にまで達しているとはいえないまでも、リッパー物のパズラーとしてはかなり上位にランクされるだろう。

　だが『恐怖のブロードウェイ』で目を惹くのは、そのミステリとしてのプロットだけではない。

華やかなブロードウェイの陰でひっそり暮らす人生の敗者や弱者たちを、作者は都会小説で人気を博したデイモン・ラニアンさながらに活写していくが、その老若男女ひとりひとりの人間くささがたまらない。そして彼らに注がれる作者のまなざしの、なんと優しいことか。

これらの長編に見られた作者の作風を表すキーワードは、本書に収録された十三の短編（本来一ダースは十二のはずだが、本書では一編がおまけとして添えられている）にもそっくりそのまま当てはまる。そう、多くの作品で物語の中心になるのは、〈エラリー・クイーンズ・ミステリ・マガジン〉主催の一九五六年度のコンテストで第二席を獲得した「タルタヴァルに行った男」の、〝悪魔にとりつかれ〟、酒場の片隅でいつも泣いている老人に代表されるような、人生の敗者や弱者たちである。彼らを襲う出来事の、なんと苛烈なことか。「タルタヴァルに行った男」「優しい修道士」「アンクル・トム」「デビュー戦」「かかし」「見知らぬ男」といったあたりは良質のミステリであると同時に良質の人情譚でもあり、読み終わってからも余韻はなかなか消え去らない。

『恐怖のブロードウェイ』では正体不明の連続殺人鬼の存在そのものが、『血のなかのペンギン』では新米私立探偵が警察から逃げまどうさまがサスペンスを生み、それが物語の牽引力になっていた。本書においても「見知らぬ男」「蛇どもがやってくる」「雨がやむとき」はとりわけサスペンスが豊かで、最後の最後まで息をつかせない。さらには、後味がいいとはいいがたい「蛇どもがやってくる」とは対照的な結末の「雨がやむとき」をそのあとに配し、なおかつそれが短編集をしめくくる形になっているのは、配列の妙というしかないだろう。

自身も短編の名手であったスタンリー・エリンは、本書に寄せた序文のなかで優れた短編小説についてふれ、「最初の一行が書かれるとき、到達すべき終着点はすでに決まっているのである」と述べている。『絞首人の一ダース』には、本格ものからサスペンス、クライム・ストーリーや時代ミステリやホラー仕立てのものにいたるまで、バラエティ豊かな作品が収録されているが、先のエリンの言葉を実証するかのように、そのどれもが読み手の予想を裏切る結末を備えている。ワン・アイディアのクライム・ストーリーに数多く見られるような軽妙なオチ程度のものはどれひとつとしてなく、ときには、意外な結末の域をはるかに逸脱して、衝撃の結末としか表しようのないものもある。さらに目を瞠《みは》らされるのは、結末の一行なり一文なりに心血を注いでいるものが実に多い点だ。「タルタヴァルに行った男」や「悪の顔」では結末の一行で謎が氷解するし、「優しい修道士」の結末の一文、「雨がやむとき」の結末の一行では、ある種の救いがもたらされる。それから「そして三日目に」の結末の一文、「かかし」「愛に不可能はない」「蛇どもがやってくる」の結末の一行（「愛に不可能はない」の結末の一行の、なんとその表題に似つかわしくないことか！）が持つ、いわくいいがたい気味の悪さは、江戸川乱歩いうところの〈奇妙な味〉にも通ずるところがある。そういえば、乱歩が〈奇妙な味〉の短編の代表的なものとして挙げたロード・ダンセイニの「二壜のソース」（創元推理文庫『世界短編傑作集3』所収）でも、少女失踪事件の恐るべき真相を見抜いたしろうと探偵リンレイ氏が物語の最後に発するさりげないひと言が劇的な効果をあげていた。

とにかく、こうしたことからしても、本書『絞首人の一ダース』に収められた作品のほとんど、いや、そのすべてが、優れた短編小説であることは明らかだろう。そしてエリンの短編集『特別料理』（一九五六）がそうであるように、本書も珠玉の短編集として、長く読み継がれていくべき存在なのだ。

収録作品原題

「タルタヴァルに行った男」The Man Who Went to Taltavul's
「優しい修道士」The Gentlest of the Brothers
「空気にひそむ何か」Something in the Air
「そして三日目に」And on the Third Day
「悪の顔」Face of Evil
「アンクル・トム」Uncle Tom
「デビュー戦」First Case
「向こうのやつら」The Other Ones
「かかし」Scarecrow
「見知らぬ男」A Stranger in the Night
「愛に不可能はない」Love Will Find a Way
「蛇どもがやってくる」Run from the Snakes
「雨がやむとき」When the Rain Stops

Hangman's Dozen
(1961)
by David Alexander

〔訳者〕
定木大介（さだき・だいすけ）
1966年東京生まれ。早稲田大学法学部中退。訳書にデイヴィッド・マレル『苦悩のオレンジ、狂気のブルー』（柏艪舎）。

絞首人《こうしゅにん》の一《いち》ダース
——論創海外ミステリ 55

2006年9月10日　初版第1刷印刷
2006年9月20日　初版第1刷発行

著　者　デイヴィッド・アリグザンダー
訳　者　定木大介
装　幀　栗原裕孝
発行人　森下紀夫
発行所　論 創 社
〒101-0051 東京都千代田区神田神保町2-23 北井ビル
電話 03-3264-5254　振替口座 00160-1-155266

印刷・製本　中央精版印刷

ISBN4-8460-0738-3
落丁・乱丁本はお取り替えいたします